バチカン奇跡調査官

サタンの裁き

藤木 稟

角川ホラー文庫
16662

目次

プロローグ　主はあらゆる啓示を垂れ給う

ヨハネは虚《うつ》ろに目を覚ました。

むっとした熱気が部屋に籠《こ》もり、それを天井の扇風機が虚《むな》しくかき回している。

数匹の蝿が、目の中で飛び回っていた。

耳の中にも羽虫が這《は》い回っているような不快感がある。

ヨハネは思わず、自らのがさついた手で、耳を何度か撫《な》でた。そうして周りをゆっくりと見てみると、そこは見慣れた教会の一室であった。

ヨハネはベッドの中に倒れ込んでいて、床には油絵の具のチューブと絵筆が散乱していた。まだらな色彩が、あちこちに飛び散っている。

部屋の隅には、三脚に立てかけられた描きかけの絵が置かれていた。

その脇に、禿《は》げ頭の細身の男が座っていた。

男はだぶついた茶色い服を着、黒いフレームのぶ厚い眼鏡をかけている。眼鏡の奥で好奇心を湛《たた》えて光る瞳《ひとみ》は、小さくて、粘着質そうであった。

ヨハネはその男の存在に、やけに汚らわしいものを感じて、無言のままじっとしていた。

「どうしたんだい、ヨハネ、ぼうっとしているね。まだ熱があるんじゃないのか？」

男が不思議そうな口調で訊《たず》ねてきた。

「あんた、誰だ！」

ヨハネが気色ばんで言うと、男はみるみる顔色を曇らせた。

「一体、どうしたっていうんだ。最近は、すぐに僕を忘れてしまうんだな。そろそろ君はこの世の住人ではなくなってきているのかもしれない。僕はキッド・ゴールドマンだよ。君の理解者であり、親友じゃないか。それよりこの絵は、また素晴らしいね。一体、何を幻視したんだい？」

キッドが自分の理解者だとか、親友と言われることには、ピンと来なかったが、足下にくっついているのに忘れていた自分の影の存在に気付いたような不可解な気分で、ヨハネはキッド・ゴールドマンという男の記憶を手繰った。

そう……確かこの三年というもの、自分に付きまとっている男だ。そうしてヨハネが描く絵を写真に撮ったり、無断で持ち出したりしているのだ。それだけではない。時々、ヨハネが喋《しゃべ》ることを小型録音機で記録している時もある。

ヨハネはキッドのことが気味悪くて仕方がなかった。

「ヨハネ、ちょっとこの絵の説明をしてくれないか？」

キッドは言った。ヨハネは怠《だる》い体を起こして、キャンバスの前へとのろのろ歩いていった。

キャンバスの絵は、赤と黒が入り交じった不穏な色彩で描かれていた。その中央には、三つの風力発電の風車があって、小さな住宅が散在している。それらの背後には山があって、山は赤い炎をめらめらと噴き上げているのであった。

「ここはどこかな？」

キッドが録音機を回しながら訊ねた。ヨハネの頭の中には、一瞬、記号のようなものが湧き上がり、低い男の声が不明瞭《ふめいりょう》に耳元で囁《ささや》くのが聞こえた。

「Jのつく地名だ。ジンバかジョンブか、そんな風な発音だと思う」

「そこで、一体、何が起こるんだい？」

キッドの声を聞いた途端、酷《ひど》い頭痛がヨハネを襲った。

頭の奥が釘《くぎ》を刺されたようにずきずきと痛み、目が回る。

その視界の中に、七つの星を足下に敷いた、輝く衣を着た老人が現れた。老人が言葉を発すると、炎の剣がその口の中から噴き出していた。

火山が爆発する。ヨハネの足下はぐらぐらと揺れ、まるでブランコの上にでも乗っている心地だ。体の重心を失って、ヨハネは思わず床に倒れ込んだ。

キッドが慌てた顔で近づいてくる。

「大丈夫かい？」

「火山が爆発する。大きな地震が起こる……」

ヨハネは嗄《か》れた声でキッドに告げると、床に転がっていた黄色い絵の具と、絵筆を手に取った。絵の具をキャンバスに直接塗りつける。

だまになった絵の具の塊を、絵筆で延ばしながら、ヨハネはジグザグの線を、絵の地面に描き入れた。

キッドの興奮した息が背後に感じられた。

「それは大地震かな？ どのくらいの震度なのだろう？」

ヨハネの頭の中には、次々と倒壊する家々のイメージが展開した。そして、やたらと数字の七が浮かんだ。

「恐らく震度七の大地震だ。全ての家が倒壊する。大変な事態になる。人が沢山死ぬだろう」

「いつのことだい？」

「恐らく二年後。そう、二年後だ……。水の少ない乾季に起こる。だから、大火事も起こる。山が燃える。家も燃えるんだ！」

黄色い線を描き終えたヨハネは、手から絵筆を落とした。

そして、これから起こる大惨事を思うと、無性に悲しくなってきて、床にぺたりと座り、おいおいと泣き始めた。

キッドが横に座り、ヨハネの肩を撫で始める。

「大丈夫だよ。ヨハネ。ちゃんと前もって警告すれば、酷い事になりはしないから。ジンバカジョンブというのは、恐らくジンバフォだろう。あそこには名物の風力発電の風車もある。ジンバフォに行こう。そこで君の見たことを皆に知らせるんだ。君はテレビにも取り上げられているし、君の預言がいかに的中するかは、皆が知っている。その君が行って、直接、人々に語りかければ、きっと皆、信用して避難してくれるさ」

「そうかな……？」

ヨハネは泣きながら、キッドに訊ねた。

「間違いないとも」

キッドは答えた。

この時、部屋の扉が開く音がした。

ヨハネは彼を悩ませている悪霊がやってきたかと、びくりとしたが、立っていたのは天使のように美しい青年司祭であった。

「……ジュリア司祭……」

ヨハネは心底、ほっとした。

その途端、目眩《めまい》がした。かと思うと、視界が闇に閉ざされた。

誰かが、自分の体を支えたのを感じた。

おそらくジュリア司祭だろう。

ヨハネは薄い意識の中で、ジュリア司祭との出会いを思い出していた。

忘れもしない。それは暗い洞穴だった。

ヨハネは高熱から発する寒気に襲われ、がたがたと震えながら藁《わら》にくるまり、身を丸めていた。殆《ほと》んど、裸の状態で、身分を証明するようなものは何一つ携帯していなかった。その時には、すでに自分が誰なのか、何故、こんなところにいるのかさえ分からなかった。

その時に自分は、洞穴で生まれたのではないだろうかと、今でもヨハネは疑っていた。ただ、記憶がある時からは、毎夜、毎夜、訪ねてくる精霊や悪魔、時には神ともおぼしき物が、彼の唯一の語り相手だった。

ある日、すっかり彼が衰弱しきって、意識も朦朧《もうろう》としていたときに、いきなり、人の騒がしい声がして、自分の体が担ぎ上げられた。

そして次に目を覚ました時、彼は野外病院にいて、ジュリア司祭を見たのだった。

ジュリアはヨハネに食べ物と部屋を与え、定期的に襲ってくる発熱を抑える医療処置を施してくれた。名前の無かったヨハネに、ヨハネ・ジョーダンという仮の名をつけたのもジュリア司祭である。

ヨハネにとって、ジュリア司祭は父でもあり、師でもあり、神でもあった。

ヨハネはジュリア司祭の真摯《しんし》な教えに従って、カソリックに入信し、神父になった。

そうして暫《しばら》くしてから、不思議な幻覚や幻視を体験し始めたのだ。

ヨハネ自身、自分でもそれが何かは分からなかった。初めは小さなノートに、自分が見たビジョンを詩編や絵として描き込んでいた。

それを見つけたジュリア司祭が、ヨハネの精神的なリハビリの為にと、油絵の具などを与えてくれたのであった。

色のある絵の具を与えられてから、幻視はますます鮮明な様相を呈し始めた。

ある時、ジュリア司祭は、ヨハネには絵の才能があると褒めて、アメリカの画廊に彼の絵を紹介してくれたのである。

画廊は何故だかヨハネの絵を気に入って、小さな個展を開いてくれたようだ。

そうして、そこを訪れたキッドが、現実との不思議なシンクロが絵の中に秘められていると、主張しながらやってきたのだった。

キッドは、ヨハネ自身分からずに絵の中に描き込んだ模様や数字などの意味を、解説し、実際に起こった事件や災害と異常な一致が見られるとヨハネに告げた。

そうしてヨハネの絵や詩編を整理しながら、横に侍《はべ》るようになったのだ。

「ヨハネは、またアカシックレコードにコンタクトして未来を幻視していたんだ。ジンバフォで大地震が起こるということでね。それで彼は、心を乱して情緒不安定になっていたんだよ」

キッドがジュリア司祭に語る声が薄ぼんやりと聞こえた。

神に選ばれた者は、なにがしかの試練を与えられる。辛《つら》くとも耐えなくてはならないというような意味の、ジュリア司祭の声が聞こえ、しっとりとした手がヨハネの額に触れた。


まだ、微熱がありますね。抗生物質を打っておきましょう。


注射の針が、腕の静脈に刺さる感触がする。

ジュリア司祭は大層、注射が上手で、全く痛みは無かった。

注射を終えると、ヨハネは精神的にも肉体的にも少し楽になったような気がした。勿論《もちろん》、そんな即効性はないであろうから、気分の問題に違いない。

それでもジュリア司祭とその注射の存在は、ヨハネにとっては力強い味方であり、ヨハネは意識が冴《さ》え冴《ざ》えとして、今まで襤褸《ぼろ》屑《くず》の様にか弱かった自分が、強く逞《たくま》しい存在になったと感じたのだ。

そうなると今度は、自分の予知した惨事に、ただめそめそ泣いているだけではなく、キッドの言うとおり、行動を起こして、惨事を最小限に止《とど》めなくてはと、思った。

「ジュリア司祭、私は、これから被害にあうであろう所に出向いて、人々に、何が起こるかを伝えなければ……。嗚呼《ああ》……。そうしないと大変な事になってしまう……」

ジュリア司祭が何かを答えている。

すると、キッドの声が割って入ってきた。

「僕がジンバフォで、ヨハネが講演できるように手配するよ。大勢の人に聞いてもらえるように大講堂を借り切ってね。地元のテレビ局にも呼びかける。きっと反響があるよ」

キッドの声は、大惨事が起こるというのに、まるでそれを楽しむかのように嬉々《きき》としていた。おそらくそういうところが、彼を汚らわしく感じる所以《ゆえん》であるに違いない。

ヨハネは喉元《のどもと》にこみ上げてきた酸っぱい液体を、ごくりと飲み込んだ。

ヨハネは頭《こうべ》を垂れ、ジュリア司祭に懇願した。

「私の側に付き添って下さい。神の祝福が常に私のもとにあり、悪魔の舌が私を嘗《な》めて、脅さないように……」

ええ、そんなことならば当然……。

ヨハネの手が強く握られる。

その時、ようやくヨハネは目を開ける事が出来た。

壁に掛かっていた十字架が、びりびりと部屋の空気を震わせる音を発した様に感じられた。

汝《なんじ》の名は、ヨハネ……。

預言の業を与えられし者……。

世の終末を告げる者……。

十字架にかけられたキリストが囁《ささや》いた。

ヨハネは震える自分の両掌《てのひら》を見詰めた。そこにはくっきりとした十字の聖痕《せいこん》が浮き上がっているのだった。

第一章　腐らない死体

1

バチカン市国はイタリア・テベレ川の右岸、モンテ・マリオの南端とジャニコロの丘の北端に位置する面積〇・四四平方キロ、人口千人以下、独自の行政・司法・財務機関を持つカソリックの独立国家である。

世界最小の国ながら、国力としては国際社会に多大な影響力を持っている。

なにしろバチカン市国——通称・Sedes Apostolica（法王庁）は全世界に散らばるカソリック信徒十一億人強の信仰のよりどころであり、法王の呼びかけと発言は、アメリカ大統領選や国連の活動にまで影響するのである。

そこに『聖徒の座』と呼ばれる部署が存在する。バチカン中央行政機構の『九つの聖省』の内、列福、列聖、聖遺物認定などを行う『列聖省』に所属し、世界中から寄せられてくる『奇跡の申告』に対して、厳密な調査を行い、これを認めるかどうかを判断して、十八人の枢機卿《すうききょう》からなる奇跡調査委員会にレポートを提出する部署である。

基本的にそこに勤めている者は、元来、科学者や医学者、歴史家などの各専門家であるが、バチカンに勤めることによって自動的に誓いを立てて、洗礼を受け、聖職者となる。

勿論、もともとの聖職者が、バチカンの奨学金を受けて大学に通い、博士号を取ってから、『聖徒の座』に配属される場合もある。

ここに勤務を始めて四年目となるロベルト・ニコラス神父の場合は後者であった。

ある暖かな日和。ロベルトはいつもと同じ朝五時きっかりに、目を覚ました。

ロベルトの家は、彼の母校であるサン・ベルナルド寄宿舎学校と、パン屋に挟まれたところにあって、この時間に漂ってくるパンを焼く香ばしい香りで目を覚ますのだ。

ロベルトはゆっくりと立ち上がり、本棚で埋め尽くされた寝室を出て、キッチンに向かった。

ロベルトはきれい好きである。全ての部屋が、程よく清潔で整然としている。だが、それだけではなくて洒落者《しゃれもの》の彼は、洗練された趣味でもって、部屋べやをデコラティブに飾り付けていた。

調度品の中には、アジアの飾り棚や、前衛画家の版画、少しパロディめいた十字架などがある。

余り、神父らしくない家だ。

質素を重んじるカソリックの教えを、ロベルトは無粋なことだと思っていた。

勿論、そんなことは口に出して言いはしないが、もともと、好きで神父になったわけではない。家の事情で、カソリックの施設に放り込まれ、そのままの流れでここまで来ただけである。

だから彼は、自分の中の信仰心に対しても半信半疑な気持ちでいた。

しかし、それはさしたる問題ではない。今の暮らしに不満はないのだ。生活は保障されているし、職場に行けば、彼が愛して止まない古文献がうなるほどある。その中に記された秘密の真実を探し当てるとき、彼は鳥肌が立つほどのスリルを感じるのだった。

ロベルトは昨夜買っておいたパンをオーブンレンジに放り込んで、丁度、二分間温めた。そして小型のエスプレッソマシーンで、一杯の珈琲《コーヒー》を絞り出す。

温まったパンと珈琲とチーズを持って、リビングに行き、それらを猫足のテーブルに置く。淡い蜂蜜《はちみつ》色の光沢のあるテーブルだ。そして玄関の新聞受けから、新聞を取り出して着席すると、ゆっくりとしたペースで朝食を取りながら、新聞に目を通した。

朝食を終えたロベルトは、台所で汚した食器を洗い、仕事に出るために神父服にアイロンをあてた。パジャマを脱いで、すっかり皺《しわ》の無くなった服に着替える。

そして身支度の為に、洗面所で鏡を覗《のぞ》き込んだ。ロベルトは背が高いために、少し腰を折って鏡を見なければならない。

明るい青い瞳《ひとみ》で、自らを点検する。ダークブラウンの髪に少し寝癖が付き、乱れている。ロベルトは丁寧に髪に櫛《くし》を通し、少量のポマードをつけて髪形を整えた。そして横や後ろ姿もチェックすると、外へと出かけたのであった。

彼の家から『聖徒の座』までは、およそ三キロの距離がある。バスを利用せず、歩いていくのが彼の日課であった。

街は相変わらず観光客でさざめいていた。観光客の女性達の中には、颯爽《さっそう》と歩くロベルトの秀でた容姿に、思わず立ち止まったり、振り返ったりする者がいる。

ロベルトはアルカイックスマイルを浮かべてはいるが、その頭の中は解読作業中の書物の事で一杯だった。

『聖徒の座』に辿《たど》り着いたロベルトは、身分証代わりの磁気カードでその扉を開いた。

古めかしい装飾が施された壁や古書に囲まれて、最新型のコンピューターを設置する机がずらりと二百台並んでいる。それぞれの部署はパーティションで区切られていて、殆《ほとん》ど人の話し声は無かった。

『聖徒の座』では、人の仕事にちょっかいを出したり、違う調査をしている人間に話しかけたりすることはタブーである。それぞれの研究が、教会内の様々な宗派の権益に大きく関わっているからでもあり、皆、互いに他者の存在を無視することになっているからである。

ロベルトはさっそく自分のデスクに着き、コンピューターを立ち上げた。

彼が解読中の古書は、古代ギリシャ語で書かれた、全体として奇妙で意味をなさない怪文書であった。中世のフランス・パリのカプチン会修道院で書かれたものらしい。そして、ロベルトは古書の冒頭にある長々しい神を賛美する詩編が、コード・ブックになっていることを突き止めたのだ。

cryptography……。

暗号はメッセージの意味を故意に隠すための技術である。それについての資料は、古くは紀元前五世紀のギリシャとペルシャの争いを記したヘロドトスの書物にまで遡《さかのぼ》る。当時、秘密の通信を行う際に用いられた手法は、メッセージの存在そのものを隠す『ステガノグラフィー』と呼ばれるものだった。書字板に刻んだ文字の上に蠟《ろう》を塗って隠したり、文字を書いた薄絹を小さく丸めて蠟で覆ったものを伝令に呑《の》み込ませたり、伝令の髪を剃《そ》ってメッセージを入れ墨して髪が伸びるのを待った――などの例がみられる。しかし、この方法では伝令ごとメッセージが敵の手に落ちる可能性がある。

そこで次第に発展していったのが、メッセージの存在そのものでなく内容を隠すための技術、すなわち文書自体にスクランブルをかける技術である。大きく分けて『転置式暗号』と『換字式暗号』と呼ばれる二種がある。

転置式とは、メッセージの文字を並べ替えて、アナグラムを作る技法である。紀元前五世紀のスパルタで用いられたスキュタレーが転置式暗号装置の最古のものとされている。スキュタレーとは木製の巻き軸の意味で、まず、ひも状の皮や羊皮紙を軸に巻き付けた状態で文章を書き、最後にひもをほどく。ほどかれたひもに並んだ文字は意味をなさないが、これを受け取った者が、発信者が使ったものと同じ太さの巻き軸にひもを巻き付ければ、文書が復元できるというものだ。文字をスクランブルする方法と、復元する方法をあらかじめ味方同士で取り決めておけば、高い安全性が確保できる。他に、OLD ENGLAND

（老いたるイギリス）を並べ替えて、GOLDEN LAND（黄金の国土）にするといった手法も技法的には転置式と呼べるだろう。

一方、換字式暗号で最古の記述が見られるのは、インドの『カーマスートラ』の中にある『秘《ひそ》かに申し合わせた言葉の種々な使い方』という一文であり、紀元後四世紀頃に原本を求めることができる。具体的テクニックとして、アルファベット二文字をペアにして互いに入れ替える方法があげられている。このように、文字を別の文字で置き換えるものを換字式といい、どの文字を何に置き換えるかをまとめた本や文書などをコード・ブック（暗号書）という。有名な換字式暗号の例は、ユリウス・カエサルの『ガリア戦記』だろう。カエサルはアルファベットの各文字を、それよりも三つ後ろのアルファベットで置き換えたのだ。このように文字をずらすタイプの換字式暗号を『カエサル・シフト・サイファー』と呼ぶ。

次に暗号が歴史の表舞台に登場するのは、大きく時代を経た後の、十五世紀ルネッサンス期となる。ルネッサンスの中心であるイタリアでは、いくつもの都市国家が分立していたことから、陰謀渦巻く政界において暗号が外交の必需品となり、職業暗号解読者なども誕生していった。そしてヴィジュネル暗号、ホモフォニック暗号、分置式暗号といった暗号技術が開発され、洗練されていき、その舞台は無線技術の発展と共に、世界大戦へと場所を移していく。大戦中に用いられたものとしては、暗号円盤やエニグマ暗号機などが有名だろう。

一方、ルネッサンスまでのヨーロッパは、暗黒時代と呼ばれている。この時代、イスラムや極東において、数学や科学や神学、製紙技術や図書館などが発達していったが、中世ヨーロッパでは文化の大停滞が起こっていた。その中で、細々と暗号や暗号書記法について研究を続けていたのは、唯一、修道院だけであった。各地の修道院では修道士達が、聖書の隠された意味を求めて、様々な研究を続けていた。十四世紀になると、そうした知識を備えた文学者、錬金術師、天文学者などが登場し、職業暗号解読者の誕生へと繋《つな》がっていくのだが、無論、決して表舞台には登場しない異端の文化や思想、秘密結社や教団の存在も、数多くある。オカルトすなわち闇の知識の系譜と呼ばれる類《たぐい》のものである。

ロベルト・ニコラスが好んで専攻しているのが、そうした中世ヨーロッパのオカルティックな暗号史や宗教史であった。

今、彼が手にしている古文書もまた、不可思議な内容のもので、その大まかな意味は換字式を応用したコード・ブックのプログラムを作成することで解読出来た。そして時折出てくる謎めいた言葉を、アナグラムの技法によって妥当な単語に変えて埋めていっている途中である。そこからロベルトが読み下した解釈は、実に奇々怪々としたものであった。

その修道院では、様々な実験が行われていた様子だ。

まず修道僧達は、『エデンの園』が、どの様なものであったかを議論し、修道院内に彼らが考えたところの『エデンの園』と同じ環境の場所を造り上げたという。そしてそこで去勢した男女の赤ん坊を育てたのである。

赤ん坊達にはなるべく接触しないようにして、彼らが物心つく頃には、夜眠っている間に、こっそりと食物を置いていき、どうしても接触する必要がある時には、神の姿を装って接触したというのだ。そうして、原罪の無い無垢《むく》な人類とは、どのようなものだったかを観察し、記録した彼らであったが、二人の赤ん坊は成長するにつれ、自傷行為などの異常で奇矯な言動が多くなったために、手足を切断し、『エデンの園』に永遠に封印したのであった。

またあるいは、彼らは魔女や魔法使いとされて捕らえられた人間達に、拷問と称して、様々な人体実験を行っていた。生きたまま、腹を断ち割って、物を食べさせ、人間が食物をどう消化しているかを観察したり、血液を何かと入れ替えると、人体がどうなるかといった実験を行ったことなどが、綿々と綴《つづ》られていた。

そうした行為は決して残虐性からのみ出てきたものではない。修道僧達は、いかにすれば神に近づけるかを真面目に追究した結果、神の創造物である人間の体と精神の研究にのめり込んでいったのだ。

熱情的な信仰は、時に罪深いものになる。

彼が日々、目にしているのはまさにそのような世界の物語だった。

その時、ロベルトのコンピューターのメッセージランプが点滅した。メッセージはサウロ大司教からのもので、すぐにサウロ大司教の部屋に来るようにと告げていた。

サウロ大司教とは、ロベルトと同じフランシスコ会に所属する、『聖徒の座』の最高責任者の一人だ。

ロベルトは早速、『聖徒の座』の部屋を通り抜け、突き当たりの階段を上った。

二階にはそれぞれ、ドミニコ会、イエズス会、フランシスコ会、カルメル会、トラピスト会、サレジオ会、シトー会などの会派の責任者の部屋がある。サウロ大司教の部屋に入っていくと、大司教は赤いベルベット地の椅子にゆったりと腰を掛けていた。サンタクロースの髭《ひげ》を剃ればこうなるだろうと思わせる恰幅《かっぷく》のいい柔和な顔立ちをした初老の司教であるが、その実は、凄《すさ》まじいエクソシズムを何度も行ったと言われる伝説的な神父である。

部屋の中には、サウロ大司教以外に、若い東洋人の美青年が立っていた。

彼の名は、平賀《ひらが》・ヨゼフ・庚《こう》。ロベルトの親しい友人だ。

平賀は、ほっそりと華奢《きゃしゃ》で、まるで少女のような体つきをしていた。日本人としては色白で、黒くまっすぐな髪はエキゾチックだ。アーモンド形の大きな瞳《ひとみ》が長い睫《まつげ》で覆われ、鼻筋は高くて細い。唇は意外にセクシーで肉感的である。

ロベルトはこの平賀のことを一つの美術品のように愛していた。

平賀の顔を見たロベルトは、一寸《ちょっと》、緊張が解けた気分になって、軽く微笑み、平賀の隣に歩いていった。

「二人とも揃ったな」

サウロ大司教は低く厳かな声で言うと、ロベルトと平賀の顔を交互に見た。

「君達に、奇跡調査を行って貰《もら》いたい。行く先は最近出来た独立国家ソフマ共和国だ」

「どういった内容の奇跡調査ですか？」

　ロベルトが訊《たず》ねると、サウロ大司教は険しい顔をした。

「ソフマ共和国には、一五三八年に設立したフランシスコ会系のセント・カルメルという教会がある。そこに所属していた神父、ヨハネ・ジョーダンという人物の死体が死後一年半を経過しても腐らないという。信者達からの多数の署名入りで、彼の列聖を許可して欲しいという申告書が届いているのだ」

「腐らない死体ですか……。確か現在、四十二人の聖人が、死後腐敗していないことが認められていますよね」

　ロベルトの隣で、平賀が呟《つぶや》いた。その黒い瞳は、好奇心で大きく輝いている。自分の興味をそそられると、たちまちそれに過集中するのが彼の特徴で、変人と呼ばれる所以《ゆえん》であった。

「とりわけ有名な死体といえば、聖女ベルナデットでしょう。ベルナデットは聖母マリアを幻視し、その導きによって奇跡の泉と呼ばれるルルドの泉を発見した女性です。彼女はヌヴェール愛徳修道会の修道院の尼僧となり、三十五歳の若さで他界しました。ところが、その死後三十年経ったある日、司教立ち会いのもと、ベルナデットが埋葬された墓が掘り返されると、彼女の遺体は全く腐敗していない状態であったのです。まるでずっと眠り続けていたのではないかと思えるほど、三十年前と変わらぬ姿のままだった。それから約十六年後、再度、ベルナデットの墓が掘り返されたのですが、またもや死後四十六年が経過してもなお、彼女の遺体は腐敗していなかったのです。当時、ベルナデットの遺体を調べた外科医のタロン氏は、医学誌に当時の報告を発表しています。『ベルナデットの骨や筋肉は完全に保存されていた。中でも特筆すべきは、死亡直後に真っ先に腐敗が始まるはずの肝臓が、驚くべきことに全くそのままの状態であったという点である』と……。そして一九二五年、ベルナデットの遺体は、ヌヴェールのサン・ジルダール教会に安置され、一般にも公開されるようになり、以後、教皇ピウス十一世から聖人に列聖されたのです」

早口でそう言い立てた平賀に、サウロ大司教がじっくりと頷《うなず》いた。

「聖人の死体が、神の加護によって死後腐敗しない例は沢山存在している」

その間、ロベルトは無言であった。ローマ法王庁公認の奇跡について疑うわけではないが、どこか絵空事の話のように思われたからだ。実際にこの目で、確かな奇跡を見ることができれば、話は別だろうが……。

ロベルトが内心の疑念を押し隠すのとは逆に、平賀は期待に胸を弾ませた様子で、サウロ大司教を見つめて言った。

「セント・カルメル教会の遺体が奇跡の賜《たまもの》だとしたら、是非、この目で見てみたいものです。良好な環境の中で死体が保管されていたとしたら、腐敗が遅くなるという可能性がありますが」

平賀の言葉に、サウロ大司教は首を振った。

「死体は、高温多湿の劣悪な環境の中にあると報告されてきている。問題はそれだけではない。ヨハネ・ジョーダンは、高名な預言者でもあるらしい。それ故に、熱狂的な信者が世界中に存在する。彼は様々な未来の預言を起こしているようだが、中にはバチカンとして承認しえない忌まわしい預言も存在する。そんなヨハネ・ジョーダンを聖人と認めれば、バチカンが彼の預言に対して太鼓判を押したことになる。さりとて、一万三千人の署名入りの申告書を無視するわけにもいかん。ヨハネが聖人に値するかどうか、バチカンとしてはよく真実を見極めねばならん」

「預言といいますと？」

ロベルトが身を乗り出すと、サウロ大司教は一冊の本と、ぶ厚い封筒と、一枚の写真、そして手紙を机の上に置いた。

本のタイトルは『十字架のヨハネの終末預言』であり、著者はキッド・ゴールドマンとなっている。

ロベルトは写真を手にとった。それを平賀が覗《のぞ》き込む。

写真は、ある油絵を写したものだった。川と少女が描かれた絵だ。緑色の水玉模様のある赤い服を着た黒人の少女が、青色の川の中に半身を浸《つ》けて横たわっている。瞳は閉じられ、頭部に棘《いばら》の冠が載っている。そして首には真っ赤な手形が浮かび上がっていた。そうして彼女の脇には、籠《かご》の中に入った、色とりどりの卵があった。

妙に情念の籠《こ》もった毒々しいタッチの絵であった。無視できないほど印象的である。

絵の下の方には、タイトルらしき文字がラテン語で書かれていた。

『棘で飾られたナオミが川の中で眠る』

ロベルトと平賀は、次に手紙を開いて見た。手紙の署名は、キッド・ゴールドマンとある。書面の内容は次のようなものだった。


『この素晴らしい預言絵画は、ヨハネ・ジョーダンが四年前の一月に描いた物です。

当時、その意味は誰にもわからなかったのですが、その年のイースターの日に、modania という十一歳の少女が、頭に棘の冠をつけられて、絞殺体で発見されました。

彼女はその時、赤い服を着、その服の柄もヨハネ・ジョーダンが描いた物そのものでした。

さらに、絵画に描かれていた卵はイースターエッグであって、事件が起こる日を示唆しており、naomi という名は、modania の綴りが一部置き換えられたものであったのです。

ヨハネ・ジョーダンの驚異の預言力は、ただこの一つの事件にだけ発揮されたものではありません。別送した封筒には、他にもヨハネ・ジョーダンの預言絵画を納めました。

彼は世界中で起こる様々な災害や事件を見事にぴたりと言い当てているのです。詳しくは私の著書で紹介していますので、お読み下さい。

ヨハネ・ジョーダンは、自分が見た未来の出来事を、各国政府に書面で送り続けても来ました。アメリカのハリケーン被害や、エジプトでのテロなど、日時もピタリと言い当てています。

どうか彼の、神より与えられた聖なる力を評価して、聖人と認められることを、心より願っております――』

大預言者の、腐らない死体を調査する。実に興味深いミッションである。

そう感じているのは、無論、ロベルトだけではない。平賀も興奮した息づかいで手紙と写真を交互に眺めていた。

「いつ、調査を開始するんですか？」

ロベルトが訊ねると、サウロ大司教は「早速に取りかかって貰いたい」と言って、十字を切った。

「しかし、明日は聖なる休日の日曜日だ。明日はゆっくりと休み、月曜の朝にバチカンを発《た》つといい。飛行機のチケットの手配は済ませている」

そう言うと、サウロ大司教は机の引き出しから取りだした航空券を、ロベルトと平賀に手渡したのだった。

2

日曜日の昼、教会での礼拝が終わった後、平賀はロベルトの家を訪ねた。二人で食事をとるという約束だったからだ。玄関のチャイムを鳴らすと、ロベルトは速やかに現れた。

背が高くふさふさとした栗色の髪と、明るい湖のような青い目をしたロベルトは、少し垂れた瞳《ひとみ》が魅力的で、女性が好みそうな甘いマスクをしている。それはローマ彫刻に見られるようなパーフェクトな骨格と容姿であった。

平賀が中に入ると、パスタを茹《ゆ》でている美味《うま》そうな匂いがした。オペラが流れている。平賀が知る限り、ロベルトは大概、自分の部屋ではオペラか聖歌を流していた。リビングにある猫足のテーブルの上にはすでにワインと数枚の皿が用意されていた。皿の上にはサラダやアンティパストが美しく盛りつけられている。

ロベルトは料理の天才である。彼の手にかかると、あらゆる平凡な食材が、味の調和に満ちた美麗な一品に変身する。しかもその作業は実に優雅で手早く、平賀は魔術でも見せられている様な気分になるのであった。

「さて、早速、食べてくれていいよ。パスタは食事の合間に作るから」

ロベルトはそう言うと、平賀のグラスに赤ワインを注ぎ、それから自分のグラスにも注ぎ入れた。

二人は軽い乾杯をして、アンティパストをつつき始めた。

「ロベルト、ヨハネ・ジョーダンの預言の本は読み終えましたか？」

平賀が訊ねると、ロベルトは思慮深い表情で、暫《しばら》く黙り込んだ。

「なかなか興味深かったよ。冒頭には、彼が過去各国政府に送ったというタイプ打ちの預言詩の写真が何枚もあって、これが、政治、経済、災害などあらゆることと、それが起こる日時までが正確に書かれていた」

「では、やはりヨハネ・ジョーダンは預言者なのでしょうか？」

「まだ結論を出すには早いね。それより、キッド・ゴールドマンという人物を調べてみたが、彼はユダヤ系だね。三年前にユダヤ教からカソリックへと改宗している。なにか心境の変化でも大きくあったのか……。とにかく彼のヨハネの預言解読法には感心するね。例えば……」

ロベルトはフォークとナイフを置いて立ち上がり、席を立って自分の書斎に入っていったかと思うと、『十字架のヨハネの終末預言』の本と一枚の写真を手にして戻ってきた。

写真は、ブルーを背景に、赤で不思議な形が描かれていて、その下にω《オメガ》の文字が見られた。

タイトルは『獅子《しし》の苦しみ』だ。

「この絵が描かれたときに、ヨハネ・ジョーダンが書いた詩編があるのだけれどね、詩編五六一七。帝王を苦しみと災いが襲うだろう。二つの川があるところ、獅子の腹は割け、その中から内臓が飛び出す」

「意味深な詩ですね」

「うむ。キッド・ゴールドマンによると、これは去年の八月に起こった中国の大地震と、その後の民族独立紛争を予知した詩だという。帝王とは、中国のことだという解釈だ。獅子は中国のシンボルであるし、絵のωの文字は、最大の数を表している。東洋では、昔、八進法だったために、八が最大の数であり、これが八月を暗示している。そして絵に描かれた不思議な形は、震源地地区一帯の地形なんだ。この地図と比べてみるといい」

ロベルトが差し出した本に載っている地形と、写真の絵に描かれている不思議な形を見比べた平賀は溜《た》め息をついた。

「本当だ。そっくりですね」

「だろう？　そしてヨハネ・ジョーダンは、自分の詩編に、某《なにがし》かの霊感によって番号を打つのだそうだが、五六一七という数字は、大地震で死んだ人々の数、五万六千百七十八人の最初の四桁《けた》のことを示唆しているということだ」

ロベルトは軽く微笑んで、写真を本に挟み込み、ぱたんと閉じた。

「まるで現代版エドガー・ケイシーですね」

「そうだね。エドガー・ケイシーは自らを催眠状態に置いた状態で、アカシックレコード又は、アカシャ記録と言われる宇宙意識から宇宙の知識を引き出したと言われている。ヨハネ・ジョーダンの預言の源も睡眠であるらしく、やはりアカシックレコードに接触することによって、未来を幻視しているのだと、キッド・ゴールドマンは言っている。さて、ヨハネが第二のエドガー・ケイシーか否かだな……」

「だとしたら、私達はそれこそ神の奇跡の証人となるかもしれません。ああ、なんだかわくわくしてしまいます」

平賀が興奮を抑えきれず言うと、ロベルトは軽く頷《うなず》いた。

「ところで、腐らない死体の研究のほうは、どうなっているんだい？」

「ヨハネ・ジョーダンの死体の状態を観察しないことには、よく分からないのですが、例えば、ロザリア・ロンバルドの様な物ではないかとも考えています。ロザリア・ロンバルドの遺体は、イタリアのパレルモにあるカプチン・フランシスコ修道会の地下納骨堂に安置されているのですが、死後八十年以上が経過しても、屍蠟《しろう》化のためまったく腐敗していません」

平賀は答え、一枚のプリントをロベルトに差し出した。

二歳あまりの幼い少女が、ふさふさとした髪に金色のリボンをつけ、金色の布でくるまれて眠っている。その皮膚や睫毛《まつげ》は、触れればさぞ柔らかだろうと思わせるほどの質感を保ち、幼子の愛くるしい容姿は少しもそこなわれていなかった。

ロベルトはひゅっと口笛を鳴らして言った。

「見事なものだ。この遺体は、どういう保存状態でこうなったんだい？」

「通常、屍蠟化現象というものは、腐敗菌が繁殖しないアルカリ性の環境の下、空気から長期間遮断された結果、死体内部の脂肪分が腐敗せず、嫌気性細菌が脂肪を消化し、蠟のような固体に変化させることによって生じます。ですから、密閉された棺桶《かんおけ》の中や、低温の水中、条件の整った地下室などで偶発的に生み出される場合がほとんどです。ところが、ロザリアの場合は、カプチン会独特の死体埋葬方法であるミイラ保存技法を人工的に施されたものなのです。残念ながら、ロザリアに対して用いられたミイラ化の技法については、詳しい書物が残されていません。ただ、最近の研究で、使用された薬品は『ホルマリン』『亜鉛塩』『アルコール』『サリチル酸』『グリセリン』であったらしいことまでが、判明しているのですが、その先はまだ……」

平賀は実に残念そうに呟《つぶや》いた。機会さえあれば、彼自身がミイラ研究や実験に携わりたいと本気で思っているかのようだ。

「ふうん。屍蠟の作製法は、ハンズ・オブ・グローリーの製造法に似たようなものかもしれないね」

ロベルトが軽い調子で言うと、平賀は大きく頷いた。

「ああ、そうですよ、ロベルト。私も丁度、それを考えていたんです。ハンズ・オブ・グローリーは、死刑になった罪人の腕を切り落として人工的に屍蠟化させた物だそうですが、宗教的儀式における蠟燭《ろうそく》代わりや、様々な加護をもたらす護符としても使用されてきたそうです。また、ハンズ・オブ・グローリーに火を点《とも》すと、その家の中にいる人の活動を封じる事ができるという言い伝えがあり、泥棒が盗みに入る家の門前でこれに火をつけ、うまく火がつけば盗みは成功するが、うまくつかなかった時は失敗するので退散したほうがよい、などと言われているのです。実に霊験あらたかな、不思議な代物ですよね」

平賀が興奮気味に言うと、ロベルトは、いとも簡単に、「ハンズ・オブ・グローリーの製造法なら知っているよ」と言ってのけたのだった。

「えっ、そうなんですか？」

平賀は思わず身を乗り出した。

「パスタの様子を見たら、ゆっくり説明するから待っていてくれ」

ロベルトは立ち上がって、キッチンへと消えた。

平賀はパスタのことなど、もうどうでも良い気分になって、そわそわと上体を動かしながら、キッチンのロベルトの様子をうかがっていた。

しばらくすると、ロベルトが唐辛子をちりばめたアラビアータのパスタを運んできて、テーブルの上に置いた。

オペラは張りのある男性のバリトンから女性の甲高いソプラノに変わっている。

「さて、できあがりだ。今日のパスタは茹で加減も味付けも、結構、いい感じだ。平賀、遠慮しないで食べてくれよ」

ロベルトはそう言いながら、オペラの音楽に合わせ、鼻歌交じりで、フォークにパスタを巻き付けだした。

平賀は頷いて、パスタを一口、二口頬張り、ロベルトがハンズ・オブ・グローリーについて語り出すのを待った。だが、ロベルトはなかなか話を切り出さなかった。

ロベルトという男は、良い意味でも悪い意味でも、いつも余裕綽々《しゃくしゃく》に見えた。平賀とは三つほどしか離れていないのに、いつも随分と年上と話をしているように感じられる。

それに比べて自分ときたら、人付き合いも下手くそだし、料理や掃除は酷《ひど》くややこしい代物で、大の苦手である。人と話をしながらパスタを茹でることなど、到底できないタイプだ。大抵、何をするにもパニックを起こしている。

ロベルトはなんでもそつなくこなし、会話上手で、ジョークも上手《うま》く、人から愛されていた。それだけならば、軽薄にも思えるのだが、専門分野の話から雑学まで、幅広い知識や蘊蓄《うんちく》も豊富な男であった。

平賀はロベルトのことを大いに尊敬していたが、時々、ロベルトがちょっと子猫をからかうように自分を扱うことがあるのを知っている。今もきっと、自分が好奇心の塊になってうずうずしているのを知っていて、じらしているのであろう。いい加減、腹が立ってきて、ハンズ・オブ・グローリーのことを自ら切り出そうとした時だった。

にこりと、ロベルトが笑い、

「ハンズ・オブ・グローリーの製造法なんだけどね……」

と言った。

ロベルトは平賀の我慢の限界をよく見抜いていて、いつもこんな具合に、苛立《いらだ》ちが噴火する少し手前で、鎮火してしまうのだった。

「古文書を研究していると、中世の修道僧達は、土着の魔女や魔術師から知識を学んで、様々な実験をしていたのだとわかる。ハーブなどの薬草の知識の殆《ほとん》ども、そういった類《たぐい》の人々から仕入れたんだよ。ハンズ・オブ・グローリーも秘密の祭典に効果があるものとして用いられた記述が見受けられる。例えばイエズス会の名高き悪魔学者デル・リオなどは頻繁に、ハンズ・オブ・グローリーを作っていたようだ。勿論《もちろん》、製造法なども上手く暗号化して伝えられている。それによると、作り方はこんな感じだね。

　絞首刑になった罪人の右手を切り落とす。できうるならば死体がまだ新鮮で絞首台にぶらさがっている間か、または、月蝕《げっしょく》の間に切り取るのがいいとされている。そして屍衣で包んで、きりきり縛って、ありったけの血を搾り取る。血をすっかり搾り取れば、白布で包み、塩、唐辛子、硝石と一緒にきめの粗い陶器の壺《つぼ》に入れて二週間浸《つ》け込むんだ。それを壺から出して、太陽の光で乾燥させる。できればこれは八月、シリウスが太陽とともに昇る炎暑の時が望ましいとされている。水気を完全になくすことが肝心のようだね。もしうまくいかなかったら、シダとクマツヅラを燃やして、炉にかけて乾燥させる。そして、乾燥した手を燭台《しょくだい》の代わりにして、そのうえに蠟燭を点《とも》すんだ。ただし、その蠟燭はやっぱり絞首刑に処せられて死んだ男の人の脂肪と、混じりけのない蜜蠟《みつろう》と、ラップランド産のゴマとからできた特別な蠟燭でなきゃいけない。こうして作られたハンズ・オブ・グローリーが発する魔力を用いた泥棒の例をデル・リオが伝えているが、家族全員が眠りこけたのに召し使いの少女一人が起きていて、なんとかハンズ・オブ・グローリーの火を消そうとするのだけど、水くらいじゃ消えず、牛乳をかけたら消えて、魔力が解け、泥棒を捕まえることができたそうだ。

　あるいは、手から血を抜き、乾かして蠟に浸けるという製造法も伝えられている。この場合は、ハンズ・オブ・グローリーそのものを蠟燭のかわりとして火を点《つ》ける事ができる。どうだい？　科学的見解から見て、こうした方法で腐らない死体は製作できるかな？」

「なるほど……。水気を落としきって、粗い陶器の中で発酵させ、天日で干すわけですね。チーズの作り方と似ていますが、果たしてそれで上手くいくものかどうか、なんともいえませんね。一度試してみないと」

平賀はしごく真剣に答えたが、ロベルトは大笑いをした。

「確かに、君ならやってしまいそうだ」

ロベルトはパスタの最後の一口を食べきり、ワインを飲み込んだ。

「それにしても僕が疑問に思うのは、昔の腐敗しない死体の、発見のされ方についてだ。『棺《ひつぎ》を掘り返してみたら、腐敗していなかった』とよくいうが、一度、埋葬したものをなんでそうも掘り起こすんだろうね」

平賀は首を傾げて考えた。

「今は、聖人認定の過程で、死体が腐っていないかどうかチェックしますが、昔は地位のある人物の死体などは、特別な場所へ改葬したり、開帳したり、戦争によって遺体の安全が脅かされることがあると、掘り返していたのでしょう。しかし、改葬だとか聞こえはいいですけど墓を掘り起こすなんて、その方が不信心な気がしますよね」

「そうだろう？」

「聖人の死体には腐敗以外にも不思議な話が多いのですよ。死体から油がにじみ出すという現象も数多く報告されています。聖シャベルは、墓から掘り出されてチャペルに安置された後、死体から油状の液体がにじみ出し、その量のあまりの多さに、死体の服を週に二回も替えなければならなかったそうです。またマリー・マルグリット・デザンジュという女性は、生前から『聖餐《せいさん》への供物として燃やされたい』と祈っていたといいます。そして、死後、彼女の死体からは、修道院の聖壇の明かりを何年もともし続けられるほどの大量の油がにじみ出したというのです」

「ほうっ」

と、ロベルトは眉《まゆ》を顰《ひそ》めた。

「聖餐への供物として燃やされたいなんて、随分と猟奇的な願いだね。それで、実際、彼女は、聖壇の明かりをともす油として使われたのかい？」

ロベルトは、じっと平賀を見た。

こんな風に危険な話をしている時、ロベルトの瞳《ひとみ》の奥には暗い炎のような物が瞬いて見える気がする。

平賀は少し怖いような気持ちになって、

「まさか……それはないでしょう」

と、首を振った。

3

イタリアを朝早く発《た》った平賀とロベルトが、ソフマ共和国の飛行場に降り立ったのは、夜の六時を回った頃であった。

ソフマ共和国は大陸の湿地帯と砂漠に挟まれた内陸部に位置している為に、飛行場は巨大な森の中の一角を整地してたてられている。飛行場のタラップを下りて、二人が最初に見た物は、空一面を染める夕暮れ、迫ってくる黒々とした熱帯のジャングルの影、そして飛行場に所狭しと並んだ戦闘機であった。

背が高く、黒い肌をした人々が飛行場の中を往来している。喋《しゃべ》っているのはフランス語らしかった。飛行場の案内板もフランス語であったために、平賀には右も左も分からない状態であったが、幸い、ロベルトはフランス語が堪能だ。二人はスムーズに出口まで辿《たど》り着くことが出来た。

出口は出迎えの人で一杯である。その中で、ロベルトは誰かを見つけ出した様子である。平賀の手を引いて、ある人物の方へと駆け寄っていった。

それは十八歳ぐらいの黒人の青年であった。緑色の箱形の帽子を頭に被《かぶ》り、やはり緑色の踝《くるぶし》まである貫頭衣をきている。そして肩には金色の布を掛け、腰にも金色の帯を巻いていた。

よく見ると手に、JOSEF HIRAGA・ROBELTO NICHOLAS と綴《つづ》ったプラカードを持っている。

ロベルトが早速、青年と話し始めた。平賀には意味が分からないので、ぼんやりと聞いていると、青年と笑いながら話をしていたロベルトが振り返った。

「平賀、彼はワクガイ君といって、教会から僕らを案内するように派遣された使者らしい。ジープを用意してあるということだ」

平賀が頷《うなず》いて、ワクガイに会釈すると、ワクガイは真っ白な歯を見せて笑い、衣装の裾《すそ》をさっと翻して歩き始めた。

平賀達はその後に続いた。ジープは空港の玄関口に大胆に横付けされていた。運転手らしき白シャツ姿の男が乗っている。男はワクガイの姿を見るなり、素早く助手席のドアと後部座席のドアを開けた。ワクガイが助手席に乗り込む。平賀達は後部座席に乗った。

運転手の態度からすると、ワクガイはかなり高い地位の人物である様子だ。ワクガイが短い言葉で何か命じると、運転手は頷いて、ジープを走らせ始めた。

空港から延びる広い道、両脇に森を見ながら変化のない景色の中を二時間ばかり走った頃に、街が見えてきた。それは平賀が想像していた以上の都会であった。

広い交差点がいくつもあり、街路樹の椰子《やし》に沿って並んでいるのは、近代的な超高層ビルで、どれも真新しい建物であった。

道路を走っているのは高級外車もあれば、廃車寸前のポンコツ車、勿論、ジープもある。自転車やリアカーの往来もひっきりなしだ。

ネオンがあちこちで瞬き、夜だというのに大勢の人々が通りを歩いていた。頭に色とりどりの布が入った籠《かご》を載せた物売りの女、独特の香辛料の匂いを漂わせる屋台の群れ……。

ただでさえ蒸し暑いというのに、人々の熱気によって、空気は尚更《なおさら》、白熱しているように感じられた。

やがて右手に巨大なゴシック教会が現れてきた。天をつくような尖塔《せんとう》が幾つも聳《そび》え立ち、その最も高い尖塔は、中天に高く輝く月を突き刺しているかのように見えている。

その時、ワクガイが振り返って、ロベルトに何かを喋った。

「なんと言っているんです？」

平賀はロベルトに訊《たず》ねた。

「ここはソフマ共和国の首都リカマの一番開けた場所だそうだ。あの教会は、ソフマ共和国がフランス領時代であった十八世紀に建てられた教会だが、住民達を虐げてきた歴史が刻まれていることから、あの教会への信仰は薄いのだということだ。それより、僕達がこれから行くところが最初に建てられた教会で、最も貴い教会だということだよ」

ロベルトがそう言っている間に、ジープは中心地を抜け、細い路地へと入っていった。

高層ビルやアパートはすっかり姿を消し、トタン葺《ぶ》きの貧しげな住居がひしめき合っている。道はうねり、複雑に入り組んでいた。

「なんとも、面倒な道だね。おそらく植民地支配の名残をとどめた迷路作りになっているんだろうな……」

ロベルトが呟《つぶや》いた。

湿度の高さが、平賀に酷《ひど》い疲労感を感じさせていた。意味もなく雑然とした景色が彼の頭の動きを混濁させ、緩慢にする。知らない間に、調査道具を入れた鞄《かばん》を胸に抱えて眠ってしまっていた平賀であった。

「平賀、起きろよ。乗り換えだぞ」

ロベルトの声で、平賀はふっと目を覚ました。

場所は船の渡し場だった。夜の川は真っ黒で、その幅は広く、土砂崩れのような激しい音をたてて流れている。

運転手を残して平賀達はジープを降りた。ワクガイが受付小屋で金を払っている。小屋から渡し場にいくまでの道には、女商人達が並んでいたが、誰一人、強引に物を売りつけてくるようなことはなかった。殆《ほとん》どの者は、平賀とロベルトを見て十字を切っている。ソフマ共和国の国教はアフリカには珍しくカソリックなのだ。

渡し場には、丸木船が停まっていた。黒人の船頭と舵取《かじと》りがいる。平賀達が船に乗ると、船はその重みでずぶりと沈みこんだ。

動き出した船は、不安定に激しく揺れた。おかげで平賀は何度か気分が悪くなって、水面に嘔吐《おうと》し、ようやく目的地の船着き場についた頃には疲れ切っていた。

「大丈夫か、平賀。荷物をもってやろうか？」

ロベルトが気遣って言ってくる。平賀は首を振り、「大丈夫です」と答えた。

ワクガイが懐中電灯を手に構え、先頭に立って歩く。三人は、何もない草地の道を歩き続けた。

しばらく進むと、前方にライトで照らされた一角が浮かび上がって見えた。数台の警察の車が停まっている。その周囲には人だかりがあった。

「なんでしょう?」

「行ってみよう」

ロベルトが平賀の肩を叩《たた》いた。

二人は草原を掻《か》き分けて、警察の車が停まっている場所まで歩いていった。

大勢の人が右往左往していた。人垣の向こうに死体らしき物が見えている。僅《わず》かな肉を残して骨だけになっている様子だ。

「事件のようだな」

ロベルトと平賀は死体の側に進もうとした。

その前に、いきなり若い男が割って入った。年の頃は二十代後半だろう。

茶色い髪は角刈りで、背は中背だ。しかし、背広を着ていても、よく鍛えられた筋肉の具合が感じられる。顔立ちは精悍《せいかん》で男らしかった。太く一文字の眉《まゆ》は意志の強さと誠実さを感じさせた。瞳は髪と同じ色で、その眼光は鋭かった。高い鼻に続く唇はやや大きめで、顎《あご》が二つに割れている。

その男はロベルトにライオンのような印象を与えた。

「ここから先は立ち入り禁止だ」

男は仁王立ちして腕組みをした。

「貴方《あなた》は?」

ロベルトが訊ねる。男は身分証明書を翳《かざ》しながら答えた。

「ビル・サスキンス。FBI捜査官だ」

英語だった。ロベルトは困り顔をした。ロベルトは英語が話せない。

「FBIの捜査官が何故、こんなところにいるのですか？」

平賀がビルに問いかけた。

「事件捜査だよ。そちらは？」

「私達はバチカンから派遣された神父です」

ビルは、それを聞くと、急に態度を和らげた。

「失礼、バチカンの神父様でいらっしゃったんですね。私はカソリックです。被害者もそうだったと記録にあります。できれば惨《むご》たらしい死を遂げた彼女の為に祈って下さい」

そう言うと、ビルは胸に下げていたロザリオを平賀とロベルトに見せた。

「被害者は何者です？」

「遺留品から見て、一年前からこの地にドキュメンタリー取材に来ていたアメリカ人映画監督、エイミー・ボネスのようです」

「もう少し近づいてもいいですか？」

平賀が訊ねると、ビルは「どうぞ死体の側まで」と、平賀とロベルトを誘った。

骨と、肉片と、血に塗《まみ》れた死体がそこにはあった。

その脇に、空っぽの祭壇が築かれている。ロベルトがそれをじっと眺めた。

「ここで呪術《じゆじゆつ》的な儀式が行われた跡だ。この辺りで盛んな呪術というとバズーナだろう。生贄《いけにえ》を祭壇に捧《ささ》げ、遺体の体中にナイフで傷を付け、その臭いで禿鷹《はげたか》をおびき寄せて鳥葬にするのが習わしだ」

ロベルトが早口で言った。

「失礼、そちらの神父様は何と？」

ビルが平賀に尋ねた。

「この死体の弔い法は、この辺りの土着宗教のバズーナのやり方らしいです。死後、体の数箇所を切って、禿鷹を呼び寄せ、鳥葬にしたと……」

ビルは頷《うなず》いた。

「遺体は腐乱状態から見て、死後数日というところですが、皮膚組織が殆ど残っていないのです。わざと禿鷹に食わせたという訳ですか」

ビルの話を聞きながら、ほぼ白骨化した死体の下半身を観察していた平賀はあることに気付いて呆然《ぼうぜん》とした。

「……なんてことでしょう……」

「何か問題でも？」

ビルが平賀を覗《のぞ》き込む。

「死体の骨盤が下がって大きく開いている」

「というと？」

「エイミー・ボネスという女性は、妊娠していた可能性があります。それも骨盤の開き方から見て臨月に近かったでしょう」

平賀がそう言うと、ビルは怪訝《けげん》な顔をした。

「……それなら、胎児はどこに行ったんだ？　胎児らしき骨や組織は発見されていない」

「それは、私達には分かりません」

平賀が戸惑った様子で答えたとき、検死官と思われる男がやってきた。

手に平らな石を持っている。

「検死官が遺体の口の中からこの石を発見したのですが？」

ビルは手渡された石を不思議そうに眺めた。

「死体の口の中に石？」

ロベルトが身を乗り出し、その石をしげしげと見た。石には、不思議な幾何学模様が描かれている。

「この石、どうしたんだって？」

ロベルトが平賀に尋ねた。

「死体の口の中に入っていたそうです」

ロベルトは極めて興味深そうな顔をした。

「沈黙の石かもしれない……」

「沈黙の石？」

平賀は訊ね返した。

「ああ、死者の霊が余計なことを語らないように、呪具を口に詰めておくのさ。そういう習慣は各地の原始宗教でよく見られるものだ」

平賀がそのことをビルに伝えると、彼は納得したように何度か頷いた。

「被害者のエイミーはかなり野心家で、スクープを何度ものにしている。だが、時にはそれが危険を呼び寄せることにもなる。エイミーは知ってはいけない何かを知って、口止めの為に殺されたのか……」

ビルが呟《つぶや》いた。

平賀とロベルトは死者に祈りを捧げ、エイミー・ボネスの冥福《めいふく》を祈った。

「どうやら、予想以上に物騒な所のようだね」

ロベルトが平賀に囁《ささや》いた。

「激しい内戦の末に、独立したばかりの国家です。事件も多いのでしょう」

二人はそんなことを話し合いながら、再び教会に向かって草原を歩き始めた。

ゆるやかな登り坂を進んでいくと、目の前に、石積みの巨大な城壁のようなものが現れた。

ワクガイがそれを指さして何かを言った。

「あれは『神の城壁』と呼ばれているものらしい。僕らがこれからいく、セント・カルメル教会の外壁だそうだ」

ロベルトが通訳した。

傾斜は徐々に、急になっていく。そして、前方に聳《そび》える巨石建造物がぐんぐんと近づいてくる。

満天の星の下、丘の上に聳える『神の城壁』は、月光に輝く白いメンヒルであった。偉大な意志の力がそこに宿っているかのように、平賀には感じられた。

城壁の玄関をくぐると、南国の植物が鬱蒼《うっそう》と茂る庭が続いており、木々の間から、いくつかの建造物がかいま見える。足下には石畳が長く延びていた。石畳の両脇には、幾つもの尖塔《せんとう》が立っており、教会の尖頭アーチ形の玄関へと続いていた。

その教会は極めて厳かな雰囲気を持った、美しい建築物であった。玄関の両脇の壁には、数々の天使やレリーフが刻み込まれ、建物の両脇にも尖塔が張り出している。玄関の上の尖塔は、際だって突き抜けて高く天へと聳え、その周囲に四本の細い装飾柱が立っている。

ワクガイに案内されて中へ入る。廊下の壁は二重の側壁を持つ構造になっていて、『薔《ば》薇《ら》の高窓』が非常に高い位置にあった。そしてその下には小さな円形窓がそなえられていた。中央部に入っていくと、トゥール・ランテルヌ（光塔）を頂く点はロマネスク建築の少し重たげな影響を残しているものの、礼拝堂に入ると、外部に張り出した控え壁と鉄製補助材の仕様により華麗なステンドグラスが一面に広がる「鳥籠《かご》」のような軽やかな空間になっていた。祭壇には青銅で出来た磔《はりつけ》のキリストの周囲の天井から、数多《あまた》のシャンデリアがぶら下がっている。その脇には古い大きなパイプオルガンが置かれていた。

礼拝堂の中には、数名の老人達と、現地人神父が二人いて、乳香の香炉を振り回しながら、礼拝堂を歩き回り、ラテン語で経文を唱えている。

ワクガイが大声で神父達に声をかけると、神父達は動きを止めて、平賀とロベルトを見た。そして二人に歩み寄ってきた。

「ようこそお越しを。私の名はサムソン、こちらはヨシュアです。あなた方が来るのを私達は心よりお待ちしておりました」

際だって大男の神父が、礼儀正しく、ラテン語で話しかけてきた。

「ありがとうございます。礼拝中にお邪魔してしまったのでは？」

ロベルトが礼をして言った。

「今宵は悪霊が徘徊《はいかい》する日でしたので、教会を守る為に祈りを捧げていたのです。ジュリア司祭様が不在の間に何かあっては大変ですからね……」

ヨシュアと呼ばれたやせ形の男が、悪霊の気配を窺《うかが》うかのように、怯《おび》えた目を辺りに配りながら呟いた。

サムソンはヨシュアの態度を咎《とが》めるように、不愉快そうな顔で咳払《せきばら》いをした。

「当教会の責任者であるジュリア司祭は、遠方に医療活動に出向いており、留守ですが、明日には戻ってくる予定です。それまでゆっくりとお休み下さい」

「ありがとうございます。ところで私達が来た調査の目的である、腐らない死体は？」

平賀の問いに、サムソンとヨシュアは顔を見合わせた。

「教会内の墓所の中ですが、鍵《かぎ》はジュリア司祭がお持ちです。ですから今はお見せできません」

「ならば仕方ないですね。では、僕らの居所《シエル》に案内してもらえますか？」

ロベルトが少し欠伸《あくび》交じりの声で言った。


二人が案内されたのは、教会の庭の中にある真四角なコンクリート造りの建物だった。何の装飾もないにわか造りの建物の様で、建てられたのも最近らしい。

「本当は、立派な修道院があったのですが、独立運動の際に、ここに政府軍の一団が流れ込んできて、立てこもってしまったのです。貯蔵庫からものを盗んだり、修道僧を虐殺したりしてね。教会の中なら誰もたてつかずに安心だと思ったのでしょう。しかし当時の反政府軍が、修道院に立てこもっている政府軍を根絶やしにするために爆破してしまったのです。ですからこんな建物で間に合わせていますが、中は意外と快適です。新しい建物なので、バスもありますし、電気もひいてあります。綺麗《きれい》ですしね。それからここでの礼拝は、朝は六時、夜は七時半です。鐘が鳴って礼拝の時刻を知らせますから、その時は礼拝堂に来て下さい。昼も十二時に鐘が鳴ります。これは昼食の合図です。それから当教会では朝食は食しません。これは空腹を知って日々の糧に感謝するという昔からのこの教会の決まりごとなので、あしからず」

サムソンはそう言うと、愛想無くむきだしになった玄関の一つを開けた。鍵はかかっていない様子であった。

「ここは二人部屋です。あなた方が来るというので、綺麗に掃除しましたし、シーツなども新しいものに替えておきました。では、よい夜を」

サムソンは十字を切って、立ち去っていった。

部屋の中に入ると、壁には色とりどりの布が飾られていた。それらの布が、天井で回っている扇風機の風で微《かす》かに揺れている。歓迎の印だろうか。同じカソリックでも南国ともなればかなり感性が違うようだ。

十字架は、玄関を入った正面の壁にかけられていたが、それは木製で、土着的な雰囲気のする模様が彫り込まれている。

確かにベッドとロッカーが二つずつあった。だが、机や椅子は一つしかない。それだけで、平賀は軽いパニックを起こした。何処に自分の所在を決めればいいのか分からなかったのである。

彼が棒のように突っ立っていると、ロベルトが肩を叩《たた》いた。

「よし、まず模様替えだ」

ロベルトはそう言うと、壁の中央に置かれていた机と椅子を、奥の角へと移動した。

「平賀はこういう狭いところの方が集中できるだろう？　だからここを君のデスクにするといい」

「貴方《あなた》はどうするのですか？　ロベルト」

「椅子や机くらい、他の部屋にもあるだろう。持ってくるよ」

ロベルトは軽やかな身のこなしで出て行き、暫《しばら》くすると机の上に椅子を載せて部屋へと運び込んできた。そして、それらを窓際に設置した。

「僕は、この辺りが仕事が捗《はかど》りそうだな。さて、じゃあ、準備が出来たから眠るとしよう。ベッドはそれぞれのデスクに近い方を使うといいだろう。その前に僕はシャワーを浴びるよ。なにしろ汗だくだ」

ロベルトはそう言うと、旅行鞄《かばん》を開き、中から下着やバスタオルや洗面用具などを取りだしていった。そして平賀にもタオルを投げてよこした。

「持ってくるのを忘れたはずだ。きっとそうだろう？　君の分も持ってきてるから、使うといいよ」

確かに平賀は、タオルのことなどまったく頭の中になく、特に日用品を用意してこなかったのである。持ってきた物といえば、しわくちゃのパジャマだけだろうか。

「有り難うございます。貴方には、いつも世話を掛けてしまって申し訳ないと思ってるんです」

平賀はすまない気持ちで言った。

「謝ることなんかないさ。君のそういうところは面白いから」

ロベルトはさっそく服を脱ぎだした。滑らかな筋肉で覆われた体が服の下から現れる。服を着ると華奢《きゃしゃ》に見えるのに、意外な程に筋肉質なその体は、ミケランジェロのダビデ像を思わせた。

平賀はロベルトがシャワーを浴び終えるまでの間、調査の準備をすることにして、自分の鞄を開いた。

机の上にノートパソコンと各種の化学反応を見る試験薬、ビーカー、フラスコ、電子顕微鏡、用途別の写真機、ビデオ、成分分析器などを並べていく。写真の現像液などは、ロッカーの中に置いた。ロッカーは暗所として写真フィルムの現像場にもってこいだからだ。平賀のデスクの周辺はたちまち実験室の様相を呈した。あとは、別便で送られてくる予定の小型スキャン機が来るのを待つばかりである。

しかし平賀には一抹の不安があった。果たしてあの険しい道のりを、とりわけ急流下りを経て、スキャン機が故障なく届くかどうかである。上手《うま》くいって欲しいものだと平賀が念じていると、シャワー室のドアが開き、ロベルトがバスローブ姿で現れた。

「すっかり準備が終わったようじゃないか、君もシャワーを浴びるといいよ」

平賀は頷《うなず》き、服を脱いでバスルームに入った。ロベルトが持ってきたらしい石鹸《せっけん》やシャンプーが整然と並んでいる。平賀はシャワーを浴びながら、髪を洗い、体を洗ってバスルームを出た。

出てみると、ロベルトもまた、自分のデスクを整えていた。

仰々しい平賀のデスクに比べて、ロベルトの準備は軽やかなものだった。ノートパソコンにデジタルカメラ、束になったトレース用紙。そして十二色の色鉛筆。たったこれだけである。

そしてロベルトはバスローブのまま、ベッドで眠ってしまっていた。

平賀はパジャマに着替え、インターネットケーブルの差し込み口を探してみたが、予想通り存在しなかった。頼りにしている『聖徒の座』の機械技術部にいるローレンとの連絡は出来そうにない。

平賀は軽く溜《た》め息をつき、電気を消して自分もベッドの中に潜り込んだ。

第二章　大天使が舞い降りる時

1

南国の太陽が東の空に昇ると同時に、気温はみるみる上昇し、室内はとても眠っていられない蒸し暑さとなった。そして、カーテンの無い窓から入ってくる、ぎらぎらした日差し。

二人はほぼ同時に目を覚まして、神父の正装に着替えた。そうして向かったのは、教会である。二人で朝の礼拝をする為であった。

夜とは打って変わり、日差しを浴びた教会は、大きく取られたステンドグラスから漏れてくる万華鏡のような明かりで充《み》たされ、幻惑的な美しさに満ちていた。上部から赤い光を投射してくる薔薇《ばら》窓と、腰の辺りから青い光を投射してくる円形窓が続く廊下を歩く。

昨夜は暗くてよく分からなかったが、円形窓には黄色いギリシャ文字でdoxa（輝き・栄光・名声）と書かれていた。

廊下を過ぎて礼拝堂の扉を開くと、荘厳なパイプオルガンの音が響き渡った。聖歌ミゼレレの旋律が、雷鎚《いかづち》のごとく威厳に満ち、大水の轟《とどろ》きのように辺りを震わせていく。

カウンターテナーの美しい歌声が聞こえてくる。パイプオルガンの前に座る人影を見つけ、平賀とロベルトは、祭壇の方へと近づいていった。

オルガンを弾いているのは青年神父だった。ステンドグラスの鮮やかな色彩が、肩まで垂らしたプラチナブロンドの髪の上で躍っている。長くしなやかな指、面長で美しい女性のような顔立ち。鍵盤《けんばん》に注がれる瞳《ひとみ》の色は、深いエメラルドグリーンだ。朝の輝く光に包まれた神々しいまでのその姿は、そのまま宗教画になりそうな趣であった。

そしてえり首や、そで口に緋《ひ》色の刺繍《ししゅう》を施した純白のアルバという服装から、彼がここの責任者であろうことが見て取れた。

平賀とロベルトが声をかけるのを躊躇《ためら》っていると、青年は鍵盤に落としていた視線をふと持ち上げて、彼らを見た。そしてすぐさまオルガンを弾くのを止めたのであった。

「これは、失礼しました。お二人がおいでとはつゆ知らず、演奏に夢中になってしまって……。私はここの責任者、ジュリア・ミカエル・ボルジェです」

ジュリア司祭の声は絹のように柔らかで、優しい響きであった。

「いえ、とんでもありません。こちらこそ、お邪魔してしまいまして。僕はロベルト・ニコラスです」

ロベルトがにっこりと微笑みながら言った。

「私は、平賀・ヨゼフです」

平賀は、ジュリア司祭の美しい容姿に見とれながら、短く答えた。ちょうど聖堂の壁画で見た顔だ。主の御座のいと近き場所に座っていた天使の顔だと、心の中で思いながら。

「何故、こんな時間からミゼレレを？」

ロベルトがジュリア司祭に尋ねた。

「昨日、訪ねた村で、幼い少女が熱病で死んでしまったのです。もう少し早くいけば助かったかもしれないのに、残念で仕方ありません。せめてその少女の魂に救いがあることを祈って、歌っていたのです。幼い子供が命を落とすのは、実に辛《つら》いことです」

ジュリア司祭は悲しそうな瞳で答えた。

平賀は病床にいて、死の病と闘っている弟、良太《りょうた》のことを思い出し、ぐっと熱い物が胸にこみ上げてきて頷いた。

「それはお気の毒なことですね。ロベルト、私達も共に主に祈りを捧《ささ》げましょう」

「そうだな。ジュリア司祭、亡くなった少女の名はなんといったのです？」

「エメイです。エメイ・ロシマシです」

平賀とロベルトは祭壇前の席に腰を下ろし、十字架を取ると、手を組み合わせて頭《こうべ》を垂れた。

そして二人は、申し合わせたように死者への祈りを合唱した。

天にましますわれらの父よ、
主の愛しき御子、エメイ・ロシマシの魂が

いと高き天上の天主に捧げ給わんことを。
天使の迎えと、主の光に守られ、
御霊は天主の御前に導かれ給わんことを。
主よ、どうか彼女の上に絶えざる
優しき光が降りそそぎますように。
主よ、どうか彼女が永遠の
安らかな光に包まれますように。
主よ、どうか彼女の魂が今生において犯したる罪を
大いなる御心によりて、赦《ゆる》し給わりますように。
主よ、あわれみ給え。アーメン。

最後の十字を切って顔を上げた二人に、ジュリア司祭はオルガンの前から立ち上がって会釈をした。

「有り難うございます。バチカンからの直接の使者の方々から、祈りを捧げられれば、エメイの魂もどれだけ救われたことでしょう。私からもお礼を申し上げます」

「いえ、祈るのは私たちの勤めですから。お礼などいりません。それよりジュリア司祭、さっそくで申し訳ないのですが、申告書で申し立てられてきたヨハネ・ジョーダンの死体……というのを見せてもらいたいのですが……」

ジュリア司祭は、はっとした顔になって、オルガンから離れ、祭壇から下りてきた。

「ヨハネを安置してある墓所にご案内します」

ジュリア司祭はそう言うと歩き始めた。三人は教会の裏手へと向かった。

教会の裏手は、ハーブ畑であった。黄色い花をつけたセント・ジョーンズ・ワート、ヒレハリ草、カモミール、セージなどの種々が、熱帯特有に巨大に生長し、強い香りを放っている。ジャングルめいた木々の中、粗い石畳の細道を行くと、十五分ほどで小さな小屋のようなものが並んでいる場所に出た。小屋は四十棟ほどであろう。どれも木で作られた、高さ一メートル五十センチほどの直方体である。屋根はクバの木で葺《ふ》かれたものであった。その屋根の上には棒が二本立っていて、一つの棒の先には鳥の彫刻が、もう一つの棒の先には十字架の彫刻があった。

「ここは墓所なのです。この辺りの先住民族のしきたりをある程度取り入れて作られたものので、一つの墓所には、家族単位で死者が眠っています。鳥の飾りは、魂を天に届けてくれると信じられているために、彼らが好んで作るのです。このセント・カルメル教会が、四百年以上の間、土地の人々と良好な関係を築き、カソリックを広く普及することが出来たのは、先住民族の信仰に対して柔軟であったからです。カソリックの総本山であるバチカンから来られたお二人には、異質なもののように映るでしょうが、この土地での布教には必要だったのです。お許し下さい。しかし、カソリックの理念はきちんと守られていま す」

ジュリア司祭はそう言うと、木の色が新しい小屋の前に立ち、その扉に付けられた無骨な錠前に、腰から下げていた鍵《かぎ》を差し込んだ。

ヨハネ・ジョーダンの墓所の扉が開かれた。

窓一つ無い小屋の中は薄暗かった。周囲を森に囲まれた墓所の湿度は高く、気温もおそらく四十度近いと思われる。むっとした濃厚な空気の中に入っていって目を凝らすと、白木でつくられた棺《ひつぎ》が見えた。蓋《ふた》はされておらず、ヨハネ・ジョーダンと思われる死体が、中に寝かされていた。神父服を着たままであり、胸のところで手が組まれている。

平賀は大股《おおまた》で死体に近づいた。ヨハネ・ジョーダンは五十代といったところだろう。額が広く、頬骨は高く、鼻から下は白く濃い髭《ひげ》に覆われている。

「よく見えませんね」

平賀が言うと、「灯《あか》りをとってきましょうか？」と、ジュリア司祭が訊《たず》ねた。

「ええ、出来ればお願いします」

ジュリア司祭は頷《うなず》くと、小屋から出ていった。ロベルトは妙な顔をして、死体から離れた場所に立っている。

平賀は遺体に鼻を近づけて言った。

「不思議なことです。この死体からは腐敗臭がしません。通常、嫌気性細菌によって分解されたタンパク質は、低級脂肪酸やアンモニアを生じさせるはずですし、硫黄《いおう》原子を含む含硫アミノ酸からは含硫化合物が生じます。脂肪は低級脂肪酸を生じさせ、糖は発酵してエタノールやブタノールなどのアルコール類、酢酸、酪酸、プロピオン酸などの低級脂肪酸、アセトインやジアセチルなどの低分子ケトン類を生じさせるんです。これらの過程で二酸化炭素、水素、メタンなどのガスも発生し、腐敗臭となるのです。この小屋の気温の高さと湿度の高さからすれば、腐敗をおこす細菌——枯草菌、クロストリジウム、シュドモナス、大腸菌などが活動しないのは、おかしなことです。この死体は完全に無臭です。腐敗防止の為に用いられるハーブの香りすら、していません」

平賀は、そっと死体の頭の辺りに座り、用心深くヨハネ・ジョーダンの頬の辺りに触れてみた。

肌は弾力があり、感触では、屍蠟《しろう》化している様子もない。あろうことか体温のような温かさまで感じさせる。死後硬直しているかどうかも疑わしかった。

ただじっとしているだけで、死の気配は一点もなく、生きている者が死体のふりをして息を潜ませているようである。

まさかと思い、平賀はヨハネの鼻先に耳を当て、首の動脈辺りを探った。

息はしていなかった。当然、脈も打っていない。死んでいるに違いなかった。

腐らない死体……。

平賀は、ぞくぞくと鳥肌が立つのを覚えた。

「なんだか妙に嫌な気分だ。悪魔に見張られているような気がする」

普段は神や悪魔を滅多に口にしないロベルトが呟《つぶや》いた。

その時、ジュリア司祭が灯油ランプに火を灯《とも》して入ってきた。ランプの黄色い光が周囲を照らし出した。平賀はそのランプを受け取り、ヨハネの死体の側に置いた。

平賀が見る限り、死体の保存度合いは完璧《かんぺき》であった。どこにも腐敗の影はなく、肌には薄い血の気が残っていた。

「彼の弔い法はどのようなものだったのですか？」

平賀はジュリア司祭に尋ねた。

「この地方で行われている弔い法と同じ形式でおこないました。第二バチカン公会議の『典礼憲章』で、『葬儀はキリスト信者の死の過ぎ越しの性格をより明らかに表現し、典礼色も含めて各地方の状況と伝統によりよく適応したものでなければならない』とされているからです」

「わかりました。具体的にお話しください」

「ある日、ヨハネさんが不調を訴えて、床に臥《ふ》しました。彼はマラリアにかかったことがあり、時々、その症状が襲ってくるような状態でした。私は熱止めを注射して、様子を見ましたが、その日の夕方に亡くなってしまわれたのです。この地方の習慣に合わせて、七日間の通夜を執り行いました。まずは教会で、聖書の朗読を行い、聖歌を捧げ、死者のための祈りを行い、棺に入れたヨハネさんの死体に、捧香《ほうこう》と捧花をしました。その後、棺は、通夜を行う為に広場に作った高台の上に安置され、七日間、参加者がそこで踊り明かすのです。そうして死体を下ろしたとき、長い通夜になることを考慮して、しっかり体に防腐用のマジョラムをすり込んでいたにしても、死体に僅《わず》かな腐敗も死後硬直もないことに私は驚きを持ったのです。それからミサを執り行いました。ヨハネさんは預言者として有名であったために、教会には礼拝堂には入らない千人近い人々が集っていました。私達は礼拝堂を葬儀にふさわしく装飾し、聖書の朗読・聖歌・祈り・説教などを行いました。それからヨハネさんへの告別の言葉を、キッド・ゴールドマンさんが述べ、棺に蓋をして、この墓所の中へ運び込んだのです。それから丁度、一週間程したとき、私は不思議な夢を見ました。天使が私の枕辺に立ち、ヨハネさんに特別な祝福を授けたので、確かめるようにという啓示をしたのです。そこで私は急いで神父達と墓所に入り、棺の蓋を開けてみました。するとヨハネさんの死体は腐らずにあったのです。そうしてそのまま今日にまで至ります。主の垂れたもうた祝福は偉大で、ヨハネさんの体はまるで生前のままなのです。ほら、こんな風に……」

ジュリア司祭はヨハネの胸の上で組まれていた手を、造作もなく解《ほど》いていった。ヨハネの体は軟らかく、手を解いたのみでなく、折っていた腕さえもが、まっすぐに伸びた。

やはり死後硬直が無いのである。

ジュリア司祭は、ヨハネの開いた掌《てのひら》を指さした。そこには十字状の細い肉の盛り上がりがあった。

「これは……」

平賀は、じっと目を凝らした。

「聖痕《せいこん》です。私が記憶喪失になって倒れている彼を見つけたとき、彼は両掌から血を流していました。その血が止まったかと思うと、このようにハッキリとした痕《あと》になって留《とど》まったのです。まさしくこれが、彼が聖なる人であったことの証《あかし》でしょう」

そう言いながら、ジュリア司祭は十字を切った。

「暫《しば》く死体を観察させてもらっても構いませんか？」

「ええ、構いませんとも。ただ約束してください。ご遺体を傷つけるような事だけはしないで下さい。ヨハネさんの遺体は人々の信仰のよりどころとすらなっているのです。もし無闇に死体を傷つけるようなことがあれば、彼らは怒り狂って何をするかわかりません」

ジュリア司祭は不安そうに言った。

「傷つけるようなことはしないとお約束します。聖人になるかもしれない人物の死体に傷をつけるような調査はバチカンで禁じられていますから。ご安心を……」

平賀は答えた。

「そうですか。ならばよかった……。ではここは貴方達《あなた》にお任せします。私は朝の礼拝の準備に取りかかりますので、鍵をお預けしておきますね。それから外出はくれぐれもお気を付け下さい。悲しいことですが、原住民の中には白人をよく思っていない者も大勢います。一年前からこの辺りで活動していた女性カメラマンも、行方不明になったのです」

「それは、エイミー・ボネスのことですか？」

ジュリア司祭は驚いた顔をした。

「何故、エイミーのことを知っているのです？」

「私達がここに来る途中、エイミーの死体が発見されていました」

「嗚呼《ああ》、我が主よ！　なんてことでしょう。彼女は若くて、美しくて、才気あふれる女性であったというのに……。彼女はこの国での窮状を映画にして、世界に訴えると意欲に溢《あふ》れていました」

「エイミーに会ったことがあるのですか？」

「ええ、日曜日の礼拝には、度々参加していました。彼女は熱心なカソリックでしたから。しかし……あの、エイミーが……まさか、なんてこと……」

ジュリア司祭は微《かす》かに涙ぐみながらそう言うと、平賀に墓所の鍵を手渡して去っていった。その態度は、エイミーの死を酷《ひど》く悔やんでいるように見受けられた。

ジュリアが去ってしばらくすると、教会の鐘が鳴り響いた。礼拝が始まった様子である。

ジュリアはエイミーの為に祈っているに違いない。平賀も教会に向かって十字を切り、それからゆっくりと室内を振り返った。

すると、ロベルトがヨハネの死体の側に寄って、その顔をじっと眺めている。食い入るように見ているのだ。その瞳《ひとみ》に、平賀が時に気味悪く感じる、あの暗い炎のようなものが、ちらちらと揺れていた。そしてロベルトの表情も酷く暗鬱《あんうつ》としていた。

「ロベルト、どうしたのです？」

平賀は不安になって訊《たず》ねた。

「いや、何でもないんだが……この死体を見ると嫌な気分になってくるんだ……。特別な理由はないんだが……」

ロベルトはそう言うと、軽く首を振った。

「少し気分が悪くなってきた。ここのことは暫く君に任せるよ。科学的考証は僕の分野ではないからね。僕は少しばかり庭を散策してから、ヨハネの残した預言のことでも調べてみよう」

ロベルトは、ふらりと幽鬼の様に立ち上がると、墓所を出て行った。

いつもは快活なロベルトにしては、珍しいことだ。その様子は、まるで悪い霊にでも憑《つ》かれたようであった。ロベルトのことが少し心配になった平賀であったが、とにかくまずは死体の調査をしなければならない。

平賀は、まずは調査道具として何が必要かと考えを巡らせた。そしてひとまず墓所を出ると、自らの居所《シェル》に戻り、必要と思える道具類をボストンバッグにつめて戻ってきた。

まず平賀がしたことは、湿度計と温度計を墓所に設置することであった。この段階で、気温は三十八度、湿度は百％に達していた。この状態であれば死体は一時間もすれば内臓から腐り始めるはずである。

それから平賀は、電子体温計をヨハネの耳の穴に入れてみた。暫くすると、ピピッとアラーム音が鳴った。体温計の表示を見ると、三十六度。人間の平熱である。奇怪なことだった。平賀は、静かにヨハネの腕を動かしてみた。力を入れなくともスムーズに腕は動いた。足もそっと折り曲げてみる。

ヨハネの体は柔軟で、殆《ほとん》ど生きた人間と同じように関節などが動くことが分かった。

条件から見ても、状態から見ても明らかに屍蠟《しろう》ではない。屍蠟ならこんなことをすれば、体が崩れてしまうだろう。

では何なのか？

現時点で平賀には思い当たるところはなかった。ヨハネの死体の両頰をゆっくりと押していくと、微かに死体の口が開いた。そこに鼻を押し当て、臭いを嗅《か》いでみる。腐敗臭や特別な薬品の臭いはやはり漂っては来なかった。念のため、平賀は開いた口の中をそっと綿棒でこすって、それを小さなビニールケースに入れた。

そうしてからpH試験紙を舌につけて様子を窺《うかが》ってみたが、舌に唾液《だえき》は無く、試験紙は酸性もアルカリ性も示さなかった。

それから衣服の前ボタンを開き、聴診器で内臓の音を探ってみた。鼓動も、胃腸の動く音も、呼吸音も聞こえない。死んでいるから当然だが、その事の方が不思議に感じられる。

これらの作業を終えた平賀は、取りあえず死体の衣服を元に戻し、再び胸の前で手を組ませて、十字を切った。そして赤外線写真を数枚、死体の違う角度から撮った。

平賀は墓所を出て、錠前を閉めると、居所《シエル》に戻った。そしてシャーレの中に培養液を入れると、ヨハネの舌につけた綿棒をその中に浸した。それから撮影した赤外線カメラのフィルムをロッカーの現像液の中へと放り込んだ。

ロベルトはまだ居所《シェル》には戻ってきていなかった。

一時間待つ。細菌がついていれば、もう十分、シャーレの中で繁殖しているはずである。

平賀はおもむろに綿棒周辺の培養液に板ガラスをつけ、それを顕微鏡に設置して、レンズを覗《のぞ》き込んだ。

顕微鏡の中に映し出されたのは、丸いブドウ球菌の姿であった。菌といっても人の皮膚には普通についている類《たぐい》の物で、珍しいものではない。

それよりも、腐敗を促す腐敗菌である大腸菌や、クロストリジウム、シュドモナスなどの菌の姿が全くないことが平賀を愕然《がくぜん》とさせた。それは死体が、腐敗への進行過程にはないことを意味していたからだ。

平賀は、ロッカーを開けて赤外線カメラのフィルムを確認した。死体の周辺はオレンジ色で、死体は全体的にのっぺりとした黄色とオレンジの間の色合いで写っていた。その中でやけに腹の辺りだけが赤みを帯びていた。

腹だけがやや高温で、その他の体の各所において、温度差は現れていない。手の先から目玉、頭までもが、同じ温度を保っている。

平賀は小首を傾げて、それが何を意味するのかを考えたが、釈然とした理由は出てこなかった。とにかく毎日この作業を続けてみるしかない。あとは、スキャン機が届けば、もう少し詳しい死体の状況が分かるであろう。

そうしたところに、ロベルトが戻ってきた。顔色にはやや明るさが増し、瞳の奥の怪しい瞬きは消えていた。

「平賀、何か分かったかい？」

ロベルトはいつもの口調で言った。

「死体は腐敗していないということが分かりました。またこれからも腐敗しそうにもないということも……。今はそれ以上何も言えることはないです」

その時、誰かが居所《シェル》のドアをノックした。

2

ロベルトがドアを開くと、一人の男が立っていた。

黒いフレームのぶ厚い眼鏡をかけた、細身で貧相な男だ。頭は禿《は》げており、眼鏡の奥で好奇心を湛《たた》えて光る瞳は、小さくて、粘着質そうであった。男は自分から訪ねてきておきながら、不審そうな顔でロベルトや平賀をじろじろと見た。

「どなたですか？」

ロベルトは不快に感じながら訊ねた。

「ああ……申し遅れました。僕は預言研究家のキッド・ゴールドマンというものです」

「キッド・ゴールドマン？『十字架のヨハネの終末預言』の著者の？」

「ええ、バチカンから使者の方々がいらっしゃったと聞いたものですから、ヨハネ・ジョーダンのことについてお話ししようと思って来たのです」

「それは是非ともお聞きしたいですね」

ロベルトは答えた。

「ヨハネのことについてお話しするのに一番いい場所があります。付いてきて下さい」

キッドは不躾《ぶしつけ》にそう言うと、くるりと背を向けた。

キッドがロベルトと平賀を誘ったのは、なんのことはない自分達が宿泊している建物の、一番隅の部屋である。ただその部屋には、他のところとは違い、鍵《かぎ》が取り付けられていた。

キッドはキーホルダーにぶら下げた鍵でドアを開け、中に入っていった。ロベルトと平賀もそれに続いた。

「ここは、ヨハネが暮らしていた居所《シエル》です。大切な資料があるので、普段は部外者は入れません。今は僕が宿泊してるんです」

キッドが言った。

その部屋の床には、色とりどりの油絵の具の塊が散らばっていた。まず目についたのは、玄関を入ってすぐ前の壁にくっつけて置かれている机と椅子である。机の上には、紙の束と、何冊かのノートが立てかけてあった。そして、タイプとパソコンが置かれている。

部屋の中央には、質素な他の家具とは対照的なモダンな応接セットが置かれている。おそらくキッドがあとから運び入れた物に違いないと、ロベルトは直感した。

机から一番離れた部屋の隅には、三脚に置いて飾られているキャンバスがある。そこには黄色系の抽象画のようなものに、不可解な数字と言葉が記されていた。三脚の後ろには、かなりの数のキャンバスが積み上げられていた。

もう一方の隅にはベッドがあった。ベッドの近くには十字架が飾られていたが、それにはまだらな色彩が付着していて、何度もヨハネの手によって撫《な》でさすられただろうことを想像させた。

「まず椅子にかけてください」

キッドは命ずるような口調で言った。なんとはなしに頭に来るタイプの男である。平賀はそうでもないらしく、大人しく頷《うなず》いて応接セットの椅子に腰をかけた。仕方なくロベルトも椅子に座る。

するとキッドは、机の上にあった紙の束を抱え込むようにして持ってきて、ロベルトと平賀の目の前に置いたのだった。

「これはヨハネが古いタイプライターで打った預言の言葉です。ヨハネの場合、色んなタイプの預言をします。彼は夢によって主の啓示を得るのですが、暗示的な幻視や幻聴以外にも、男の声で、世界で起こるであろう出来事の明確な日時を伝えられることもありました。これらの預言は、僕がコピーして事前に各国政府にも送っていたのですが、政府はそれに取り合おうとせず、悲劇は預言通りに現実のものとなったのです。読んでみてくれますか？　アリゾナを襲った大ハリケーンのことや、イラクのヨルダン侵略、インドの異常気象によっておきた大雪、そしてユーロの暴騰などが克明に書かれています」

ロベルトと平賀は、さっそくヨハネのサインが一枚一枚入ったタイプ打ちの書面を読み始めた。

多くの書面はイタリア語で書かれていた。その他の二割はフランス語だった。

確かに、書面には過去起こった世界での重大な出来事がびっしりと克明に、日時入りで書かれていた。その内容には一点の間違いもない。そして未来、起こるであろう出来事も書かれていた。

二人はそれらを読み耽《ふけ》り、ヨハネの超常的な能力に対して驚きを覚えるしかなかった。

「大変だ……これから三年と二ヶ月後に、猊下《げいか》がバチカンの派閥争いによって、射殺されると書かれている……それをきっかけに、バチカン内に紛争が渦巻いて、バチカンが崩壊する……」

平賀が、唇を震わせながら呟《つぶや》いた。確かに書面にはそういう内容が書かれていた。

「確かにそうあるね。バチカンにとっては思わしくない預言だ」

ロベルトが咳払《せきばら》いをすると、キッドがまだ読み終えていない分の紙面をくって、一枚の預言書を引き抜いた。そしてロベルトと平賀にそれを差し出した。

「さっきFBIの捜査官という人が来て、エイミー・ボネスが変死体で発見されたと言っていましたが、まずこの詩を読んで下さい」

られる。

異国の女性が悪魔の儀式により命を落とすだろう。その魂は鳥に食われ、胎児は連れ去

「これはヨハネが書いたものです。どうです？　これはエイミーのことだと思いませんか？　聞いた限りではエイミーの変死体の状況と酷似している。それに……これ」

キッドは再び一枚の預言詩をロベルトと平賀に差し出した。

私の死後、神の玉座より二人の使者が来るだろう。一人の使者は私の栄光に触れ、主の祝福を受けるであろう。もう一人の使者は、不信心故に年老いた蛇である悪魔の罠《わな》にはまって、命を落とすだろう。

その文章はフランス語で、末尾に書かれている日付は、ロベルトと平賀が此処《ここ》に来た日付と、ぴったり一致していた。ロベルトはこの不気味な預言に固唾《かたず》を呑《の》んだ。平賀も深刻な表情で黙っている。

「この預言は、言いづらいのですが、貴方《あなた》達のことだと思うんです。ヨハネの預言によれば、貴方達のどちらかが命を落とすはずです。それとももう一つ、ヨハネのメモ書きがあります」

キッドは小さな手帳を繰って、文章の記された最後のページをロベルトと平賀に見せた。

シンシンの祭りの日に、一人の神父が命を落とすだろう。

キッドは、眼鏡の奥の小さな瞳《ひとみ》で、ロベルトと平賀を、じっと見ていた。そして突然、禿げた頭を掻《か》きむしって、ああああ、と奇声を発した。

「どうしたんです？」

平賀が訊《たず》ねた。

「思い出した！　あれだ……きっとあれだ……」

キッドはやにわに椅子から立ち上がり、キャンバスの後ろに積んでいる絵の方へと向かっていった。そして、ぶつぶつと呟きながら絵を選んでいた。かと思うと、一枚の絵を束の中から引きずり出した。

「これを見て下さい」

そういいながらキッドは絵をロベルトと平賀に向けた。

描かれていたのは描きかけの人物像だ。その人物は、明るい青い瞳で、ダークブラウンの髪をしていた。その背後に、不吉な真っ赤な絵の具が血のように点々と散らされ、×と黒い蛇のようなものが描かれていた。

「これはなぜか、ヨハネが描きかけて、途中で止めてしまった絵なんです。この人物の顔をよく見て下さい。ロベルト神父に似ていませんか？」

そう言われてみると、絵の中の人物の目鼻立ちが自分に似ているような気がする。

ロベルトは、一瞬、ぞっと背筋を凍らせた。そしてその絵になにかとてつもなく、嫌な雰囲気を感じたのであった。嫌悪感……焦燥感……嘔吐《おうと》感……そうしたものが一気にこみ上げてくる。

――なんだろう？　この感じは？

ロベルトは、さっきヨハネ・ジョーダンの遺体を見た時にも、こんな奇妙な感覚に襲われたことを思い出した。

「気をつけなければ。ロベルト神父、貴方が命を落とすのかも……」

キッドが占い師じみた、迫力のある声で言った。

不信心故に……とは、心当たりがありすぎるので、ロベルトは思わず身を固くした。

思わぬ反応を起こしたのは平賀だった。

「ロベルト神父が命を落とす事なんてありえません。ロベルト神父は信仰心の厚い、立派な神父です。悪魔の罠になど嵌《は》まるわけはないのです。これは私達のことではありませんよ」

常に冷静で、行儀正しい平賀が、珍しく厳しく高いトーンの声で言ったのだ。

「厭《いや》な思いをさせたのならすいませんね。でもこれは僕が言っていることではなく、ヨハネの預言なんです。そして彼の預言はことごとく的中している。それだけです」

キッドはそう言うと、持っていた絵をもとの場所にしまい込んだ。

ロベルトは平静を装って、腕組みをした。

「面白い預言ですね。これで私が死ねば、ヨハネ・ジョーダンの預言の力は、確信的なものになりそうだ……。他にも彼は何か預言していますか？」

「ヨハネの詩編を解読した僕のノートで良ければ貸しますよ」

「それは是非、お借りして、色々と考証してみたいものです」

ロベルトが答えると、キッドは紙面の束を抱えて、再びもとの机の上に置き、その代わりに本立てにあった三冊のノートを取りだしてきて、ロベルトに差し出した。

「ここに、ヨハネの残した詩と、その解読法を記してあります。読んでみて下さい」

ロベルトはそれを受け取り、「ありがとう」と答えた。

「何か質問したいことがあれば、僕はいつもここにいますから」

キッドは不敵に言った。

「大いに質問するかもしれないですね」

ロベルトはそう言い残して、平賀とともにキッドの部屋を出た。

「あんな預言は気にしないで下さい」

平賀が言う。

「気にしてなんかいないさ」

ロベルトは軽く答えたが、厭な予感がしているのは事実だった。

「なにがあったとしても、私が貴方を死なせなどしません」

平賀が決意を込めた声で言った。

「有り難う。だが、大丈夫さ。もし死ぬとしてもそれは天命だ。甘んじて受けるよ。それより君は腐らない死体の謎を解明するのに頑張ってくれたらいいさ。文章の解読は僕の分野だ。ようくこの預言詩を研究してみるとしよう」

そう……。恐れている場合ではないのだ。真実を究明することが自分の使命だ。

ロベルトは自らにそう言い聞かせて、二人の居所《シエル》の扉を開いた。

ロベルトは自らの椅子に腰かけると、さっそく手に入れたヨハネの預言詩の解読ノートを開いたのだった。

★五二二番

英雄がナイルの近くで誕生するだろう。

彼は近隣諸国に高い代価を支払わせ、国民を独裁的に統治する。

人々は言う、あいつは君主というより殺戮《さつりく》魔だと。

これはジャイロビの新政権を作ったアドア大統領のことだ。彼はナイル川に近いコラケという村に生まれ、しかもその誕生日は、詩編番号が示す通り五月二十二日だった。ジャイロビはイスラム国家で、周辺諸国ともしばしば戦争を行い、軍事的な独裁政治を国民に強いているのだ。

★三一七番
金星の十。島々からなる国が、大いなるポセイドンの怒りを買う。
この時、家屋は崩れ、人々はなきさけぶだろう。
人々の救済は長くおくれることになる。

金星を支配星とする天秤《てんびん》座の十度。すなわち十月八日に起こる事件を詩編はあらわしている。十月八日、まさしくソロモン諸島に大津波が起こり、その救援活動は、国際政治的な衝突から、なかなかはかどらなかった。

★七二二番
バビロンに新しい帝王ロデアが生まれるだろう。
彼は八月十一の暑い日に、その勝利を確定し、大いに貧しい人々から熱望される。
その結果、金は銅へと変化するだろう。

バビロンは言わずと知れたアメリカのことである。これはアメリカの新大統領ロジャー・ウイルトンのことに間違いはない。ロデアとロジャーは大変発音が似ているし、字としては一字違いである。

ロジャー・ウイルトンは八月十一日のミネソタ州の選挙で大勝利したことによって、大統領への道を確定したことは言うまでもない。

また選挙後、ドル高への期待から、金相場が著しく下落している。

★九三〇番
大きな大陸の北側で、ouranos（天）が叫び声をあげる。その時、アポロンは天高く駆けていく、その叫び声に耳を傾けるであろう。

イナゴの害はそこら中にひろがり、生ける者は死せるがごとくだ。


これは九月三十日におこった、フィンランドの原発事故のことである。詩編の九三〇はまさに日付をいいあてている。ouranos は、urano という言葉を含んでいることからも、それがウランによる被害、すなわち原発事故であるということを示唆している。

事故があったのは、まさしくアポロンが天高く駆けている真っ昼間であった。

イナゴの害とは、放射能汚染のことをいい、この地域では被爆者が大勢出て、まさしく生ける者は死せるがごとくとなっている。

この他にも、預言詩の解読は綿々と続いていた。

その一つ一つをじっくりと検討しながらロベルトは読んでいく。

気がつくと昼になっていた。サムソンがやってきて、昼食であることを告げた。

教会の鐘が鳴る。

昼食は教会内で、神父全員でとるということだ。サムソンの案内で再び二人は教会へと向かった。玄関から礼拝堂に向かう廊下を途中で右に折れる。その廊下は主要廊下より少し幅が狭く、明かり取りの窓も少なかった。広い間隔を置いてステンドグラスが塡《は》め込まれており、それらはキリストの受難と復活の物語を表していた。

通路の途中で、ロベルトは思わず立ち止まった。古書の匂いがしたからである。見ると、扉がある。

「どうしたんですか？」

サムソンが訊《たず》ねた。

「いや、たいしたことではないんだけれど、この扉の向こうには何があるのかな？」

ロベルトは扉を指さして訊ねた。

「此処《ここ》は教会に伝えられている古書や歴代司祭の日誌などが置かれている部屋です。ここがどうかしたんですか？」

やはりそうか……。

ロベルトは思わず笑いそうになるのを堪《こら》えて、首を振った。

「いえいえ、なんでもないさ。少し気になったから聞いただけだよ」

「そうですか……」

サムソンは不思議そうな顔をして、再び歩き始めた。

それほど長くない廊下の突き当たりの部屋に、食事室はあった。壁一面に見事なフラスコ画が描かれている。それはどうやら『エデンの園』らしき森の絵で、裸のイブが、まだ美しい天使のような姿をした蛇に、リンゴの実を勧められていた。室内には窓一つ無く、天井から吊《つる》された大きなシャンデリアの蠟燭《ろうそく》の灯《あか》りだけが、周囲を、ゆらゆらとした炎で照らし出している。

ロベルトは、暗い森の中に入り込んだような感覚に襲われた。

部屋の中央には細長い樫《かし》の木でできた机があった。表面には幾何学模様の象牙《ぞうげ》細工が施されていて、上には燭台《しょくだい》が置かれていた。そしてその周囲の背もたれの高いゴシック調の椅子に、ジュリア司祭と六人の神父、そしてキッドが座っている。サムソンに促されて二人は隣りあった空席についた。目の前には白い陶器の皿と、スープ入れがあったが、食べ物は未《いま》だ何も置かれていなかった。

「皆さんにご紹介します。こちらのお二人がバチカンから来られたロベルト神父と平賀神父です」

ジュリア司祭が言った。ロベルトと平賀は軽く会釈した。

「お二人に紹介します。サムソンとヨシュアは御存じでしたね。ヨシュアの右から、ペテロ、ヨブ、エリノア、サミュエル、それからキッドさんです」

紹介された神父達は、にこやかに笑った。キッドは相変わらずの仏頂面で、二人をじっと見ている。そうしていると、部屋の奥にあった小さな扉が、きっと開き、寸胴《ずんどう》を手にした男が現れた。男はやはり黒人で、黄色いシャツに迷彩ズボンを穿《は》き、薄汚れたエプロンをしている。首のうしろに大きな瘤《こぶ》があり、片目が半分潰《つぶ》れた不気味な容姿をしていた。神父らしい感じではない。

「ここの雑用人のオリオラです。教会内の清掃も彼の仕事です。居所《シェル》も彼が掃除しますから、少しばかり汚してしまっても気になさらないで下さい」

ジュリア司祭が彼を紹介した。

オリオラは寸胴を手にしたまま、がに股《また》で近寄ってきて、寸胴の中に差し込まれた大きなスプーンで、香辛料臭いスープにまみれたソーセージを掬《すく》い、ロベルトと平賀の皿へと盛った。そうして順番に神父達の皿にはソーセージが盛られていったのであった。

オリオラはそれが終わると、空になった寸胴を手に扉の向こうに去っていき、再び少し小ぶりの寸胴をもって来た。どうやら扉の向こうが厨房《ちゅうぼう》の様である。

寸胴の中には、卵と野菜のスープが入っていて、それがスープ入れに注ぎこまれた。

オリオラは作業を終えると、無言で扉の向こうに去っていった。

「食事の前の祈りを捧《ささ》げたいと思います」

ジュリア司祭が言うと、神父達は十字を切って、頭《こうべ》を垂れた。ロベルトと平賀もそれに従った。

ジュリア司祭は長い食物への感謝の言葉と主を褒め称《たた》える言葉を口ずさんだ。

それが終わると、神父達は食事を取り始めた。グルメのロベルトにとって、食事は酷《ひど》く不味《まず》かったが、苦情や食べ残すことは禁物である。

誰も何も喋《しゃべ》らない静かな食事が終わり、再び皆が十字を切る。その折を見て、ロベルトは切り出した。

「ここへ来る途中、書庫の前を通ったのですが、もし出来るなら中を見せてもらえないですか？」

「ええ、構いませんとも」

ジュリア司祭はあっさりと答えた。

「本にご興味が？」

「ええ、古書を読むのが好きなんです」

ロベルトはあえて自分が、古書の研究家だとは言わなかった。原則的に、調査官達は、自分が何の専門家だということは口にしないことになっている。言えば、騙《だま》そうとする相手側もそれなりの処置をしてくる可能性があるからだ。

「そうですか、私も古書は好きでよく読みます。あとで書庫をご覧になりますか？」

「ええ、是非とも」

「それではお時間のある時に、言って下さい。書庫を開きますから。私はいつでも医務室の方にいます。祈りの時以外は医療活動をしているものですから」

ジュリア司祭は穏やかな口調で言った。サムソンが大声でオリオラを呼ぶ。オリオラは部屋に入ってくると、皆の皿を片付け始めた。

「医療活動のお手伝いをしてもいいですか？」

平賀が唐突に言い出した。

「調査のほうはどうするんだ？」

ロベルトが訊ねると、平賀は黒い瞳《ひとみ》を瞬かせた。

「今日のところはもうすることがありません。暇な時間には、出来れば私も医療活動に参加したいのです」

熱意の籠《こ》もった声だ。平賀がこんな調子で言い始めると、あとには引かないのが常だった。

「分かったよ。君はそうするといい」

ロベルトは諦《あきら》めて答えた。弟の良太のこともあるし、日頃からボランティアには熱心な平賀のことである。未開地での医療活動ともなれば、水を得た魚だろう。

「それは有り難いことです。ただでさえ、手が回らないのです。少しでもお手伝いいただければ、助かります」

ジュリア司祭は、にっこりと微笑んだ。それはまるで薔薇《ばら》の花が開いたかのような美しさであった。

こんな美貌《びぼう》の男は、そうそういるもんじゃないな……。

ロベルトは一寸《ちょっと》感心した。

3

食事を終えた後、ヨシュア神父は懺悔《ざんげ》室へと、サミュエル神父は畑仕事へと、そして大男のサムソンは教会内の破損箇所を修理しにと出て行った。残り三人の神父とジュリア司祭とともに、平賀は教会内の医務室へと向かった。

医務室にはすでに数人の原住民達が集まっていた。

医務室は清潔で、ハーブ以外にも薬品や医療器具が豊富に揃えられている。

「立派な設備ですね」

平賀が言うと、

「ブレーネ福祉財団がスポンサーになってくれているのですよ」

ジュリア司祭は答えた。そうして真剣な眼差《まなざ》しで、やってきている患者達を見た。誰が最も救急なのかを見定めている様子だ。最初にジュリア司祭が声をかけたのは、布を巻き付けた足をひきずった老人であった。

ジュリア司祭はその老人を椅子に座らせ、足に巻かれてある布を解《ほど》いた。老人の足は大きく腫《は》れ上がっていて、深い傷が膿《う》んでいる。

ジュリア司祭は傷口を観察しながら老人と話を始めた。他の神父達もそれぞれ患者達に声をかけ、状態を聞いている様子だ。

平賀は何をしたものかと戸惑っていたが、すぐに出番は訪れた。薬棚の脇にいた平賀に、ジュリア司祭が、「ジアゼパムという名の錠剤を取ってくれますか？」と声を掛けたからだ。

平賀は薬棚を開けて、中を見渡し、ジアゼパムと抗毒血清剤のアンプルを取りだして、ジュリア司祭の下に歩いていった。

「もしかして、破傷風ですか？」

二つの薬を渡しながら訊《たず》ねると、ジュリア司祭は大きく頷《うなず》いた。

「ええ、そんな様子です。切り株の上に倒れて、それが刺さったそうなのですが、全身がだるい、眠れないなどという破傷風特有の症状を訴えています。でも、よく薬が分かりましたね。貴方《あなた》の専門は医療ですか？」

「いえ、そうではありませんが、少しそういったことに興味があるのです」

「それは大助かりです」

ジュリア司祭はそう言うと、錠剤を老人に飲ませた後、アンプルの液体を注射器で吸い取り、老人の腕に注射した。

それから膿んだ患部をメスで切断して、膿《うみ》を絞り出すと、小さなとげ抜きでまだ患部に残っている棘《とげ》を丁寧に取っていった。その作業は非常に丁寧で熱心である。平賀はその真摯《しんし》な姿に感動を覚えた。ジュリア司祭はすっかり棘を抜き終えると、ふうっと安堵《あんど》の息をついた。そして老人の患部に包帯を巻こうとした。

「包帯なら私が巻いておきます。ジュリア司祭はどうぞ次の患者さんを診て下さい」

平賀がそう言うと、ジュリア司祭は一寸、驚いた顔をしたが、すぐに、にこりと微笑んだ。

「ええ、ではお任せします」

平賀はジュリア司祭から包帯を受け取ると、老人を手招きした。老人が、怠《だる》そうに歩いてくる。

その足に包帯を巻き終えて、ジュリア司祭の方を見ると、母親が抱いている小さな男の子の胸に聴診器を当てていた。男の子は軽い咳《せき》をしている。

「どうやら喘息《ぜんそく》性気管支炎のようですね……」

ジュリア司祭がそう呟《つぶや》いたので、平賀は早速薬棚を開け、テオフィリン系薬と抗コリン薬の吸引剤を取りだし、ジュリア司祭に手渡した。

患者の到来はひっきりなしだった。

軽い症状のものは、神父達がハーブ薬などで処置している。ジュリア司祭は内臓疾患の患者から、外科が扱うような患者までをも面倒をみていた。骨を折ったという患者には、患部に添え木をして、石膏《せっこう》で固め、包帯を巻く作業までもこなす。そうやって五時になると、医務室は休憩時間に入った。

「大変な患者の数なのですね」

平賀は感心して言った。

「近くに病院がないからです。都会までいくと病院はあるのですが、何処も大混雑ですし、お金もかかります。貧しい人々は医療を受けることができないのです。このセント・カルメル教会は、五百年近くにわたって、この場所で医療活動を中心に布教してきました。ですからこの地方の人々は、病気になったときは此処《ここ》に来ると治ると信じているのです。その希望になるべく応《こた》えたいのですが、時には、私の手には負えない患者もやってきます。あるいは来た時には手遅れだったりもします。地方には未《いま》だに呪術《じゅじゅつ》などに頼って、近代医療を受け付けない人達がいるのです。それで死にゆく人がいないように、私は週に一度、村々への訪問診療を行っているのです」

ジュリア司祭が長い睫《まつげ》を伏せ、憂いを湛《たた》えながら言った。

「貴方は大変ご立派な方です」

平賀が言うと、ジュリア司祭は首を振った。

「とんでもありません。私は力無き者です。時々、私は人が呆気《あっけ》なく死んでしまうのを見て、思うのです。人間は主の最高の創造物であるはずなのに、どうしてかくも脆《もろ》いのかと……。非常にやるせなくなりますよ」

「確かに……そうですね……」

平賀は良太のことを思い出して溜《た》め息を吐いた。

「けど、今日は本当にお手伝いいただいて有り難うございます。貴方のような方に手伝っていただくと、診療も速くこなすことができます」

「私で良ければ、いつでもお手伝いさせて下さい」

平賀が真面目に答えると、ジュリア司祭は平賀に向かって深々と頭を下げた。

「何をなさるのです。どうか頭を上げて下さい」

平賀が驚いて言うと、ジュリア司祭は十字を切って平賀を見詰めた。

「いいえ、貴方は全く天からの賜り物です。もうお一人のロベルト神父に悪いので黙っていましたが、昨夜《ゆうべ》、天使が私の枕元に現れ、貴方のことを神の息吹がかかったものだとお告げになりました。どういうことかと思っていると、貴方は病み、傷ついた人々を哀れんで、私を手伝って下さった。お陰で今日は倍近い患者を診てあげることができました。本当に喜ばしいことです。私としては貴方にずっとここにいて欲しいとすら思ってしまいます」

ジュリア司祭の真っ直ぐな瞳に見詰められ、平賀の心はふと揺らいだが、慌てて首を振った。

「いいえ、それは無理というものです。私はあくまでもバチカンの使いなのです。ですが、ここにいる限りは、貴方の診療のお手伝いをすることをお約束します」

「有り難うございます。そのお言葉だけでも十分です。もう少ししたら夕食の時間ですので、居所《シェル》でおくつろぎ下さい。私は私用をたしてきます。もしよろしければ、後で司祭室を訪ねて下さいね」

「分かりました。……ところでこの教会にインターネットは通じていないのですか？」

「電話室には、ネットが通じていますよ」

平賀はそれを聞いて少し安心した。

「使用したい時があれば、ご自由に使って下さい」

ジュリア司祭はそう言うと、医務室を出て行った。

神父達もそれぞれの作業を終えていた。彼らは薬棚の中を覗《のぞ》き込んでいる平賀の下に寄ってきた。

「凄《すご》いですね。そのお薬のことがお分かりになるなんて」

最初に声をかけてきたのはエリノアだった。まだ年若い神父で、あどけない表情をその顔に残している。

「それはそうだろう。なにしろバチカンからの御使者だ」

偉そうに言ったのはペテロだった。ちりちりの髭《ひげ》を生やした太った神父である。

「ジュリア様が言うように、貴方がここにいてくれたらいいのに」

高いなよやかな声で言ったのはヨブであった。

「そうそう、平賀神父、このことは話しておかないとと皆で言ってたんです。オリオラの作る料理を食べている間は、ペニーロイヤルとクバの木で編んだ魔除《まよ》けを自分のベッドに逆さに吊《つる》したほうがいいですよ」

エリノアが言った。

「ペニーロイヤルとクバの木で編んだ魔除けを逆さに吊す？　どうしてですか？」

平賀は訊ねた。

「いえね、オリオラには悪い評判が多いんですよ」

ペテロが言った。

「悪い評判とは、どのようなものなのですか？」

平賀が再び訊ねると、三人の神父達は顔を見合わせた。

「近所の評判では、オリオラは悪魔に仕える祈禱《きとう》師だというのです」

「そうなんです。密《ひそ》かに食事に秘密の魔法薬を盛って、それを食べた人をいいなりにするだとか……」

「妊婦に魔術をかけて、生まれてくる子の性別を変えてしまうとも言うぞ」

「まったく厭《いや》な話が多いんですよ」

平賀は神父達の突拍子もない話に瞳《ひとみ》を瞬かせた。

「そんな人物が何故、教会に？」

「それはジュリア様がお優しいからですよ。オリオラには七人も子供がいて、年とった両親もいるんですがね、評判が悪くて働き口がないんです。それに貧乏で畑もろくに持っていない。だからジュリア様が哀れんで、教会での雑用をさせているというわけです」

ペテロが険しい顔で言った。

他の二人の神父達が頷いた。

「そうですか。では私達もそのようにしましょう。この辺りには、まだそうした魔術師達も多いのですか？」

「魔術師であるということは、皆、秘密にしてるんです。でも多いといいますよ」

エリノアが黒い瞳を、少し好奇心めいた色に輝かせた。

「奴らは、満月の夜に魔術の集会を開くというぞ」

ペテロが訳知り顔で言った。

「神への冒瀆《ぼうとく》です。おお、なんて恐ろしいこと……」

ヨブがぶるりと震えた。

平賀と神父達は医務室を出て、ハーブ畑に向かった。神父達はそこらに生えてあるクバの木の葉を摘み、それとペニーロイヤルを器用に編み合わせて、不思議な魔除けを作り上げた。

平賀はそれを貰《もら》うと、時計を見た。午後六時十五分。夕の礼拝までにゆっくりとした時間がある。平賀はジュリア司祭がどのような人物か興味をそそられ、司祭室へ寄ってみることにした。

司祭室のドアをノックする。ジュリアが中から現れ、微笑むと、平賀を中へと誘《いざな》った。

司祭室の奥にあるドアへとジュリアは歩いていく。

「どうぞ、ここが私の居所《シエル》です」

ジュリアは居所《シエル》の扉を開いた。

司祭の居所《シエル》は葡萄《ぶどう》の樹が彫刻された四本の太い青銅柱で支えられていた。その柱の天井部分には獅子《しし》の顔があり、天井はドーム型になっている。

奥行きがあって広々としたスペースには、ジュリア司祭専用の書卓や骨董《こっとう》の応接セットが置かれていて、部屋の片隅に天蓋《てんがい》つきのベッドがあった。

壁は大理石で南側の一面が全て窓になっている。

窓からは闇深い森と、薄暗くなりかけた天空が見渡せた。

薄い星の光がその中に散らばっている。

平賀が暫《しばら》く部屋の中をうろうろしていると、足下で、きっと軋《きし》むような音がなった。

思わず平賀が立ち止まる。

「そこは傷んでいて修理中の場所なのです。どうぞソファに腰かけてください」

ジュリアが言うので、平賀は応接セットのソファに腰掛けた。

ジュリアはポットから湯を注ぎ、ミントの香りのするハーブティーを二杯、テーブルの上に置いた。

「どうぞ、お飲み下さい。先程は随分と助かりました」

平賀は一口飲み、

「美味《おい》しいですね」

と、答えた。

「それにしてもジュリア司祭は、どうしてこのような僻地《へきち》にわざわざ赴任されたのですか?」

平賀の問いに、ジュリアは少し小首を傾げた。

「どうしてかと言われると、多分、私が子供の頃に読んだ本のせいでしょうか？」

「子供の頃に読んだ本ですか？」

「ええ、私が八歳の誕生日に、医者をしていた叔父《おじ》が、アルベルト・シュワイツァー博士の伝記を私にプレゼントしてくれたのです。博士は医療と伝道に生きることを志し、アフリカの赤道直下の国ガボンにおいて、その生涯を原住民への医療に捧《ささ》げました。『密林の聖者』と呼ばれる彼の生き様に、幼い私は深い感銘を受けたものでした。そしていつかは私もその様に生きたいと願うようになったのです。それが動機でしょうか……」

「それは素晴らしい志ですね。私も彼の『生命への畏敬《いけい》』には、強い興味を抱きました。彼の解釈によれば、イエスはユダヤ教の黙示文学の終末論のもと、近い将来宇宙の大転換が起こると考え、近迫した終末に備えて愛の倫理を説いたのですが、終末は来ず、以後のキリスト教の歴史は、イエスの終末論の謎を思索し、精神化、倫理化していく過程によって育《はぐく》まれたのだと……。その極限にみいだしたのが『生命への畏敬』、すなわち、神の愛にとらえられて生かされつつ生きる意志を、自己と自己の周囲に発見し、論理的思考のみで事を考えるのを止め他の人のために尽くすこと。そして、生きようとする意志の連帯を強化促進していくことであると。シュワイツァーはさらに思索を東洋思想との比較にまで拡大して、『生命への畏敬』を普遍化することを試みた……」

「よく知っておられますね。ではこれはご存じでしたか？　シュワイツァーは音楽にも精通していて、バッハの研究家としても有名なのです。彼はパイプオルガンの名手だったそうです。私もそれに倣って十二歳の頃からオルガンを習うようになったのです」

「ああ、そうだったのですか」

平賀はハーブティーを飲みながら頷《うなず》き、先程から気になっていたことを訊《たず》ねた。

「ところで、この部屋には十字架がありませんね。どうしてですか？」

平賀の問いに、ジュリア司祭はエメラルドグリーンの深い眼差《まなざ》しを窓辺に向けた。

「十字架ならありますよ。あそこに……」

ジュリア司祭が指さしたのは星空の一角であった。

「ここからは南十字星がよく見えるのです。大空に輝き、我々を常に見守って下さる天の十字架がいつもこの部屋には存在しています」

平賀は空を熱心に見詰めて、その一角に輝く十字形に並ぶ四つの星々を見いだした。

そして深く胸を打たれていた時であった。ジュリア司祭が急に苦痛に歪《ゆが》んだ顔をして、背中を押さえたのである。

「どうなさったのですか？」

「いえ、なんでもありません」

「なんでもないことはないでしょう。先程から顔色がお悪い。一寸《ちょっと》、私に見せて下さい」

ジュリア司祭は一寸、沈黙したのち、覚悟したように頷いた。

平賀がジュリア司祭の背後に回り、襟もとから背中を覗いてみる。

ジュリア司祭の硝子《ガラス》のように透き通った白い肌の上に、生々しい鞭打《むちう》ちの痕《あと》があり、それがまだ血を滲《にじ》ませていた。

「どうしたのです、これは？」

「自戒しただけです」

「自戒したなんて、何故？」

「私がいたらなかった為に、幼い少女を死に至らしめてしまいました。悔やむに悔やまれず、自らを戒めたのです」

平賀は微《かす》かに眉《まゆ》をひそめた。

厳格なキリスト教徒が鞭打ちの自戒をすることは、そう珍しいことではない。

例えば中世のドミニコ会などでは、自分が主の教えに背いたと自覚したときは、十字架を前に、罪人として地面にひれ伏した状態から少し起き上がり、詩篇の言葉「あなたの右腕は私を支え、あなたのご加護が私を高めた」と唱えながら、鉄の鎖で自分の背中を鞭打ちする。この祈りに倣って、寝る前の祈りの後も、柳の枝で裸になった肩を打ちながら心をこめて詩篇の五十一のミゼレレか百三十のデ・プロフンディスを唱えるという伝統を持っていた。

あるいは、十三世紀、イタリアのペルージャという街である修道士が鞭打ち苦行として皆の前で上半身裸になって、自分で鞭を打って悔い改めるという説教をした事がある。その時、彼の後に付いて何十人という行列が、街中を歩き回ったと伝えられている。これは鞭打ち苦行団と呼ばれているが、その運動が広がって、街中だけでなく隣村にも行くとそこでも同じような団体が起こり、行列があちこちに出来たのである。

この鞭打ち苦行団は一年程で消えたが、このように皆で共通の信心を持ち、一緒に行動しようという団体がヨーロッパにたくさん生まれるきっかけとなったのは否めない。彼らは、鞭打ち・集団苦行実践型、病人の世話や死者の埋葬などを行うミゼリコルディア等の慈善事業型として知られた。教会は、こうした信徒信心組織に支えられ、宗教改革時代に至るまで繁栄したが、それ以降は過剰な自戒は戒められている。

「貴方《あなた》が責任をお感じになる気持ちは分かりますが、このようなことはなさらないでください。少し傷口が膿《う》み始めている……。消毒が必要です。ご自分では出来ないでしょう。私が消毒しますので、待っていて下さい」

「はい……」

ジュリア司祭は素直に頷いた。平賀は医務室にいって消毒液と脱脂綿を手にとると、再びジュリア司祭のもとへと戻った。

ジュリア司祭は上半身を脱いで待っていた。

その白い肢体は、神聖な思念の塊であるかのようだ。

平賀が脱脂綿にたっぷりと消毒液を含ませて、背中についた傷痕に押し当てると、ジュリア司祭の体がぴくりと仰《の》け反った。

「少し沁《し》みるでしょうが、我慢して下さい」

「ええ、有り難うございます。このことは誰にも内緒にして下さい」

「分かっています」

平賀は答えながら、天に輝く十字架を仰ぎ、祈りの言葉を口にした。

ジュリア司祭の傷口を消毒した後、平賀は自分達の居所《シエル》へと戻った。

居所《シエル》の扉を開けると、ロベルトがいる。彼は丁度、キッドから渡された預言解読のノートを読んでいるところだった。

一心不乱にノートに目を通していたかと思うと、ぶつぶつと何かを呟《つぶや》いて、パソコンに文字を入力している。

かと思うと、目頭をつまんで俯《うつむ》き、長いこと沈黙していたりした。

平賀はロベルトの邪魔にならないように、そっと神父達に作ってもらった魔除《まよ》けを、自分とロベルトのベッドの上の天井にピンで留めて吊《つる》した。

どのように非科学的に思えるものであっても、それが長い間信じられ、活用されてきた背景には、某《なにがし》かの効果があるからだと平賀は考えていた。

ペニーロイヤルはもともと強い毒性のあるハーブの類《たぐい》で、古くは妊婦に飲ませる堕胎薬として知られた物である。蟻や蚤《のみ》、カメムシなどに対しても強力な防虫効果があった。熱帯のこの国では、そうしたものの被害が多いのかもしれないし、蚤が病気を媒介することもあるのかもしれない。

だから神父達が作った、奇妙な蛙のような形をした魔除けのことも、はなから否定する気にはならなかったのである。

　その作業を終えても、ロベルトは上の空で、キッドのノートに夢中な様子であった。


そこで平賀は、再び、ヨハネの死体の状況を調べてみることにした。

墓所に足を運ぶ。中に設置していた温度計は、三十二度を示していて、少し気温が下がっていた。

湿度は相変わらず九十八％と高い。

平賀はヨハネの死体の関節の軟らかさなどを再び確認し、体温計をヨハネの耳にさした。

体温は二十九度。少し下がっている。赤外線カメラで死体を撮影する。

それを終えた平賀は再び居所《シェル》に戻り、記録を記帳した。そして赤外線フィルムの現像を待った。現像は十五分ほどで完了する。

現像液から取りだしてみると、ヨハネの体は計測通りに、やや白みがかった黄色に写っていて、体温の高い場所が、腹部から足の先へと移動していた。

その理由は分からなかったが、平賀は取りあえず撮影日時を写真に記入し、フォルダに納めた。

その時、ロベルトがようやく一段落ついた様子でノートを閉じ、平賀を振り返った。そうして天井から吊してある魔除けを見て奇妙な顔をした。

「なんだい、これは？」

「魔除けらしいです。ペテロとエリノアとヨブが、私達の為に作ってくれました。なんでもオリオラは魔術師だという噂があるらしくて、彼の作る料理には魔法薬が仕込まれているというのです。その効力を消すために、こうしてベッドの上から魔除けを吊しておけばいいということです」

「オリオラ？　ああ、あの一寸、得体の知れない料理人か……」

「本当のことかどうかは分かりませんが、一応はこうしておいてもいいと思うのです。別に害はありませんから」

「ふむ、そうだね。なかなか面白い形をしているから、持って帰ってもいいかな」

ロベルトはそう言うと、しげしげと魔除けを見詰めた。

「医療活動は、どんな度合いだった？」

「積極的に行われていました。医療道具や薬品などもよく揃っていて、ジュリア司祭によるとブレーネ福祉財団というところが援助をしてくれているということです」

「それは良かったことだ。未開地では医薬品などは常に不足しているというからね」

その時、居所《シェル》のドアをノックするものがあり、平賀がドアを開けてみると、サムソンが立っていた。

「礼拝の時間になりましたよ」

サムソンはそう言いながら、平賀達の部屋を見回した。そしてその目が一点に留まった。

サムソンが見ているのはベッドの上から吊した魔除けであった。

「何故、あんなものを吊しているのですか？」

サムソンは怪訝《けげん》そうに訊《たず》ねた。

「神父方が魔除けだといって作ってくれたのです」

平賀が答えると、サムソンは不愉快そうな顔をした。

「キリスト以外の信仰に頼るのは、不信心の証拠です。十字架があれば、我々の身を守ってくれます。あんなものは取り外したほうがいい。バチカンからの御使者方には不似合いです」

サムソンという男は、生真面目で、やや堅物そうで、信仰熱心な様子であった。

「まあ、いいじゃありませんか、折角、神父方が作って下さったのに、少しの間は飾っておけば」

ロベルトが柔らかい物腰で言うと、サムソンは少し黙ってから、「礼拝堂においで下さい」と言い、去っていった。

夕の礼拝。

ジュリア司祭が礼拝堂の祭壇の上に立ち、平賀やロベルト、そして神父達とキッドは祭壇の前に並んで座った。サムソンが祭壇の巨大燭台《しょくだい》に火を灯《とも》していくと、金色の輝きの中に、天使とも見紛《みまが》うジュリア司祭の姿が浮かび上がった。そしてジュリア司祭の澄んだ声が礼拝堂に響き渡る。

主よ、われらの声を聞き届け給え。

われらは主を心より愛し、深く信仰し奉る。
その御心に触れ、その慈愛に触れ、
われ心の限りを尽くして主を愛し奉る。
また他人をわがごとく愛することを努め奉る。

主はわれらを平等に愛し、光で照らし、
永遠の愛と数々の御恵みを与えん。
われらに恵み給うあわれみ深き主を
讃美《さんび》し、称《たた》え奉ることを誓わん。

ジュリア司祭の静謐《せいひつ》な祈りの言葉が肌に染みこんでくるようだ。平賀はオリオラに対して持った自分の良くない感情を反省した。

パイプオルガンが奏でられた。神父達がそれに合わせて聖歌を歌い始める。

そのハーモニーは大層見事であった。

それは、モテットという十三世紀以降に発展を始めたポリフォニー歌曲にルーツのある音楽であった。

神父達が歌っているのは、定旋律の上に三つの上声部が分かれた三重モテットであり、楽曲は、『教皇マルチェルスのミサ曲』であった。

流れるような旋律美と響きとの均整、対比を極力排した静かな表情、不協和音を慎重に避けた和声の扱い方、ゆったりとした歌詞の歌わせ方。

教会音楽の理想的な形である。

平賀はジュリア司祭の指揮の見事さに感嘆した。

礼拝の後、食事室に行くと、神父達とキッドは各々の席に座った。平賀とロベルトが空席に座ると、皆が十字を切り、ジュリア司祭が長い感謝の祈りを述べる。その間、神父達は手を組んで頭《こうべ》を垂れているが、とりわけサムソンは深々と頭を下げていた。

祈りが終わる。昼間と同じように部屋の隅の扉が開いて、寸胴《ずんどう》を持ったオリオラが現れた。

先程の反省が残っていたにもかかわらず、オリオラの容貌《ようぼう》や物腰には、彼が異教の魔術師であると囁《ささや》かれるにふさわしいところがあった。オリオラはふてぶてしい顔つきで、肩を左右に振りながら、がに股《また》で歩き回って、チキンの蒸し焼きを神父達の皿に入れていった。その時、必ず、神父達の顔をじっと見詰めるのだ。

平賀は片目の潰《つぶ》れたオリオラの瞳《ひとみ》に見詰められ、彼が自分に催眠術でもかけようとしているのではないかと、硬くなった。

夕食が終わると、神父達は居所《シエル》に戻った。皆、それぞれの部屋に入っていく。

平賀とロベルトも二人の居所《シエル》に入った。

「オリオラが魔術師かどうかなどは問題じゃないが、料理の腕の悪さには閉口するね」

ロベルトは開口一番そう言うと、神父衣を脱ぎ、上半身裸のままでズボンだけを穿《は》いた。

「ジュリア司祭の祈りを聞いて反省しました。他人に対して邪推するなかれ……。そのことをすっかり忘れていました。それなのに私は、どうもオリオラのことを偏見で見てしまう……」

平賀が項垂《うなだ》れがちに言うと、ロベルトは椅子に腰掛けて、大きく伸びをした。

「そう気に病む必要はないさ。聖書の教え通りになど、なかなか人は生きられない。少しぐらい踏み外すことがあってもいいんじゃないかな?」

「普通の人ならそうでしょうが、私達は神父です。聖書の教えを出来る限り守らなくては……。その点、ジュリア司祭は立派な方です。オリオラの悪い噂など気にすることなく、彼を教会に迎え入れたのですから……」

ジュリア司祭の人柄の高潔さは、悪い噂のあるオリオラを寛容に受け入れているところであるとか、患者に対する責任感の強さから、少女を死なせてしまったことを悔いて、自らに鞭打《むちう》ちの自戒を行っていたことからも明白であった。

だが、ジュリア司祭から口止めされたことを、喋《しゃべ》ることは不謹慎に感じられ、平賀は黙っていた。

平賀の言葉に、ロベルトは少し面白くなさそうな顔をした。

「ふうん。君は今日一日で、随分ジュリア司祭のファンになったんだね」

「そうではありませんが、ジュリア司祭は学ぶべきところのある品行方正な方です」

「そうなのか、それは知らなかった。まあ、ともかく僕は預言詩のほうに取りかかるよ」

ロベルトはそう言うと、再びキッドのノートを開いて読み始めた。

第三章　主よりもたらされた起こりえない偶然

1

大きな壁が目の前にそそり立っていた。
恐ろしい女の悲鳴が聞こえていた。
ロベルトの心臓ははじけ飛びそうになっている。
壁の向こうへと逃げたいのだが、出口らしきものは何処にもない。
壁を照らしている灯《あか》りが、伸び縮みしているのも、酷《ひど》く不安な感じだ。
その光の中に、人影が映り込んだ。
恐ろしい予感がした。
人影は、ダンスを踊っているかのように跳ね飛びながら、段々と大きくなってくる。
こちらに近づいてくるのだ。
ロベルトは、ぞくりと全身に鳥肌が立つのを感じた。
何者かの気配が、すぐ背後まで来ていた。
悪魔だ……。

ロベルトは直感した。

嫌悪感……焦燥感……嘔吐感《おうと》……そうしたものが一気にこみ上げてくる。

「Perché non guardi la mia faccia?（何故、私から顔を逸《そ》らす？）」

不気味な声が耳に響いた。

恐怖で悲鳴をあげそうになる。だが、渇いた喉《のど》からは声を出すことができない。

「Robelto, tu sei mio figlio. Guarda la mia faccia senza avere paura.（ロベルト、お前は私の子。怖がらずに私の顔を見るといい）」

ひんやりとした言葉が耳に流れ込んだ。

頭の中に、ヨハネの預言詩が渦を巻く。

私の死後、神の玉座より二人の使者が来るだろう。

一人の使者は私の栄光に触れ、主の祝福を受けるであろう。

もう一人の使者は、不信心故に年老いた蛇である悪魔の罠《わな》にはまって、命を落とすだろう。

「気をつけなければ。ロベルト神父、貴方《あなた》が命を落とすのかも……」

気がつくとキッドが真横に立っている。

「Robelto, si girati e guarda la mia faccia.（ロベルト、こっちを向いて我が顔を見るとい

い）」

背後から、再び悪魔の囁きが聞こえた。

「五月蠅《うるさ》い！　僕に近づくな！」

ロベルトは喉を振り絞って叫んだ。そうして、気がつくとベッドの上に起き上がっていた。全身にぐっしょりと厭《いや》な汗をかいている。

まだ、悪魔の息づかいが近くにあるような気がした。

ロベルトは思わず、平賀の眠っているベッドの側に歩いていった。平賀はあどけない顔をして、ぐっすりと眠っている。

奇妙に切迫感のある死の気配を感じた。自分の心臓が脈打っている感じがしない。

目の前の光景もどこか現実のものでないような気がする。

ロベルトは、平賀に近寄り、その胸に耳を当ててみた。中性的な体形で、薄い胸板である。

だが、どくんどくんと確かな心臓の鼓動が聞こえてくる。

神を信じる鼓動、聖なる鼓動だ。

ロベルトは少し安心した気分になって、再び、自分のベッドへと戻った。

だが、気分は睡眠とはほど遠いものだった。

窓の外は満月である。それが自分をルナティックにさせているのか……。

此処《ここ》に着いた瞬間から感じた邪悪な気配。

自分が罠に嵌《は》められているような不快感。

一体、これはどうしたことだろうか？

どの教会にも、一匹は潜んでいる悪魔が、さっそく自分に目をつけたのか？

さもなければ、こうした疑心暗鬼に囚《とら》われることこそが悪魔の罠なのか？

少なくとも平賀は、悪魔の気配を感じている様子はない。

無垢《むく》な人間であるから、悪魔もそれを察して近づかないのかも知れない。

ロベルトは深く溜《た》め息を吐いた。

＊　＊　＊

奥深い森の集会所で、大きな鍋《なべ》がぐつぐつと煮立っていた。鍋の中には様々な香辛料が混じり合った紫色の液体が入っていて、それを回し飲みした魔術師達は、祖先の霊からの言葉を聞き、空を飛んだり、あの世を巡ってきたりする。

彼らが崇《あが》めているのは、強力な力を持った水の精霊であった。

黒いマントを羽織り、山羊《やぎ》の仮面を被《かぶ》った魔術師の長《おさ》は、小さなドラを叩《たた》きながら、呪《じゅ》文《もん》を唱えていた。

魔術師達の魂を、この世に連れ戻す為の呪文である。

長の呪文によって、魔術師達は、魂の痺《しび》れから解き放たれる。

すっかり皆がこの世に戻ってきた時、長は雷の様な声を放った。

「教会に異国から二人の神父が来ている。偉大なるクンカバはそのうちの一人を生贄《いけにえ》に所望された。すでにそのものの魂は、クンカバに捕らえられている。あとは肉体を捧《ささ》げるだけだ」

魔術師達がざわめいた。

そうすると、長は彼に向かって指を突き立てた。

「クンカバがお前に命じる。生贄を屠《ほふ》る役目を……」

彼は少し動揺したが、クンカバと長の言うことは絶対であった。

「お前の『使い魔』は何処にいる？」

彼は自分の脇においてあった、籠《かご》を長の前に差し出した。

「此処におります」

「お前の『使い魔』が見事に役目を果たせるように、クンカバの偉大なる力を宿すように
……」

長は小さなドラを籠の上で、何度も叩きながら、再び、不思議な呪文を唱え始めた。クンカバの霊を天から降ろし、『使い魔』の中に宿すための呪文である。

彼が見ていると、金色に輝く巨大な霊が、頭上からうねうねと体を波打たせながら降りてきて、小さな籠の中へと消えていった。

クンカバが宿った！

クンカバが宿った！

使い魔を祭壇において祈りを捧げよ！

使い魔に祝福を与えよ！


魔術師達が口々に歌い始めた。

彼は鍋の向こうにある、花や果実で飾られた祭壇の上に籠を置いた。

魔術師達が、口々に奇声を上げ、鍋の周りを踊りながら一回りしては、祭壇に置かれた籠に一礼していく。そうして順繰りに魔術師達の姿は森の中へと消えていった。

最後に残された彼は、やはり同じように鍋の周りを一踊りして、祭壇の上の籠を礼拝し、それからそっと籠を手にとった。

それから長に深く頭《こうべ》を垂れた。

「いつ生贄を捧げればよいでしょうか？」

「シンシンの祭りの日にと、クンカバは所望していらっしゃる」

「分かりました」

「では、お前も行け！　誰にも姿を見られることがないように！　闇の精霊に守られて行くがいい」

彼は頷《うなず》き、森の中へと駆け込んだ。長がどうするのか振り返ることもなく、ただただ、闇の深い場所から場所へと移動した。

魔術師達はそうやって移動することと決まっているからだ。

シンシンの祭りの日ということは、三日後である。

「お前なら上手《うま》くできる。お前は賢い『使い魔』だ」

彼は籠の中に向かって呟《つぶや》きつつ、その蓋《ふた》を開いた。彼の『使い魔』が頭をもたげて立ち上がった。クンカバの力を宿したせいか、その姿はいつにも増して雄々しく、立派である。

彼は安心して再び、籠に蓋をした。そうして胸に籠を抱いたまま、森を走っていく。

そしてクンカバの力によって、森が開かれたとき、彼は草原を見た。

緩やかな傾斜を歩いていくと、異国の神の城壁が目の前にそそり立っていた。

2

朝、早くに目を覚ますと、平賀の姿が無かった。

調査の為に出かけたのか、良太のことを祈りにでもいったのか、とロベルトが訝《いぶか》りながら服を着ていた時である。

どんどん、と乱暴に居所《シエル》のドアが叩かれた。

ドアを開けてみると、キッドが立っていた。昨日は、自分が死ぬかも知れぬなどと脅しておきながら、朝っぱらから不躾《ぶしつけ》な男である。

ロベルトは不快感をあらわに訊《たず》ねた。

「なにか用事ですか？」

「ええ、僕のノートは読破してもらえましたかね？」

「まだ半分ほどしか読んでいませんが、急がないと駄目ですか？」

ロベルトがおっくうそう気味に言うと、キッドは小さな目を、しばしばと瞬かせた。

「大事なことですよ。まだ半分しか読んでないんなら、私が残り半分を説明しましょう」

「貴方《あなた》が説明を？」

「ええ、そうですよ。ヨハネの持っていた不思議な力を知ることは、彼が列聖にあたいする人物であるかどうかの重要な判断ポイントです」

キッドは力の籠《こ》もった声で言った。キッドという男は、余程、死んだヨハネ・ジョーダンに心酔している様子である。

ロベルトは少し考えて、キッドの話を聞いてみることにした。

「いいでしょう。話してください。どうぞ中へ」

ロベルトがそう言うと、キッドは眼鏡の位置を人差し指で直しながら、ロベルトと平賀の居所《シエル》に入ってきた。

「僕のノートの二冊目の三十四ページを開いてみて下さい」

キッドがそう言うので、ロベルトは彼の言うとおりのページを開いた。

ヨハネ・ジョーダンの預言詩は次の様に綴《つづ》られていた。

法王が、金色の雲に乗って現れた。傍らには天使達が侍《はべ》り、死者への祈りの歌を歌っている。

私が不吉な気持ちにあっていると、法王を乗せた雲は天たかく舞い上がり、大きな声で、「今みまかられた」と響いたのだった。

「これは、前法王が亡くなられる五日前に、ヨハネが見た夢ですよ。この夢のことを、僕がテレビで発表した後に、法王が亡くなったのですよ。これは裏を取ってくれたならすぐに分かることです。どうですか？　こんな偶然は起こりえないでしょう」

ロベルトは唸《うな》った。確かにヨハネの預言詩は驚くほどの的中率を誇っていた。そして、この詩が法王の死の前に実際、公に発表されたのであれば、これは単なる偶然の一致とは言いづらくなる。

やはりヨハネは、類《たぐ》い希《まれ》なる預言能力の持ち主であったのだろうか？

ロベルトの心が揺れているところに、キッドが更にたたみかけた。

「もし貴方が、これ程の的中率を誇る預言詩を、あえて無視するというのならば、其《そ》れこそおかしな事だ。ヨハネが預言したように、不信心故に、奇跡を信じようとしないとしか思えない」

そうかも知れぬ……。

ロベルトの心を不安が過《よぎ》った。しかし、ロベルトは動揺を抑えて、キッドを振り返った。

「まあ、そう急《せ》かさずに少し時間を下さい。奇跡の認定というのは慎重にしなくてはならないのですよ。僕もヨハネ・ジョーダンの預言詩を軽く見ているわけじゃあない。ただ、時間をかけて検討しているだけなんです」

「ならばいいのですが、念の為、これからは貴方とのやりとりを録音させてくれませんかね？」

キッドはそう言うと、小さな録音機をズボンのポケットから取りだした。

「録音？　なぜ、そんなことを？」

「これも、僕のヨハネの預言詩研究の一環だからです。バチカンからの使者がどういう見解を持っていたかを記録しておきたいのです。それ以外に特に意図はありません」

キッドはそういうと録音機のスイッチを押した。

ロベルトは、キッドの奇妙な執拗《しつよう》さに、思わず苦笑いをした。

「それは構いませんが、奇跡をしっかり認定できるまで、僕はヨハネ・ジョーダンの預言詩について、当たっているとか外れているとか不用意に言うことは出来ませんよ」

「いいですとも、今の会話も録音しました。つまり、貴方がヨハネの預言詩を当たっていると言えないのは、立場上のことであるということですよね」

キッドがロベルトの揚げ足を取るかのように言った。

ロベルトは一寸《ちょっと》、意地の悪い質問をキッドに投げかけた。

「僕が調べたところによると、『十字架のヨハネの終末預言』以前にも、ヨハネ・ジョーダンの預言詩についての著書が三冊でていますよね。かなり話題になって売れているようですが、一体、全部で何冊ほど売れたんですか？」

キッドは初めて驚いたような顔をして口籠もった。

「覚えてないほど売れたんですか？」

「覚えてないわけではないですよ。千二百万部ほどです」

「それは大したベストセラーだ」

ロベルトは大袈裟《おおげさ》に驚いて見せた。

「そこから換算すると、キッドさん、貴方の印税は一億は堅いですね。それに、貴方が企画したヨハネに関するテレビ番組などの収益を合わせると、大きな額ですよね」

するとキッドは、下から嘗《な》めるようにロベルトを見た。

「僕がお金目当てで、こういうことを言っているとでもいいたいんですかね？　冗談じゃない。それこそ邪推というものですよ。彼の本が売れているのは、偏《ひとえ》に彼の預言詩があたっているからこその結果であって、初めから分かっていたことではないですからね。僕は単に、彼が天から与えられた預言を広めることが世の為になると考えたからこうして行動しているだけですよ」

「そうですか、それは失礼しました。時にキッドさん、貴方は以前、ユダヤ教徒でしたよね。それが何故、カソリックに改宗されたんです？」

「ヨハネに出会ったからですよ。彼に出会い、主が彼に下す預言の確かさを見て、ヨハネが崇《あが》める主を信じる気持ちになったのです。それは僕の著書にも書いてあったことでしょう？」

「ああ、確かにそのように書かれてましたね。直《じか》に確かめたかっただけですから、気にしないで下さい」

ロベルトがにやりと笑うと、キッドは眉《まゆ》を顰《ひそ》めた。

「ロベルト神父、貴方は私が知っている神父という人達と、随分毛色が違うようだ。ジュリア司祭や、もうお一方の平賀神父は、大層、無垢《むく》で信心深くていらっしゃるのに、貴方ときたら、人を疑うような事ばかりを言う」

「そうですか、そのようにお感じになったのならば、遺憾です」

ロベルトは慇懃《いんぎん》無礼に言った。

キッドは粘っこい視線でロベルトを見つめた。

「貴方が何を疑おうが、ヨハネの預言能力は本物です。これまでの預言の的中率が、なによりもそれを物語っているのですから、この真実だけは曲げることはできない」

「そうですね。私はその真実をしっかり査定しなければならない」

「ええ、是非そうして下さいね。預言詩に疑問点があれば、また僕に何でも尋ねて下さい」

キッドはそう言うと、居所《シェル》を去っていった。

何故、こうもキッドという男は自分に執拗に絡むのか？

それとも自分が、初めから彼に対して不快感を持ちすぎているのだろうか？

ロベルトが鬱陶《うっとう》しい気持ちに苛《さいな》まれたとき、高く清らかな鐘の音が教会から響いてきた。

朝の礼拝が始まる合図である。

ロベルトは気持ちを引き締めて礼拝堂へと向かった。

赤い光が漏れてくる薔薇《ばら》窓の廊下を突っ切って礼拝堂に入ると、神父達は既に顔を揃えていた。平賀の姿が無いのを不思議に思いながら、席につく。

暫《しばら》くすると、ジュリア司祭と平賀が一緒に礼拝堂に入ってきた。ジュリア司祭は祭壇に立ち、平賀がロベルトの隣に座った。

「てっきり此処《ここ》にいるかと思ったのに、ジュリア司祭といたのかい？」

「電話室のネットを借用していたところで、偶然に会ったのです。ローレンに一つ頼みたいことがあったもので」

平賀が答えると同時に朝の祈りが始まった。

ジュリア司祭が祭壇で十字を切ると、全ての神父が十字を切り、手を組んで頭《こうべ》を垂れた。

ジュリア司祭の澄んだ天使の様な声が礼拝堂に反響する。

天にましますわれらの父よ、
主に尽くすべき尊敬と敬愛を捧《ささ》げ奉る。

主のお与えくださった今日の光と御恵みに、感謝し奉る。
今日を迎えられた喜び、
この日もまた主に仕えられる喜び、
わが思いのすべてを主に捧げ奉る。
われらはひたすらに主にならい、
達せんと努め、今までの犯したる罪を、
今日再び犯さざることを努め、
力を尽くさんと決心し奉る。

ロベルトは作法通りに頭を垂れながらも、祈りに集中することが出来なかった。あの薄気味の悪い夢や、キッド・ゴールドマンに対する嫌悪感。そしてなんとも自分の所在を無くさせるヨハネ・ジョーダンの腐らない死体の存在。

そうしたものが頭の中を駆けめぐり、それがあちこちに襤褸屑《ぼろくず》のように散らばって、まるで片付かない不潔な部屋のようになっているのを感じる。それにこの、じっとりとした暑さも、自分の思考を鈍らせている原因であろう。

平賀は隣で、熱心に祈りの言葉を口の中で呟《つぶや》いている。ロベルトが悶々《もんもん》としているうちに祈りは終わり、神父達は立ち上がり、ジュリア司祭は去っていった。ロベルトは大きく溜《た》め息を吐いた。

「これから、君はどうするんだい？」

ロベルトの言葉に、平賀は黒い瞳《ひとみ》を瞬かせた。

「ヨハネの死体の様子を引き続き観察する予定です。ロベルト、貴方《あなた》はどうするのですか？」

訊《たず》ねられてロベルトは戸惑った。ヨハネ・ジョーダンの詩編には一通り目を通したが、それをどう取り扱うべきか、ロベルトには方針が立っていなかったし、また何かを思考するには、自分の頭の動きが緩慢すぎると感じられていた。俄然《がぜん》、不調である。この不調を回復させるには……。

「そうだな、僕は少しここに納められている古書にでも目を通してみることにするよ」

「わかりました。じゃあ、私は行きますね」

平賀はそう言うと、お辞儀をした。二人は礼拝堂で別れ、ロベルトは司祭室へと向かった。礼拝堂の裏手にある部屋である。

香油で毎日磨かれているその木製のドアは、どっしりとしていて、『生命の木』のモチーフが彫刻されていた。近づくと、香油の良い匂いが漂ってくる。

ドアには金製のライオンのノッカーがついていた。ロベルトはドアをノックして、声をかけた。

「ジュリア司祭、いらっしゃいますか？」

「ええ、どうぞお入り下さい。鍵《かぎ》は開いております」

中からジュリア司祭の絹のように柔らかな声が聞こえてきた。

ロベルトが中に入ると、ジュリア司祭は大きな書机に腰を掛け、日誌でもつけていた様子であった。書きかけの手を止め、万年筆を机に置く。

そして、ゆっくりと眼差《まなざ》しをロベルトに注いだ。

「何か御用ですか？」

「ええ、実は教会内の蔵書を少し見せてもらいたくて来たんですよ」

「構いませんよ。ではご案内いたしましょう」

ジュリア司祭はおもむろに立ち上がると、懐中電灯を手にとり、ロベルトを誘うようにして歩き出した。

礼拝堂を出て、薔薇窓の廊下を歩き、途中の細い廊下を左に曲がる。暫くすると、古書のかぐわしい香りが漂ってきた。

ジュリア司祭は書庫の前で立ち止まり、その鍵を開けて扉を開いた。

妖《あや》しい秘密の知識の匂いが、ぷんと立ちこめてくる。

部屋の入り口から先はすぐに階段になっていて、十五段ばかり上っていかねばならなかった。

そこに現れたのは、天井の中心に巨大な装飾十字架の彫琢《ちょうたく》をいただくドーム状になった造りの広い部屋であった。この建物には珍しく床は木の板で出来ていた。シャンデリアなどはなく、壁のところどころに灯《あか》り取りのランプが下がっている。

何故かランプを持っているのは猛禽《もうきん》類の足と蝙蝠《こうもり》の羽を持った悪魔の彫像であった。

中に入ると、室温も湿度も外気より遥《はる》かに低い感じがした。その理由をジュリアに訊ねる。

「ここは高床式の造りで、風が床の下を自由に行き来するのです。その自然の空調を取り入れる為に、床は板なのです。壁と天井も他の部屋より厚くて、中に断熱材が入っています。加えて床の下には木炭が敷かれていて、湿気を吸収してくれるのです。ですから外気より、遥かに部屋の中は涼しく、湿度が低く保たれているのです」

ジュリア司祭が答えた。

「成る程、書物の保管を気遣って造られているのですね」

「私は前任の司祭様から『知は財産である』と言われてきました。セント・カルメル教会の理念です」

ジュリア司祭は誇らしげに言った。

窓はなかった。直射日光を古書にあてない様にであろう。そのため、薄暗くて視界は悪かったが、部屋の壁一面が書棚になっていて、書籍類がロベルトの背丈の三倍ほどの高さまで積まれているのは分かった。小さな図書館並みの書庫である。

「お好きなだけ読んで下さい。中は暗いので、ランプに灯りを入れましょう」

ジュリア司祭はそう言うと、懐中電灯で行く先を照らしながら、ランプがあれば、それに火を点《つ》けていった。ロベルトはその後に続いた。

部屋全体が、ランプのオレンジ色の炎によって、薄明るく照らし出されていく。

全てのランプに火を灯《とも》し終えると、ジュリア司祭は部屋の隅にある脚立を指さした。

「上にある書物を読む時は、あの脚立をご利用下さい。では、私はこれで……。存分に読み終えられたら、また言いに来て下さい」

ジュリア司祭は静かに去っていった。悪魔達が手にランプを持って見詰める中、ロベルトは改めて蔵書の物色を始めた。

古書のことなら、どんな本がどの年代に作られたものか直ぐ分かるロベルトである。

新しそうな書籍はさて置いて、古そうな物を探すことにした。

ロベルトが最初に目をつけたのは、前後に木製の表紙をつけた、糸で綴《と》じられた数冊の本達である。

その殆《ほとん》どには、象牙《ぞうげ》細工が施されていて、おそらくは十二世紀に作られたものであることを意味していた。

この教会の歴史は十六世紀からだとされている。だが、十二世紀の蔵書があるということは、この教会の前身である教会が何処かにあったということになる。

比較的、枚数の少ないこれらの蔵書の全ては、ギリシャ語かラテン語で、様々な祈禱《きとう》文が書かれている物であった。ロベルトから言わせると古書の保管状態は中の下というところであったが、それでもこの南国の蒸し暑さの中で、ここまで古書が管理されていることは奇跡的なことだと言えよう。余程、この古書達は代々、大切に取り扱われてきたのであろう。

次にロベルトが選び出した本もまた、小口装飾の本であった。しかしそれらは十四世紀頃のものたちと思われる。何故なら、家紋らしきものが前小口に書き込まれているからである。こういう風習は、十四世紀頃からのものであった。

その家紋は少しばかり特徴的なものだった。白と赤に色分けされた盾形の紋の白い部分には、ドラゴンと大釜《おおがま》が描かれている。

フランス中世屈指の貴族、バルボアナ家の紋章に間違いがない。

「バルボアナ家の金……」

ロベルトは呟きながら、本のページを捲《めく》った。中は古いフランス語で書かれている。

それからまた何冊かの本を手に取り、じっくりと眺めていたロベルトは、ある一冊の本を手にした時、はっとした。

『dianoia』

ギリシャ語で知性を意味する言葉だ。このタイトルには強烈な印象が残っていた。慌てて、表紙を広げてみる。

やはり思った通り、長々しい神を賛美する言葉が書かれていた。

——こんなものが、どうしてここに……？

ロベルトはじっくりとそれを読み耽《ふけ》った。

内容は思った通りの物であった。ロベルトが此処《ここ》に来る前、バチカンで解読していた中世に書かれたフランス・パリのカプチン会修道院のものと全く同じである。

これこそ起こりえない偶然であった。

——ここの蔵書達のことは、よく検討しなければ……。

ロベルトは山と積まれた蔵書をぐるりと見回した。

そして焦点を、セント・カルメル教会が生まれた十六世紀の半ばあたりに作られたであろう書物にあてることにした。

ロベルトは書庫中を歩き回って、それに該当する本を数冊見つけ出した。

背の部分で革が五条の綴《つづ》り緒の上から貼り付けられているため、その部分が一段と盛り上がっている。この製本技術は表紙が中身に綴じ付けられているので綴じ付け製本とよばれていて、十六世紀の典型的な製本であった。

どれも表紙には、天金、三方金、マーブル、浮き出しの技法が施され、豪華な装丁である。

ロベルトはそれら一つ一つの本のタイトルを確かめていった。

『aioon』。

永遠の、というギリシャ語のタイトルの本が目についた。

表紙を開いてみると、やはり『dianoia』と同じ神への賛美の言葉が書き綴られている。

なにかの秘密が隠されているに違いない。そしてもう一つきな臭く感じる本があった。

『L'éternité et la renaissance de l'âme』。

永遠と魂の復活、とフランス語で記された本である。表紙を開いてみると、やはり文の冒頭に長々しいフランス語の詩編が書かれていた。

しかも本の小口を見てみると、何度も読まれた物であるらしく、酷《ひど》く手垢《てあか》がついている。重要なものであると察した。

ロベルトはこの三冊の本をそっと持ち出して居所《シエル》へと戻った。

机に戻り、明るい日差しのもとで、ざっと三冊の本を広げてみる。

ロベルトは古書を厳密に鑑定する時に用いる愛用のモノクル（片眼鏡）を利き目である右目に装着した。

セピア（烏賊《いか》の黒色色素）。

ルブリカ（赤土インク）。

ミュレックス（アクア貝から取りだした紫インク）。

お馴染《なじ》みの色彩が強い太陽の光の中に照らし出される。そこで、ロベルトは、『L'éternité et la renaissance de l'âme』の中に、自分が見慣れないインクの色を見いだした。

それはやや茶味がかった黄色いインクで、一見すると薄く溶かした泥金の様だが、ロベルトは鋭い嗅覚《きゆうかく》で、それが泥金ではないことを確認した。

どこか腐臭にも似た嫌な臭いのするインクである。

そのインクで書かれた箇所は、ところどころに突然現れて、それは文章の一節であったり、飾り縁の模様であったりもした。

飾り模様は特にロベルトの興味を引いた。今まで見たことのない抽象的な飾り縁であったからだ。しかもそれがページ毎に形を異にしていた。

ロベルトは暫《しばら》く考え込み、トレース用紙を手にした。

作業を始めて、三時間近くが経過し、ロベルトが全神経を古書に注いでいた時だった。

ふいに、ぞっと背中が冷たくなった。

誰かが自分の後ろに立っているような気配がする。いや、確かに立っている。

長身のロベルトより遥かに大きな人影が背後にあって、荒い息づかいが聞こえていた。

全身に鳥肌が立ち、体が動かない。

振り返ることすら、恐ろしくて出来なかった。

「Quali sono a Tu mi deridi?（汝《なんじ》は私を愚弄《ぐろう》するのか？）」

恐ろしいくぐもった声が聞こえた。

「Chi sei?（誰だ？）」

「Io sono Giovanni. E il sostituto di Dio.（我はヨハネなり。汝の神の代理人なり）」

背後の人影はそう告げたが、それが神の代理などであろうはずがないことは確かだった。

その存在は、忌まわしいばかりで、毒気と恐怖に満ちていて、神々しさのかけらも感じられなかった。

ロベルトは頭を振って叫んだ。

するとおぞましい物音が背後から聞こえてきた。何かが暴れ回っている気配がする。蛇だ。蛇の舌がちょろちょろと這《は》い回っている。

「Hai lasciato tuo padre.（汝は父を見捨てたり！）」

怒濤《どとう》のような声がして、ロベルトは激しい目眩《めまい》に襲われた。すっと体中から血の気が引き、椅子から体が崩れ落ちるのを感じた。

——助かりっこない……。

その言葉だけが頭をぐるぐると駆けめぐり、やがて意識が遠くなっていった。

3

平賀は朝から三回、ヨハネ・ジョーダンの検死を繰り返した。

ヨハネの体が腐らない理由は全く分からず、次に、彼は墓所の土を採集した。腐らない死体の中には、しばしば埋められていた土壌にその原因があるという学説を読んだことがあるからだ。

土を詰めた瓶を手に居所《シエル》に戻り、ドアを開けた平賀は驚愕《きょうがく》した。ロベルトが床の上にぐったりと倒れていたからである。

平賀は思わずロベルトに駆け寄った。

「ロベルト！　ロベルト！　一体、どうしたというのです？」

するとロベルトは僅《わず》かに眼を開いたが、その瞳《ひとみ》はどんよりと虚《うつ》ろで、視点が合っていない。いつもの彼らしくなかった。

「……今……悪魔が来た……」

ロベルトの唇が僅かに動いて、風のように掠《かす》れた声が漏れた。反応はそれだけだった。ロベルトは瞳を閉じた。苦しげな息づかいである。

平賀は慌てて、ロベルトの熱を測り、心臓の鼓動と呼吸を聴診器で確かめた。心音は確実に乱れていて、酷い不整脈を起こしている様子であった。呼吸も浅く、不規則だ。

平賀はロベルトの体に外傷が無いのを確かめると、机の上にあった水差しから口に水を含み、それをロベルトに口移しで飲ませた。そして彼の長身の体を苦労して担いで、ベッドに横たえた。

横たわったロベルトの顔は、僅か数時間で、げっそりと窶《やつ》れているように見え、平賀を不安にさせた。

私の死後、神の玉座より二人の使者が来るだろう。一人の使者は私の栄光に触れ、主の祝福を受けるであろう。もう一人の使者は、不信心故に年老いた蛇である悪魔の罠《わな》にはまって、命を落とすだろう。

不吉なヨハネの詩編が頭を過《よぎ》る。

気丈なロベルトが悪魔の罠などに嵌《は》まるはずがない。そうは思うが、ロベルトの口から漏れた言葉と、彼の状態は異常である。

十分ばかり待ってみたが、ロベルトの意識は回復しない。

平賀は決心し、ロベルトの体を再び背中に担いで、教会の医務室へと向かった。

まだ診療を始めていない医務室は無人で、消毒液の匂いがぷんぷんと立ちこめている。

平賀はロベルトを小さな診療台に寝かせた。そしてジュリア司祭を呼びに向かったのであった。


「これは、どうしたことでしょう……」

診療台に横たわっているロベルトを見て、ジュリア司祭は驚いた表情を見せた。

「私が戻ってきた時には、もうこんな状態で、意識が混濁していた様子なのです」

平賀が答えると、ジュリア司祭はさっそく、ロベルトの瞳孔《どうこう》反応を見て、脈を取り、心音や呼吸の様子などを確かめている。それから採血をし、何かの試験紙を持ってきた。それにロベルトの口を開けさせて唾液《だえき》を付着させた。それから十五分ほどたって試験紙と採血結果を見たジュリア司祭は、ぽつりと、「特別な食中毒や疫病などの反応は出ていませんね……」と、呟《つぶや》いた。

ジュリア司祭が平賀を振り返った。

「多分これは、症状から見て、精神的なものから起こるパニック発作だと思われますね」

「パニック発作……ロベルト神父がなぜ……？」

日頃から朗らかで行動力に長《た》けたロベルトを見ている平賀には、ロベルトが精神的な病で倒れるなどということは考えられないことだった。

「過呼吸から、意識を失ったのでしょう。鎮静剤を打っておきます。暫く眠られるでしょうが、症状はよくなると思いますよ」

ジュリア司祭はそう言うと、薬棚の中からアンプルを取りだし、その蓋《ふた》をパキリと折った。

注射器をアンプルに差し込む。黄色い液体が吸い上げられた。

それをロベルトの腕の静脈に注射すると、ジュリア司祭は、ほっと息をついた。

「それにしてもパニック発作だなんて、何か精神的に病むことでもおありなのでしょうか？」

ジュリア司祭の問いに、平賀は首を傾げた。

「全く、心当たりはありません。ロベルト神父はごくごく元気に過ごされていましたから」

「そうですか……しかし、人に言えない悩みなどを抱えていらっしゃるのかもしれませんね」

ジュリア司祭は憂いをおびた瞳を落とし、眠っているロベルトの顔を眺めた。

——人に言えない悩み？

自分にも言えない悩みが、ロベルトにはあったのだろうか。

そう言えばロベルトから、愚痴や悩みなどを聞いたことがない。

それは単に、彼の人となりがそういうものだからだと思っていたが、そうではなく、心の底に病むほどの悩みを抱えていたのだろうか。

そう思うことは、平賀にとって少なからずショックなことであった。

「さて、そろそろ昼食の時間となります。ロベルト神父は、深い眠りにしばらく入られるでしょうから、このままにしておいて大丈夫でしょう。一緒に、食事室に参りましょう」

ジュリア司祭はそう言って、医務室の窓を開けて風通しをよくし、天井の扇風機を回している。

平賀は頷《うなず》き、部屋を出て行くジュリア司祭に従った。

食事室では、すでに神父達とキッドが顔を揃えていた。

ジュリア司祭が席につく。平賀も自分の席についた。

ジュリア司祭が十字を切り、祈りの言葉を独唱した。

部屋の奥の扉が、ぎっと開き、オリオラが寸胴鍋《ずんどうなべ》を持って現れる。

がに股《また》で体を左右に揺すって歩きながら、皆の皿に野菜と肉のスープを注いでいく。


……今……悪魔が来た……。

ロベルトの呟きが頭の中を横切った。そしてオリオラが平賀の皿にスープを注ぎに来た時だ。

「相棒さんはどうしたんですか？」

オリオラが片言の訛《なま》りの強いラテン語で小さく平賀の耳に囁《ささや》いた。

「少し具合が悪くなっただけです」

平賀も小声で答えた。

オリオラは何か酷《ひど》く奇妙な表情をした。

「あっしは、毒なんぞ盛ってませんからね」

オリオラはそう言うと、またがに股で部屋の奥のドアの向こうへと去っていった。

平賀はオリオラの言葉を不思議に思いながら食事を取ったのだった。

食事のあとの日程は決まっている。ジュリア司祭と神父三人は医務室に行き、残りの者はそれぞれの仕事へと散っていった。

平賀は当然のことながらジュリア司祭達と行動を共にした。

医療活動の手伝いをすることも目的だが、医務室で眠っているロベルトが心配であったからだ。

医務室はその日も酷く混み合っていた。

平賀は診療を手伝う傍ら、時折、ロベルトの様子を観察したが、ロベルトはぴくりとも動かず眠っている。あまりの静けさに彼が死んでいるようにも見え、気が気ではなかった。

結局、医療活動が終わるまでロベルトは目覚めることはなく、ジュリア司祭は医務室を後にした。

ロベルトの脈を取っている平賀のもとに、神父達が次々とやって来る。

「ロベルト神父はどこがお悪いのです？」

ペテロが厳《いか》めしい顔で訊《たず》ねてきた。勿論《もちろん》、本当のことを答える訳にはいかない。ロベルトの名誉を守る為でもあるし、バチカンの規約に、調査官は自分達の行動について一切を秘密にしなければならないと謳《うた》われているからだ。

「……疲れが出たようです。此処《ここ》に来るまでの道のりも長かったものですから」

平賀は当たり障りのない返事をした。

「それにしても、こんな突然倒れられるなんて、不吉な……」

ヨブが言った。

「オリオラの呪術《じゅじゅつ》にやられたのかもしれないね」

エリノアが言った。

「魔除《まよ》けはちゃんとベッドの上に吊《つる》されていますか？」

ペテロが平賀に訊ねた。

「はい、吊しています」

「でもね、魔除けがあっても力の強い魔術師だと、呪うことが出来るというよ」

エリノアが興奮気味に言った。

「そうだとしたら、大変です。呪われた者はクンカバに生命を吸い取られるということですから」

ヨブが言った。

「クンカバ？」

「ええ、ここら辺りの魔術師達が崇《あが》めている恐ろしい水の霊で、エデンの園から追放された虫たちの王だと言われています」

ヨブは怯《おび》えた声で言った。

「そうじゃないね、ロベルト神父は悪魔の罠《わな》に嵌《は》まったんだよ」

大きな声がしたので振り返ると、そこにはキッドが立っていた。

「ヨハネの預言詩にちゃんと記されている。『私の死後、神の玉座より二人の使者が来るだろう。一人の使者は私の栄光に触れ、主の祝福を受けるであろう。もう一人の使者は、不信心故に年老いた蛇である悪魔の罠にはまって、命を落とすだろう』……。これはヨハネの詩編に書かれていた言葉だ。もはやその兆候が出始めたということだよ」

「ヨハネ様の？」

神父達は顔を見合わせた。

平賀は、鋭い眼でキッドのことを睨《にら》み付けた。

「ロベルト神父の名誉をこれ以上汚すような発言をしたなら、私が許しませんよ」

キッドは肩をすくめ、戯《おど》けた表情で舌を出した。

「おやおや、お怒りを買ってしまった様だ。けど、預言詩の内容は変わらない。これだけは覚悟しておいたほうがいいですよ」

「勝手なことを言わないで欲しいな。僕は死んではいないし、これから死ぬ予定もない」

すっかり眠っていると思っていたロベルトが診療台から身を起こしながら言った。

「預言のことがあるから、心配して見に来ただけなのに、どうしてそうもかかりするのだろうね。敬虔《けいけん》でない者は救われませんよ」

キッドはそう言うと、さっさと医務室から去っていった。

「ロベルト、眼が覚めたのですね」

平賀は、ほっとした為に思わず笑みを溢《こぼ》したが、神父達は、なにか恐れたような様子でロベルトを眺めている。さっきのキッドの発言が原因であろう。蜘蛛《くも》の子を散らすように、皆が医務室から出て行ってしまった。

「やれやれ、僕はすっかり悪魔に取り憑《つ》かれたと評判になるのだろうな」

ロベルトが嫌気のさした顔で言った。その顔つきは酷く憂鬱《ゆううつ》そうで、日頃のロベルトの面差しとはほど遠いものであった。

「ジュリア司祭は、貴方《あなた》が精神的な原因で、過呼吸を起こしたと診断を下しました。……その……何か悩み事でもあるのでしょうか？　もし……私で良ければ話を聞きますが……」

「いや、特に悩みなんかないよ。本当のところを言うと、僕は実際に悪魔に眼を付けられたのかも知れない……」

「……どういう意味です？」

「昨夜は奇妙な夢を見た。悪魔に追い詰められる夢だ。そいつは、僕に向かって、自分の顔を見ろと執拗《しつよう》に言うんだが、見たら最後、助からないと感じて、絶対に見ないようにしていたんだ。そして今日は、この教会の古書を解読している時に、不意に背後に巨大な人影が立ったんだ」

「……それが、悪魔なのですか？」

「少なくとも僕にはそう感じられた。そいつは、『Quali sono a Tu mi deridi?（汝《なんじ》は私を愚弄《ぐろう》するのか？）』と言うんだ。僕が『Chi sei?（誰だ？）』と訊ねたら、『Io sono Giovanni. E il sostituto di Dio.（我はヨハネなり。汝の神の代理人なり）』と答えてきた。だけど、そいつは、忌まわしいばかりで、毒気と恐怖に満ちていた。だから『Lasci il cattivo spirito.（悪魔は去れ！）』と言ったんだ。すると恐ろしい物音が背後から聞こえてきた。何かが暴れ回っているような。そして蛇の舌がちょろちょろと這《は》い回っているような気配がした。そして最後に、『Hai lasciato tuo padre.（汝は父を見捨てたり！）』という声を聞いたかと思ったら、目眩《めまい》と寒気に襲われて倒れてしまったのさ」

語っているロベルトの瞳《ひとみ》は暗く、あの時折、平賀を怯えさせる、薄暗い炎のようなものが燃え上がっていた。

「ロベルト、負けないで下さい。全知全能の創造主たる神がなぜ、悪の原因たるルシファー達を創造し、完全に抹殺しないでいるのかということを考えるのです。古来サタンとは、神に従い、神の命の下、人々に試練を与える霊的存在でした。きっと、それらは神が貴方を試しているのだと思います」

平賀は必死で言ったが、ロベルトの反応は鈍く、別のことでも考えているような上の空な表情をしていた。

居所《シエル》に戻ったロベルトは、空腹を訴えることもなく、机の前に座って、熱心に古書の内容をパソコンの中に写し取っている様子であった。平賀の心配を他所《よそ》に、その作業は夕方近くまで続いた。

その間に平賀は三回、ヨハネの死体の様子を観察しにいったが、彼が腐敗しない原因を突き止めることは出来なかった。採集してきた墓所の土を分析してみても、これといった特徴のある成分は見当たらなかったし、赤外線写真を検討した結果、外気にヨハネの体温が比例することが分かったものの、それは十分に腐敗する範囲の温度を示している。

結論から言えば、腐敗するのに十分な条件を満たしているにもかかわらず、ヨハネの死体は腐敗しない。そういうことなのであった。

窓から見える太陽が、赤く溶けるように大地に崩れ落ちていった時、教会の鐘が鳴り響いた。

礼拝を告げる合図だ。ロベルトも作業の区切りがついた様子で大きく伸びをした。

「礼拝の時間だな。さて、行くとしようか」

ロベルトはそう言うと、三冊の古書を手にとって、立ち上がった。

その顔つきは、ほぼ平時のロベルトであった。平賀はほっとした。

ロベルトがドアを開く。平賀はその後に従った。

教会内に入っていく。

玄関から礼拝堂に向かう薔薇《ばら》窓の廊下を歩いていく。夜の教会に灯《とも》る光はわずかで、所々にあるトーチのか弱い炎でなんとか視界が途切れないような有様である。

その廊下の途中を右に折れる。メインの廊下より少し幅が狭く、トーチの間隔も長かった。時々、闇が二人を襲う。

ロベルトは書庫の前で立ち止まり、「一寸《ちよつと》、待っていてくれ」と言い残して、中へ消えていった。そして暫《しばら》くすると、空手になって戻ってきた。持ち出した古書を元に戻してきた様子だ。

そしてロベルトは再び歩き始めた。

礼拝堂には神父達やキッドが顔を揃えていた。

その日のジュリアは、十戒の掟《おきて》について、詳しく説法し、最後に、パイプオルガンを奏でた。

そして礼拝が終わると、皆でぞろぞろと食事室に向かったのだった。

「お具合はいかがですか？　ロベルト神父」

皆が着席すると、ジュリア司祭がまず先に訊ねてきた。

「おかげさまで、元気になりました」

ロベルトが答えると、ジュリア司祭は嬉《うれ》しそうな微笑みを浮かべた。

「それはよろしかったです。古書の方は、何か面白い物が見付かりましたか？」

「適当に読んでいます。あっ、今日、読んだものは書庫に返しておきましたから、鍵《かぎ》をかけてくださって結構ですよ。また明日、気が向いたら、書庫を開けてもらっていいですか？」

「ええ、いつでもいいですよ」

ジュリア司祭が快く承諾した。

ロベルトは黙って頷《うなず》いた。いつもなら古書のことになるといたって饒舌《じょうぜつ》になるロベルトであるのに、やけに無口である。他にロベルトに声をかける者はなく、ジュリア司祭の祈りの言葉が始まった。

それが終わると、オリオラが奥の部屋から現れた。

手には寸胴鍋《ずんどうなべ》と、大きな包丁を持っている。オリオラは乱暴に寸胴を床におくと、中から骨付き羊肉を摘《つ》まみ上げ、がつがつと包丁で叩《たた》き、それらを小さなパーツに分けている。

野蛮で、まるで邪教の儀式の様な作業が終わると、オリオラはいつも通り、皆の皿に肉とタロイモを盛りつけ、部屋を立ち去っていった。

神父達が食事を始める。横に座っているロベルトは険しい表情で肉を頬張っている。

一匹の蝿が、ぶんぶんと嫌な羽音をたてながら、平賀達の周りを飛び回っていた。

第四章　呪いの烙印《らくいん》を押されし者

1

朝の礼拝が終わった後、居所《シェル》に戻った平賀は、考え込んでいた。

昨夜はロベルトが酷《ひど》くうなされ、何度もベッドから立ち上がる気配がしていた。

やはり何か思い悩んでいることがあるのだろうか。

それとも本当に、悪魔がロベルトに狙いを付けたのだろうか。

平賀は、ロベルトに悪夢でも見たのかと訊《たず》ねてみたが、ロベルトは愛想なく「いや、そんなことはないさ」と答えると、平賀に背を向けてパソコンに熱中し始めてしまった。

それ以上、執拗な質問をする雰囲気にもならず、平賀は釈然としない思いを抱きながらも、ヨハネの墓所に向かった。

ヨハネ・ジョーダンの死体は、まるで平賀に挑戦するがごとくに、厳かに一片の変化も見せることなく棺《ひつぎ》に横たわっていた。

湿度は相変わらず九十％を超えている。室温は三十六度五分だった。昼間になると、四十度を超えることすらある。風通りの無い墓所内は暑苦しく、生肉を置いておけば数時間で腐ってしまうであろう。

だが、ヨハネは腐らない。

防腐処置をした様子は、その体の何処にも見付からなかったし、防腐のために血抜きや乾燥処置を行ったのであれば、死体はミイラ化していなくてはならない。ヨハネのように体が十分潤っていて、関節まで動くなどということはあり得ないのだ。

しかも、屍蠟《しろう》でもない。

一体、何なのか……？

平賀は今こそ、神の奇跡を目の前に突きつけられている気分であった。

ヨハネの数々の預言といい、死体の掌《てのひら》に浮き上がった十字形の聖痕《せいこん》といい、十分に神秘的である。

これでもし、超音波検査を行って、内臓もすべて生前のままの状態であれば、腐らない死体ということを認めざるを得ないであろう。

平賀は今度こそ自分を屈服させてくれる奇跡の到来を予感して、わくわくした。

そうしていつもの一連の作業を行った後、居所《シエル》に戻ったのだった。

居所《シエル》に戻ると、ロベルトはモノクルを装着したまま椅子に座り、せわしなくパソコンのキーボードを叩いていた。その手元には、三冊の古書が置かれている。どうやら、昨日と同じ物を借りてきたようであった。

彼が発作を起こしていないことは、平賀にとって喜ばしかったが、キーボードを打つロベルトの顔つきは、何かに取り憑《つ》かれでもしたような異様な雰囲気を漂わせ、瞳《ひとみ》の奥には怪しげなほの暗い炎が宿っている。

「随分、根を詰めてるようですが、どんな本を読んでいるのですか？」

平賀が訊ねると、ロベルトは手元の本を隠すような仕草をした。

「今度、ゆっくり話すよ。今は集中したいから、話しかけないでおいてくれないかな」

ロベルトらしくない返事が返ってきた。

平賀は不可解に思いながらも、ロベルトをなるべく刺激しないよう自分の作業に集中した。それが終わると、キーボードの音だけがカチカチと響き渡る部屋から外に出た。酷く居心地が悪い空気であったからだ。

ロベルトと一緒にいてこんなことは一度もなかったのに……。平賀は胸の奥に黒い不安が立ち上ってくるのを感じた。

教会の庭を歩いていく。菜園ではヨシュアとサミュエルが鍬《くわ》を手にして、土を掘り起こしていた。

「何を植えるんですか？」

平賀が声をかけると、二人は同時に振り返った。

「タロイモを植える時季なんです」

サミュエルが汗を拭《ぬぐ》いながら答えた。

「お連れのロベルト神父は大丈夫なのですか？」

ヨシュアがおどおどとした調子で訊ねてきた。

きっと、昨日のことや、ヨハネの預言詩のことがすっかり彼らの中で広がって、ロベルトの存在に不信感がつのっているのであろう。

「ロベルト神父なら、いたって元気ですよ。なんの心配もありません」

平賀は生まれて初めて大嘘をついた。

「それより皆さんは居所《シェル》の方にお住まいになっているようですが、サムソン神父の姿は居《シェ》所《ル》でおみかけしませんね」

平賀は不思議に感じていたことを訊ねた。

「サムソン神父は、父も兄弟もなく、病気のお母さんがいらっしゃるので、自宅から教会に通っているのです。とても例外的なことですが、ジュリア様が、お母様が気の毒だということで認めていらっしゃいます」

ヨシュアが答えた。

「バチカンではいけないことかもしれませんが、この地方にはこの地方だけの決まり事などもありますから」

サミュエルが言った。

「ジュリア様は、情け深い方なのです。困っているものを放っておけない方なのです。ですから、たまに例外的な判断も下されますが、どうぞそれでジュリア様を不信心であると思わないで下さい」

ヨシュアが必死の様子で言った。

「それはよく分かっています。ジュリア司祭の人柄を疑ってなどいませんから。心配なさらずとも、そのようなことをバチカンに言いつけるために、私達は来たのではありません」

「よかった。ジュリア様になにかがあったら、この辺りの病人や老人達がどれほど嘆くことか……。あの方の存在で、みな救われているのです」

ヨシュアはそう言うと、サミュエルと顔を見合わせた。

「平賀神父は、今日も医務室を手伝われるのですか？」

サミュエルが訊ねた。

「ええ、そのつもりです」

「皆が言っています。貴方《あなた》は素晴らしい方だと。ジュリア様に貴方が来るというお告げがあったとか……」

ヨシュアが興奮気味に言った。

それは平賀にとって、余り嬉《うれ》しくない言葉であった。自分のこともそれほどに言うのだから、逆にロベルトのことも言っているに違いない。バチカンと違い、どうもここの神父達はお喋《しゃべ》りな様子だ。

平賀が、こほんと小さな咳払《せきばら》いをした時、菜園に向かって歩いてくるジュリア司祭の姿があった。

「これは平賀神父、散歩ですか？」

ジュリア司祭は微笑みながら訊ねてきた。

平賀はその顔を見て、ほっと緊張の糸が解けるのを感じた。ジュリア司祭の表情や、その仕草の一つ一つには、慈しみ深く、正直な人間性が表れていた。数多くの司祭を見てきたが、ジュリア司祭のように親しみの湧くタイプはそういなかった。

「ええ、少し外の空気が吸いたくなったのです」

平賀が答えると、ジュリア司祭はこっくりと頷《うなず》いた。そして何故か、動きを止め、瞳を閉じて考え込んでいるような仕草をした。

平賀が不思議に思っていると、ジュリア司祭が閉じていた瞳をぱちりと開いた。そして、ちょっとこっちに、と自分の下へ平賀を手招きした。

平賀がジュリア司祭の側に行くと、ジュリアは暫《しばら》く歩いて辺りに人影がないことを確かめ、小声で平賀に囁《ささや》きかけた。

「差し出がましいことかもしれませんが、ロベルト神父の様子はあれからどうなのでしょう。何かおかしな様子は見られませんか？」

ジュリア司祭はまるでロベルトの挙動が変であることを知っているかのようであった。

「いえ、ロベルト神父はいつも通りですよ」

平賀は少し戸惑いながら嘘をついた。医師でもあるジュリア司祭には、正直に相談したいのもやまやまだが、些細《ささい》なことで、ロベルトに対する周囲の疑いの目をこれ以上、助長させたくはなかったからだ。

「そうですか、それならいいのです。私の考えすぎですね。昨日、古書を持ち出されてから倒れられたので、今日、書庫を見に行ったのです。そうしたら……。嗚呼《ああ》、つまらない迷信のような話ですね……止めておきます」

ジュリア司祭は歯切れ悪く答えた。

「迷信？　迷信とは何なのです？」

「いえ、忘れて下さい。本当につまらない迷信なのです。ロベルト神父の様子が普段通りならば、何も心配することはありません。よかったことです。ロベルト神父にお伝え下さい。もし、息苦しくなったり、目眩《めまい》を感じるようなことがあれば、安定剤を処方しますから、気軽に医務室に来て下さいと……」

「……ええ……。伝えますが……」

その迷信とは一体なんなのですか？

平賀は詰め寄りたい気持ちを必死に抑えた。今、むきになればロベルトの状態を知られてしまう。それは良くない事と思えた。

だが、ジュリア司祭はロベルトが怪しげな状態であることを察していて、その原因を知っているかのようだ。迷信については日を改めて、それとなく聞いてみることにしよう、と平賀は思った。

その時、がさがさと遠くの茂みから近くの茂みへと波が寄せてくるように揺れ動き、茂みの間からサムソンが現れた。手には木片と金槌《かなづち》を持ち、口に釘《くぎ》を咥《くわ》えている。

「ジュリア様、家畜小屋の一部が腐っていたので、修理してきました」

サムソンは口に釘を咥えたままで、もごもごと言った。

「そうですか、ご苦労様です。では、少し見に行ってみましょう」

ジュリア司祭がそう答えると、サムソンは頷き、二人は茂みの向こうへと消えていった。

その日の日程は、いつも通りであった。暫くすると昼食になり、平賀はジュリア司祭達の手伝いで、医務室に行った。

診療の手伝いをした後、居所《シェル》に戻ると、キッド・ゴールドマンが大きなボストンバッグを片手に、自分の部屋の鍵《かぎ》を回しているところであった。

「どこかへお出かけですか？　キッドさん」

平賀の声にキッドは振り返った。

「ジンバフォに講演に出かけるので、二、三日留守にするんですよ。もう半年も経たないうちにあそこで大地震が起こるとヨハネが預言しているのでね。避難を呼びかけているのです。かなりの住人がもう避難済みですが、まだ頑固に居残る人々がいる。そういう人達を説得にいくんです。それより……」

キッドは平賀に近づいてきて、その耳元に囁いた。

「本当にロベルト神父は大丈夫なんですかね？　ジュリア司祭も心配していましたよ」

平賀は一寸《ちょっと》、どきりとしてキッドの顔を見た。小さな瞳が眼鏡の奥で疑い深い光を放っている。

「貴方もジュリア司祭も、何故そんな風に仰《おっしゃ》るのです？」

すると、キッドはぽりぽりと頭を掻《か》いた。

「貴方、聞いてませんか？　書庫にある呪われた本の話を……」

「呪われた本？」

「ええ、セント・カルメル教会の書庫には、触れると悪魔に魂を奪われると代々噂されてきた呪われた古書が三冊あるんですよ。ジュリア司祭はロベルト神父を書庫に誘った際、まさかその三冊の本をロベルト神父が手にとるとは思わず、特別なことは言わなかったらしいんですがね、ロベルト神父が倒れられた翌日、よもやと思って書庫を見てみると、その呪われた古書が三冊、持ち出されていたということですよ」

ジュリア司祭が言いにくそうにしていた迷信とは、このことだったのか。本を読んでいたら悪魔が背後に立ったというロベルトの言葉が蘇《よみがえ》り、背筋がひんやりするのを感じた。

「貴方も御相棒が心配なら、呪われた本には手を出さないようにと忠告したほうがいいんじゃないですか？」

キッドが言った。

「ロベルト神父の行動に私がとやかく言うことは出来ません。ロベルト神父は、神聖な調査を行っているのです」

キッドは肩をすくめて大きな溜《た》め息を吐いた。

「やれやれ、この分だとヨハネの預言通りになりそうだというのに……。では僕は失礼しますよ」

キッドはボストンバッグを持ち直し、立ち去っていった。

平賀はその後ろ姿を見送り、そっと自分達の居所《シェル》のドアを開いた。

相変わらずキーボードの音が響き渡っていて、ロベルトは古書と首っ引きになっている。

平賀はなんとも不安な気持ちに襲われた。

「ロベルト、体調が悪いのですから、少し休んだらどうですか？」

「いや、僕なら大丈夫だよ。それよりこれを早急に読破してしまいたいんだ」

平賀がかけた声に、振り返ることもなくロベルトは応《こた》えた。

「……そうですか……」

平賀は言葉に詰まり、自分のデスクの椅子に腰を下ろした。

仕方なく、これまで調べてきたヨハネの状態を整理する。死体の体温の変化を棒グラフにし、赤外線カメラで写した写真を時刻毎に整頓《せいとん》して並べていった。

2

ロベルトはいつになく興奮を覚えていた。

セント・カルメル教会の『dianoia』には、バチカンで解読した不完全な古書とは違って、さらに奥深い人体実験の内容などが描かれていたからだ。

彼の読破の対象は『aioon』に移っていた。

ロベルトはコード・ブックになる詩編をもとに、換字法で原文を読み込んでいっていた。

現在読んでいるのは、『死体を操る方法』であった。

そこにはまずこうあった。


好ましくない人間、すなわち罪人、魔法使い、無信仰者、売春を犯す女を殺すにあたっては、次の方法を用いよ。

天球にある金星が蝕《しょく》を生じるとき、パウダーを作る。

パウダーの製造は、krait の毒をスポイトで二滴。芥子《からし》の実を五粒。さらに満月の日に抜かれたマントドラゴンをすり下ろしたものを三グラム混ぜ、サタン・バアルを祀《まつ》る祭壇を築いて、そこに捧《きさ》げるべし。

そのさいに、捧げる呪文《じゅもん》は次の通りである。

エル、およびその子バアルと一切の従える者よ、
御手に悪人の魂を一時預けさせ給え。
しかるのちに我が呪文が御耳に届きしときは、

　その魂を元の鞘《さや》に収め、
　我が意の命ずるままに動かし給え。
　その呪文とは、
　カラケ・ア・アール・シャダイ・マケド
　約束違《たが》うことなきように……。

このようにして製造したパウダーを眠っている罪人の顔に吹きかければ、たちまちその罪人は命を失うであろう。

その後、罪人の遺体を棺《ひつぎ》に納め、土に埋めて十日間待つべし。

十日後、その棺を掘り起こし、杉の葉を煮出した汁を死体の口に含ませよ。

この時も、サタン・バアルを祀る祭壇を築いて、呪文を唱える。

カラケ・ア・アール・シャダイ・マケド。

死体が目覚めるまで、何度も唱えることが必要である。

かくして目覚めた死体は、意思も記憶も失い、術者の意のままに操ることが出来る。

もし、意のままに操られぬ場合は、死の呪文を唱える。

その呪文とは、
アビル・バアル・キレトル・モハーメ。

さすれば、死人の魂は再びサタン・バアルのもとへと即座に帰すだろう。

「カラケ・ア・アール・シャダイ・マケド。アビル・バアル・キレトル・モハーメ。……

なんの意味だろう？」

ロベルトは呟《つぶや》いた。

3

昨夜もロベルトは酷《ひど》くうなされていた。平賀は不安感で一杯であった。

朝起きて見たロベルトの顔は、ここにきた四日前のものとは全く違っていた。酷く衰弱している様子で、眼は落ち窪《くぼ》み、濃い隈《くま》が出来ていた。

そしてなによりもいつもの潑剌《はつらつ》とした表情はなく、その面はどんよりと暗く、瞳《ひとみ》にも生気が感じられない。

本当に、ロベルトには悪魔が取り憑《つ》いてしまったのではないのか？

平賀の胸は訝《いぶか》しい思いで一杯になる。

ロベルトは今日で二度目のシャワーを浴び始めた。平賀はその間に、意に反したことを行わざるを得なかった。ロベルトのパソコンをのぞき見ることである。

一体、ロベルトが何を夢中で読み耽《ふけ》っているのか、知らねばならない。

平賀はロベルトのパソコンを開いて見て、驚愕《きょうがく》した。

そこにはあらゆる背徳的な単語や、残虐な行為、悪魔の仕業としか思えぬ魔術のやり方などが見てとれたからである。

ちらりと見ただけであったが、平賀にとっては十分に魂を汚されたように感じられた。

かたかたとバスルームから音が響いてくる。どうやらロベルトが出てくる様子だ。平賀は慌ててパソコンを閉じ、自分の机の前に座った。

案の定、ロベルトはバスローブ姿で、バスルームから現れた。

珍しく髭《ひげ》を剃《そ》っていない様子で、無精髭が生えている。そんなところも洒落者《しゃれもの》のロベルトらしくなかった。

「君もシャワーを浴びないのかい？」

ロベルトはのろのろと服を着ながら言った。

「私はあとで浴びます」

平賀が答えた時だ。何者かが激しくドアをノックした。平賀がドアを開けると、サムソンが台車に木箱を積んで立っていた。ずっと待っていたスキャン機に違いない。

「バチカンからのお届け物です」

「ありがとうございます。このまま置いていって下さい」

「木箱を開けるのに、釘《くぎ》抜きを持ってきましょうか？」

「あ、そうですね。お願いします」

サムソンは頷《うなず》いて、足早にかけていくと、暫《しばら》くして釘抜きを手に戻ってきた。それを受け取った平賀であったが、なかなか釘を抜くのが上手《うま》くいかない。みかねたサムソンが、横から釘抜きを取って、木箱を開けた。

常ならこういう時、飛んでくるはずのロベルトは、呆然《ぼうぜん》と椅子に座ったまま動かない。かと思うと、スキャン機を苦心して木箱から取りだしている平賀の脇を通り抜け、教会の方へと歩いていってしまった。

（またあの古書を持ってくる気なのだろうか？）

平賀はざわざわとした気分であったが、その一方で、ロベルトがサタンになど負けるはずがないとも信じていた。

なによりもスキャン機が来た今、次の段階の調査が可能になったのだ。早速、動き出さなければ。平賀は木箱から取りだしたスキャン機を台車に載せ、ついでに頼んでおいた物を自分の机の引き出しにしまった。そして台車を押しながら、墓所へと向かったのであった。

スキャン機。超音波検査をする為の機械である。

超音波を体の表面にあて、臓器から返ってくる反射の様子を画像にして見るのである。

平賀はさっそく、モニターとそれに繋《つな》がったプローブをヨハネの死体の側に設置した。

厳かに眠っているヨハネの服の前ボタンを外していく。年齢の割に、弾力のある筋肉のついたヨハネの体があらわになる。

平賀はヨハネの胸部から下半身にいたるまで、まんべんなくゼリーを塗りつけた。

そしてプローブを上半身から丁寧にあてていき、モニターを覗《のぞ》き込んだ。心臓、肺、腎《じん》臓《ぞう》、肝臓、胆嚢《たんのう》、すべての臓器が健全にヨハネの体内にはそなわっていた。

肝臓の画像からは、ヨハネが肝硬変を起こしていたことが見て取れた。

かなり重症の肝硬変だ。おそらく死因はこれであろう。

だが、臓器が全てそなわっているということは、ヨハネの体が腐らない謎をさらに難解にしただけである。平賀はこれ以上の検査をいかにしたものかと、頭を悩ませた。

そこで思いついたことは、ジュリア司祭の許可を取り、ヨハネの体をいったん棺から外に出して観察させてもらうことであった。

やや不謹慎ではあるが、腐敗のもととなる大腸菌がすくうはずの、大腸の様子がどうなっているか、つまりは肛門《こうもん》内の検査をする以外にはないと思ったからだ。

平賀はそう決断してから、日課となっている検死を行った。そして台車を押しながら、居所《シエル》へと向かった。

そして丁度、森の茂みから居所《シエル》のほうへ出ようとしたときであった。キッド・ゴールドマンの部屋から出てくるロベルトの姿を見たのである。

キッドはいないはずなのに、どうして部屋に入ることが出来たのかと不思議に思っていると、部屋から出てきたロベルトは、針金らしきものをキッドの部屋の鍵穴《かぎあな》に差し込んで、再び、鍵をかけた様子であった。

平賀はロベルトが鍵開けの名人であったことを思い出し、納得した。

ロベルトは、キッドの何を探ろうとしているのだろう？

恐らくは、ロベルトはロベルトなりの考えで、調査をしているのだろうが、自分に何も相談してくれないところが不可解であった。

平賀は再び歩を踏み出し、自分達の居所の扉《シエル》を開いた。ガチャガチャとキーボードの音が響いている。ロベルトはやはり古書を書き写していた。平賀が入っていったのに、振り返るそぶりもない。キッドの部屋に侵入したことも言うつもりは無い様子だ。

そのまま時は流れ、夕の礼拝の時間となった。

教会の鐘が厳かに鳴り響くと、ロベルトは古書を持って立ち上がった。

その姿もどこか幽鬼の様に見える。

「ロベルト、貴方《あなた》、本当に大丈夫ですか？」

平賀は思わず声をかけた。

「大丈夫かどうかは分からない。ずっと誰かが僕の背後にいて、振り返れと囁《ささや》き続けてる。その囁きに乗らないように必死で耐えているだけさ」

ロベルトはとてつもなく不吉な事を言って、歩き始めた。

平賀はロベルトがいまにも倒れてしまいそうな気がして、彼に寄り添うようにした。

薔薇《ばら》窓の主廊下を歩き、細い廊下にはいった後、ロベルトは書庫の前で立ち止まり、中に入っていこうとする。

「ロベルト……その古書は……」

平賀が言いかけた言葉をロベルトが遮った。

「ああ……、この三冊の古書なら、すっかり写し取ったよ」

「そ……そうですか……」

「非常に興味深い本だった。なにしろ出所がバルボアナ家のものだ」

「バルボアナ家？」

「ああ、本に紋章があった。盾の形の中にドラゴンと大釜《おおがま》の絵。間違いなくフランスの公爵家、バルボアナ家の紋だよ。平賀、『バルボアナ家の金』という言葉を知っているかい？」

「いえ……知りませんが……」

「たとえて言えば、イタリアの名門一族メディチ家に纏《まつ》わる『メディチ家の毒』と同じようなものだ。メディチ一族は毒薬調合のプロで、数々の政敵をその毒で暗殺していることで知られている。では『バルボアナ家の金』とは何か。フランス公爵家のバルボアナ家は多くの妖《あや》しげな錬金術師達と交流していて、鉛を金に変える方法を発見したと人々から信じられていた。だから、バルボアナ家の地下室は金塊で埋まっているとね。しかし、実際はバルボアナ家の巨額の財産は、ユダヤの金貸し達に融資して築かれたものだと今では判明しているがね。とにかく、バルボアナ家からは何人かの、カソリックの枢機卿《すうききよう》が生まれたが、中でも有名なのはシャルル・ド・バルボアナだ。彼は様々な呪いを行う怪僧で、若くてハンサムだったために、時のイタリア王妃と不倫して、秘密裏に生まれたその子を養子に迎え、法王に据えたと噂されているんだ」

「まさか……枢機卿ともなった人物が、姦淫《かんいん》の罪を犯すなんて、信じられません」

「何故？　当時、毒殺のプロとして聞こえたメディチ一族の中からさえ枢機卿や法王が出ているんだよ。現にサンピエトロ大聖堂だって、メディチ一族から出た法王レオ十世の財力によって造られた部分がある。レオ十世にも姦淫の噂は数々あった」

「噂は噂です。法王たるものがそんなことをするはずがありません」

「……そう、そうだな。君は信じなくていい」

ロベルトは頷き、書庫の中に入っていく。呪われた古書が再びロベルトの手に握られることはないことで安心を覚えた平賀であった。だが、もしかしてその内容がロベルトの中に健在であれば、やはり呪いは続行するのか、とも頭を悩ませた。

教会の倫理に疑念を持っているようなロベルトの発言も気にかかった。

やはり悪魔が、ロベルトに囁きかけているのだろうか……。

暗闇の中から再びロベルトが現れる。

二人はそのまま礼拝堂に入った。

神父達は顔を揃えていたが、ジュリア司祭とキッドとサムソンの姿がない。キッドが講演に出かけたことは知っているが、ジュリア司祭やサムソンまでどうしたのだろう。

平賀は席につきながら、皆に向かって訊《たず》ねた。

「ジュリア司祭とサムソン神父はどうなされたんですか？」

「ジュリア様は、遠くの村へ出かけられるので、サムソン神父が荷造りの手伝いをしているのです」

　ペテロが答えた。

「遠くの？」

「ええ、その村でデング熱が流行《はや》っているという報告があって、その為に出かけられるのです」

「そうですか、それは御奇特な……」

「ジュリア様はそういう方なんです」

　エリノアが誇らしげに言った。

「あの方は疫病の危険すら顧みられず、人を助けに走られる。真に神の申し子です」

　ペテロが言った。

　神父達が口々に、ジュリア司祭の事を褒め称《たた》えていた時、サムソン神父が部屋に入ってきた。

「みんな、何を喋《しゃべ》っていたのだ。たとえそれが褒め言葉であっても、人のいないところでその人の噂話をするのはよくないことだ。いつもジュリア様が仰《おっしゃ》っているだろう」

　神父達は咳払《せきばら》いをして押し黙った。

　サムソンは厳粛な表情で、自分の席につくと、平賀を見た。

「ご存じの様に今日はジュリア様がいません。そこで夕の祈りをお願いしたいと思います」

「私が……ですか？」

「ええ、平賀神父にお願いするようにと、ジュリア様が仰っていました」

「分かりました……」

平賀は祭壇に立って、十字を切った。

父よ、あなたのいつくしみに感謝します。
わたしたちの主イエス・キリストによって。アーメン。
「では、今日は信望愛の祈願をすることにいたします」
平賀は告げて、祈りの言葉を口にした。
—真理の源なる天主、
われらに諭し給える教えを、ことごとく信じ奉る。
—恵みの源なる天主、
われらに永遠の命と得《う》べき聖寵《せいちょう》とを、必ず与え給わんことを望み奉る。

—愛の源なる天主、われ、心を尽くし力を尽くして、深く主を愛し奉る。人をもわが身の如く愛せんことを努め奉る。

祈りの言葉が終わった後、神父達は物足りなそうな顔をしていた。いつものジュリア司祭のパイプオルガンが無いせいであろう。

なんとなく切れ味の悪い礼拝が終わり、皆は食事室に向かった。

夕餉《ゆうげ》の祈りはサムソンが行った。

祈りが終わると、サムソンは両手を大きな音を鳴らして叩《たた》いた。

部屋の奥のドアがぎっと開き、いつものようにオリオラが寸胴鍋《ずんどうなべ》を持って現れる。

この日、オリオラは何か慌ててでもいたような風情で、シャツのボタンを留め違えていた。そしてそれに気付く様子もなく、それぞれの皿に食事を分け入れた。

「今日はシンシンの祭りの日ですぜ、地の底から沼の底からいろいろな精霊がはいでてくるんでさ」

オリオラが平賀とロベルトの間に立って、食事を盛る時に、ぼそりと呟《つぶや》いた。

平賀とロベルトは顔を見合わせた。

サムソンがそれを鋭い目つきで見ている。

「どうも今日は、つまらぬお喋りが過ぎるようだ。就寝するまでの間、沈黙の時間としよう」

サムソンが言った。

食卓はしんとなり、誰も言葉を交わすことなく過ぎた。このまま神父達は寝るまでの間、言葉を発することなく過ごすのである。

平賀はその戒めに、自分達も従うべきかと悩んでいたが、ともかくロベルトが喋らないので、二人ともが押し黙ったまま居所《シエル》に戻った。

平賀はシャワーを浴びることにして、服を脱ぎ捨てた。バスルームに入る。シャワーは水のみであるが、熱帯のこの気候に当然、湯など不要であった。

教会で作られたと思われるナトリウム塩の、ごつごつした石鹸《せっけん》を体にこすりつけ、泡をたてる。そうしてロベルトが持ってきたシャンプーで髪を洗った。

すっかりさっぱりとして、シャワーをとめた時だった。

「うわっ」

というロベルトの叫び声と、異様な物音が聞こえてきた。

「どうしたんです！」

平賀は慌ててバスルームを飛び出した、するとその眼の前を一匹の蛇が這《は》っていくところであった。その全身は黄色く、全長一・五メートルはあるだろう。尾の先端がちぎれたように丸みを帯びて終わっている。特徴から見て、この辺りによく生息すると言われているキイロアマガサヘビに違いない。だが、この蛇は性質的に大人しくて、同種の蛇を食することを好み、余り他の生き物を襲わないのだ。

平賀は、蛇を刺激しないようにそっと居所《シェル》のドアを開けた。すると蛇はそれを待っていたかのように外へと這っていった。

それを確認して、居所《シェル》のドアを閉めると、平賀は急いで部屋の奥に向かった。

ロベルトがベッドの上で右足の太股《ふともも》を押さえて呻《うめ》いていた。

「蛇に……蛇に嚙《か》まれた。ベッドに寝ころんだ途端、蛇が中にいたんだ……」

平賀は自分の机の引き出しにしまっていたキイロアマガサヘビ用の血清と注射器を取りだした。

ロベルトの命が危険にさらされるという不吉な預言を聞いた時に、平賀はこの地で起こりそうなあらゆる事を想定した。そして危険な毒蛇が生息していることを調べだしたのだ。それは、――年老いた蛇である悪魔の罠《わな》にはまって――というヨハネの預言詩のフレーズと相まって平賀に予感を与えた。そこで彼はスキャン機とともに血清を送ってもらうようにローレンに連絡を取っていたのである。

平賀はさっそくロベルトの腕の静脈に血清を注射し、それから大腿《だいたい》部を強く縄で縛り上げた。嚙まれた太股の部分のズボンをハサミで切り裂く。そして紫色に変色した皮膚の中にある、毒蛇に空けられた二つの穴に、口を押し当て、思いっきり吸った。

傷口を吸っては吐き出し、吸っては吐き出し、何回か繰り返す。

ロベルトは呻きながら、ベッドに上半身を倒したが、これだけ早く血清を打っていれば、命には別状はないであろう。

平賀は荷物が、今日のこの日に間に合って届いたことを神に感謝した。

そして聴診器を取りだして、ぐったりとしているロベルトの胸にその先を押し当てた。

キイロアマガサヘビの毒は、ペプチド毒である。学名からα―ブンガロトキシンと名づけられており、ニコチン性アセチルコリン受容体と呼ばれるタンパク質に特異的に作用する。

この受容体は運動神経や筋肉に普遍的に分布しているため、この毒を受けると全ての筋肉の動きを止められ、多くの場合呼吸困難に陥り、死に至る。痛みが伴わないため、手遅れになる事も多い。

聴診器から聞こえてくるロベルトの心音は、少し緩やかであるとはいえ、力強く打っていた。全身がぐったりしているものの、意識はしっかりしている様子で両目を開け、少し苦しげな深い息づかいをしている。

「ロベルト、気分はどうですか？」

「……少し息苦しいけど、そう悪くない。体がだるいかな……」

「心配しなくても大丈夫です。すぐに血清を打ちましたから」

「血清？　毒蛇だったのか……こりゃあ驚いた……。それにしてもなんで血清なんか用意してたんだい？」

「この辺りに毒蛇が生息していることが分かったので、念の為に用意しておいたのです。

それより余り喋《しゃべ》らずに、じっとしていて下さい。薬で傷口を洗ったほうがいいでしょう。医務室から持ってきます」

平賀がそう言うと、ロベルトはゆっくりと頷《うなず》いた。

平賀は居所《シェル》を出て、教会の医務室へと向かった。

それにしてもキイロアマガサヘビが、まさか居所《シェル》の中に潜り込んでくるとは驚きであった。確かにこの種は夜行性で、人家付近にも生息するため、誤って踏んでしまったり暖を求めて寝床にもぐりこまれたりして噛まれてしまう事故が多いという情報は得ていた。

しかし、居所《シェル》のドアも窓も閉まっていたはずである。もし自分達が出入りの際に、入り込んだとしても、あれ程、大型の蛇に気付かないはずはないのだ。

とすれば、誰かが一時期、居所《シェル》のドアを開けていたのだろうか。

それとも誰かが蛇を故意にしかけたのか……。

ロベルトが預言詩通りに命の危機に瀕《ひん》すれば、喜ぶのはキッドだけだろう。

しかし、彼は講演に旅立ってしまっている。だから蛇をしかけるのは無理だ。他にロベルトを狙う者がいるだろうか？

平賀には考えつかなかった。

平賀は医務室に到達し、薬棚から止血薬の小瓶を取り出し、包帯も手に持った。

医務室から居所《シェル》へと戻る。

ロベルトはぼんやりとした顔で天井を眺め、ベッドの上に大の字になっていた。

平賀は止血薬で丁寧にロベルトの傷口を拭《ふ》いた後、大腿部の緊縛を血が通うように少しばかり緩めた。

ロベルトが、深く溜《た》め息を吐く。何故だかその額には大粒の汗が浮き上がっている。

平賀は不審に思ってロベルトの額に手を当てた。

額が火のように熱い。驚いて体温計で測り直してみると、三十九度も熱がある。

蛇の毒が回っているはずはない。第一、キイロアマガサヘビの蛇咬《だこう》症で発熱などはないはずである。ロベルトの周辺の事態が全て悪い方向へ向かっているように感じられ、平賀は、かつてない焦りを感じた。

タオルを水で冷たく冷やして、ロベルトの額に置く。

するとロベルトは、少し安堵《あんど》した表情になって、瞳《ひとみ》を閉じた。

過激な血清を投与したあとで、すぐに熱冷ましなどを飲ませていいものかどうか平賀には判断が付きかねた。そして、今夜はロベルトの状態を見守っていようと決心したのだった。

4

目まぐるしく夢を見ていた。体の節々に痛みと違和感を感じて、時々、ふと眼を覚まし、眠る体勢を変える。いっそ起き上がって、悪夢を振り払いたいとも思うが、身を起こすことは出来なかった。側で見守っている平賀の姿を、ちらりと見ると、すぐに意識は失《う》せ、夢の世界へと引き込まれていく。

そんな時間が長時間続いたように思われた。ある時、いきなり体にかけていたシーツが足下からずるりと引っ張られた。平賀だろうかと不思議に思い、薄く眼を開くと、平賀は枕元の椅子に座ったまま、眠っている。シーツはそれでもずるりずるりと何者かによって引かれていき、ロベルトの体からすっかり剥《は》がされてしまった。

少し寒気を感じ、少し頭が冴《さ》えた。

誰が、シーツを剥がしたのだろうと上半身だけ起き上がってみたロベルトは唖然《あぜん》とした。シーツがぶらりと空中に浮かんで垂れ下がっていたからである。

「ほら、眼が覚めたろう？　お前さんが目覚めるのを待っていたんだよ」

部屋の暗がりから、声が聞こえた。

ロベルトは緊張し、身構えた。同時に、「平賀！」と隣に声をかけたが、平賀はぴくりともしなかった。

「無駄だよ。試されるのはお前さんの方なんだ」

暗闇からのっそりと何者かの影が近づいてくる。それが自分の近くに来た時、ロベルトは我が目を疑い、固唾《かたず》を呑《の》んだ。

全身が爬虫《はちゅう》類の鱗《うろこ》に覆われた男。言うなれば蜥蜴《とかげ》男とでもいうような不気味な姿がそこにあったからである。

「お……お前は何なんだ？」

「私はサタン様からの使い。アトテラスという者だ」

「ア……アトテラス……そんな名の悪魔は聞いたことがないぞ……」

「そりゃあ、お前さん方人間が、まだまだ無知なだけだからさ。ともかく私はお前さんを『地獄の門』まで連れていかなくちゃならん」

「そんなところに行くものか！」

「悪いが、行く行かないはお前さんが決めることじゃないんだよ」

アトテラスがそう言った途端、赤い網のようなものがロベルトの全身を搦《から》め捕った。

アトテラスは網の端の束ねを持って、口をにやりと歪《ゆが》めた。

「さて、では行くとしようか」

そう言うと、アトテラスは宙に舞い上がった。ロベルトの体もそれに連れて浮かび上がる。そして居所《シエル》の天井にぶつかるかと思いきや、天井を突き抜けて、暗い森が眼下に広がる空に浮かび出たのであった。

「何故、僕が『地獄の門』などにいかなければならないんだ？　僕を地獄に落とす為か？」

アトテラスはロベルトの問いに、ケケケケと笑った。

「そうではないさ、お前さんがサタンと契約するのに相応《ふさわ》しい人間かどうかを見極める為さ」

「僕はサタンと契約などしない！」

「そうかな？　お前さんは『知』に飢えている人間だ。だが、神が何をしてくれる？　神は元来、人間に『知』を与えることを嫌っているのだ。人間達に知を与えてきたのは我々、悪魔だ。アダムとイブ、ソロモン、シェークスピア、ダヴィンチ、モーツァルト、アインシュタインしかり。彼らは我々と契約することによって偉大な知を手にしたのだよ。そんな『知』が欲しくはないかい？」

ロベルトの気持ちは一瞬揺らいだが、頭を振った。アトテラスはそれを一瞥《いちべつ》して笑う。二人の体は恐ろしい勢いで、天空を滑走していた。それは恐ろしくもあったが、爽快《そうかい》でもあるような不思議な気分である。

そうしている間に、目の前の空に、巨大な赤い渦巻きが出現した。

反射的に、不吉な気分を抱いたロベルトであったが、アトテラスは嫌な予感通り、その中へ向かっていく。そして、ロベルトの体も網に捕らわれたまま、赤い渦の中へと吸い込まれた。

何十万という迷える霊達の息吹と声が、暫《しばら》くの間、やむこともなく耳から流れ込んできた。

時折、人の形をしたものが、しゅんしゅんと左右を横切っていく。

それ以外は何もない虚空のような空間が続いた後、ロベルトの目の前に、荒涼とした大地が忽然《こつぜん》と広がった。

黄色い砂。枯れ萎《しお》れた木がまばらに生えている。生命の躍動はそこにはなく、まさに不毛の大地という形容が相応しかった。

そうした大地を見ながらアトテラスに運ばれて飛び続けていたロベルトは、やがてごろごろとした大岩を積んで造られた巨大な城壁を見た。その城壁には真っ赤に焼けた鉄で出来た城門があり、その背後にはグロテスクな悪魔像が刻み込まれた火山が炎を噴き上げている。

背後には、なんとも薄暗く恐ろしげな光景が広がっていて、それが『地獄の門』であることは明らかだった。

門の前には高さが十メートルはありそうな巨大な金の天秤《てんびん》ばかりが置かれていた。金の天秤ばかりの主柱の下部には、人の背丈ほどの直径がある水晶玉が埋め込まれている。そしてその前には法衣を羽織り、頭に中世の鬘《かつら》を被《かぶ》った裁判官ともおもえる男達が、三百人ばかり座していた。

天秤ばかりと、裁判官達の間には、被告人が立つ席のようなものがあって、アトテラスはそこにロベルトを下ろし、自らはその脇に立った。

「皆さま、被告人ロベルト・ニコラスをここに連れてきました」

アトテラスが大声で叫ぶと、裁判官達は目の前の机を一斉に、木槌《きづち》で叩《たた》いた。

「開廷！」

一斉に声が発せられた。それは鉄砲水のような大音響であった。

この時、ロベルトが呆然《ぼうぜん》と見上げていた天秤ばかりの一方に、金色の炎が燃え上がった。

オリンピックの聖火台で燃えさかる聖火の様な勢いである。

それに対して、「おおお」という感嘆の声が空気を揺るがした。

「あれは、お前さんの信仰の炎だ。今から地上のあらゆる物が、あの炎と量り比べられる。覚悟しておくといいぞ」

そう言うと、アトテラスは赤く長い舌で、口の周りをぐるりと嘗《な》めた。

最初に、信仰の炎が燃えさかっているのと逆の天秤皿の上に載せられたのは、金塊であった。それはどんどん積み上がっていったが、はかりは決して金塊の方に傾くことはなかった。

次に載せられたのは、美しい宝石や装飾品の数々であった。だが、これもどんなに積み上がっていっても、信仰の炎はどんと重く地についたままで、ひと揺らぎもしないのであった。

次に載せられたのは、世にも美しい女達であった。様々なタイプの美姫《びき》が天秤皿の上に乗っていったが、これもはかりを傾かせることは出来なかった。

それから次々と、あらゆるものが信仰の炎と量り比べられたが、量られているロベルト本人にとっても意外な程、信仰の炎は揺るぎなく重くあり続けた。

「なかなか、しぶといが、これはどうかな……」

アトテラスが呟《つぶや》いて、指を鳴らすと、天秤ばかりの上に、山のような古書の束が積み上げられた。その時、天秤ばかりが少し動いた。

信仰の炎を載せた皿のほうが少しずつ浮かび上がる。

固唾を呑んだロベルトであったが、それは丁度、釣り合う一歩手前、少しばかり信仰の炎の皿が沈んだ状態で静止した。

「ケケケ。だんだんと襤褸《ぼろ》が出てきたようだな」

アトテラスは愉快そうに言った。

「もし、信仰の炎より重い物があれば、お前さんはこのまま地獄行きか、サタン様との契約書にサインして何人にも勝る『知』を手にいれるかのどちらかを選択することになる。ようく考えておくことだ」

ロベルトははたと悩んだ。どちらかと言うのならば、サタンとの契約書にサインして、何人にも勝る『知』を手にいれるほうが魅力的であったからだ。

そんなロベルトの心を見透かしたようにアトテラスが言った。

「今、悩んでいるだろう？　お前さんは、サタン様と契約するに違いない。そう見込んだからこそ連れてきたのだからな。では、次はこれでどうだ」

アトテラスが指を鳴らすと、天秤の上に十字架が現れた。十字架の下には藁《わら》が敷き詰められている。非常に遠い距離だったが、ロベルトは十字架にかけられている人影が何者であるか、すぐに見て取れた。

平賀だ。

ロベルトは身を乗り出した。

「何故、彼がこんなところにいるんだ！　彼ほど信仰心の厚い人間はいない！　こんなところに連れてくる人間じゃないだろう」

アトテラスに向かって猛然と抗議したロベルトを、アトテラスは冷ややかな目で見て笑った。

「そんなことは関係ないね。お前さんの信仰心を試すためなら、何をしたっていいんだ。さて、火をくべるとしよう」

アトテラスの言葉に、ロベルトは焦って、十字架にかけられている平賀を振り返った。

彼の足下の藁に炎が宿っている。

平賀は、苦しそうに体を捩《ねじ》らせていた。

「止めろ！　止めてくれ！　僕が代わりになる！」

この時、天秤ばかりが大きく傾《かし》いだ。平賀の乗った皿が地につき、信仰の炎の宿った皿が大きく宙に浮いたのだ。

「ケケケケケ」

アトテラスが大声で、腹を抱えて笑った。その瞬間、天秤皿の中にあった平賀の姿が消え、ロベルトはほうっと安堵《あんど》の息を吐いたのだった。

「ついに屈服したな。さて、裁判官方、ロベルト・ニコラスの魂を観察してやってください。さあ、お前さん、よく見ておくがいい。あの水晶球に、お前さんの今の魂の状態が映し出される。それでもって、お前さんがサタンに属する者かどうか分かるんだ」

アトテラスは天秤ばかりの主柱についている水晶玉を指さしていった。

ロベルトは息を呑《の》んで水晶玉を見詰めた。

透明だった水晶玉に変化が現れる。七色に色変わりした後、再び透明になり、その中に白い靄《もや》のようなものがわき出てきたのである。

一体、これはどういう意味かと、ロベルトは恐々とした。


サタンの印である黒い影は出ていない……。

透明は保たれている。

裁判官達は囁《ささや》いていた。

「ちっ、最後の一言が余計だったのか……」

アトテラスが悔しげに呟いた時だった。


まてよ、あれは何だ？

悪魔を示す三つの数字の様にも見えるぞ。

ロベルトは、どこにそんな三つの数字があるのかと、目を凝らした。

確かに水晶球の中にぼんやりと、数字らしき光が浮かんでいた。それをよくよく見ていると、その数字が縦横無尽に動き出し、次第に光の靄のようになってきた。

どこかの、何かの光景がその靄の中に、ちらりちらりと浮かんでは消えていた。

嫌悪感……焦燥感……嘔吐《おうと》感……恐怖感……いきなりそうしたものが一気にこみ上げてくる。

その時、麻布を頭から被った三人の男達がロベルトの脇に立った。

「恐れずに見るのです」

「使徒ロベルトよ、私達は貴方《あなた》に祝福を与えに来ました」

「貴方の中の、本当の悪魔の正体を知ったとき、貴方は救われます」

三人の男達からは神々しい息吹が伝わってきた。

ロベルトは頷《うなず》き、勇気を奮い起こして水晶玉を見詰め続けた。

そして見たのだ、ロベルトに恐怖をもたらすサタンの顔を……。

ロベルトがそれを見て、勇気と強さを取り戻したとき、彼はベッドの中に横たわっていた。

ロベルトが最初に見たのは、点滴袋だった。ベッドの脇に点滴が吊《つる》され、自分の腕の静脈へと繋《つな》がっていた。シーツはちゃんと体にかかっていて、宙に浮いたりはしていなかった。

『地獄の門』での出来事が、夢であったのか、現実のものであったのかは分からない。

だが、明らかにサタンの正体は分かっていた。

ロベルトは、静脈に刺さった注射針を腕から引き抜き、よろりとベッドから立ち上がった。

右足が妙に怠《だる》く、小さく鋭い痛みがあった。

そうだ……確か蛇に嚙《か》まれたのだ。

あの後、どうなったのか確かめなくては……。

ロベルトは平賀の姿を求めて居所《シェル》の外へと向かった。

5

ロベルトが昏睡《こんすい》している間に、セント・カルメル教会では不可解で異常な出来事が起こっていた。

早朝、ロベルトの熱が下がらないのを確認した平賀は、電話室のネットを使って、バチカンの医局部に連絡を取った。そして血清を打った後の解熱についての質問を行った。

解熱は行っても良いということであったので、食塩とブドウ糖と解熱剤を入れた点滴を作り、ロベルトにさっそく投与を開始した。

そうしているうちに日が昇り、教会の鐘が鳴った。

ロベルトの身が心配ではあったものの、平賀は朝の祈りに出席する為に、教会へと向かった。そして、礼拝堂に至ると、集まっていた神父達が、何やら狼狽《うろた》えた様子で話し合っていたのである。

「どうしたのですか？」

訊《たず》ねてみる。

「サムソン神父が来ていないのです。ジュリア様がいないときの祈りの主導は、彼の役目ですのに」

ヨシュアが答えた。

「サムソン神父が遅刻するなど、かつてなかったことなのに。妙なことです」

ペテロが言った。

「ところで、お連れの方は？」

サミュエルが平賀に訊ねた。

「風邪ぎみで熱があるので、今日は寝ておく様子です」

平賀は努めて手短に答えた。神父達は、互いに目配せを交わしている。

「それにしてもサムソン神父のことは心配ですね」

平賀は、話を元に戻した。

「サムソン神父も某《なにがし》かの事情で出てこられないのかも知れません。彼は実家なのですよね、様子を見に行ってみては？」

平賀が提案すると、神父達は各々頷いた。

「もう祈りの時間です。サムソン神父がいないので、平賀神父、代行していただけますか？　サムソン神父のことは少し待ってみて、昼食までに姿を見せないなら、実家に行ってみることにします」

ペテロが言った。

そこで平賀は、祭壇に立ち、朝の祈りを執り行った。そして再び居所《シェル》に戻り、ロベルトの傍《はべ》らに侍っていた。昼近くになって居所《シェル》のドアをノックする音がした。出てみると、エリノアとヨシュアの若い神父二人が立っていた。

「何か御用ですか？」

平賀が訊ねると、エリノアが答えた。

「やはりサムソン神父が来ないのです」

「ペテロ神父に、二人で様子を見に行くように言われたのですが、平賀神父もおいでになりませんか？」

ヨシュアが言った。

「私が、何故？」

平賀が不思議に思って答えると、二人の神父は少しもじもじした様子であった。

「昨日から、三日間、シンシンの祭りの日なのです」

エリノアが答えた。

シンシンの祭り……。そう言えばオリオラもそんな事を言っていた。

「シンシンの祭りとは何なのですか？」

「古いこの地の邪神を祭る日です。これから二日間は、様々な精霊達が大地を練り歩くと言います。この精霊達は私達のようなキリスト教徒を目の敵《かたき》にしているのです。もし精霊と出くわすと命を落とすと言われていて、長い間、シンシンの祭りの日は、神父達は教会から出ない仕来りでした」

　エリノアがそう言うと、ヨシュアが話に割って入った。

「そうです。ジュリア様のような方なら特別ですが、私達のようなものがこんな日に出歩けばどうなるか分かりません。だからバチカンからの御使者である平賀神父に付き添ってもらいたいのです」

　平賀は少し考えた。ロベルトのことは心配であるが、熱以外の異状はみられない。暫《しばら》く自分が席を外してもまずは問題ないだろう。しかし、シンシンの祭りのことは気にかかる。オリオラの口から出たことでもだが、シンシンの祭りの日は、精霊達がキリスト教徒の命を狙うというエリノアの話も興味深かった。奇《く》しくもロベルトは、そのシンシンの祭りの最初の日に倒れたのである。

　彼を悪い状態にしている何かの手がかりがシンシンの祭りとやらにあるのかもしれない。少し外の様子を見て、シンシンの祭りとやらのことを探ってみてもいいかもしれない。

「分かりました。私が付き添いいたしましょう」

　平賀の答えに、エリノアとヨシュアは顔を輝かせた。余程、シンシンの祭りの日に、大地を練り歩くと言われる精霊のことが恐ろしかったに違いない。

平賀はエリノアとヨシュアとともに、サムソンの実家へと出発した。

サムソンの実家は、集落のある場所ではなく、教会の近くに建てられているということであった。それは、ヨハネの墓所から続く森の道を行き、木々がとぎれて平原になったところに建っていた。

サムソンの家は高床式の木造の建物で、バナナの皮で屋根は葺《ふ》かれている。床の下には、日常調理で使うのだろうと思われる石でできた小さな竈《かまど》があった。

エリノアとヨシュアは、まずは外から大声でサムソンの名前を呼んだが、応じる声はなかった。

「どうしましょう?」

エリノアが平賀に訊ねた。平賀は、ロベルトが蛇に噛まれたことを思い返し、何かの事故があったのかもしれないと考えた。

「不測の事態が起こったのかも知れません。中を見てみましょう」

平賀の答えに、二人の神父は頷いて、高床式の入り口へと続く階段を上り始めた。平賀もその後に従った。

そうしてサムソンの家の中に入っていった三人は、身も凍るような情景に出くわした。

大きく窓が取られて明るい部屋の右端には、藁《わら》で出来た寝床があって、中央には座って食事をするための卓が置かれていた。

天井から、家財道具が吊されている。それにまじって、小型の猿の死体が三匹ばかりぶらんと縄で吊り下《さ》がっていた。おそらく数日も経っていない新しい死体だ。

そうして部屋の奥の祭壇に飾られた木の十字架には、明らかに血液とおぼしき物が大量にかかっていた。その側には、一匹の猿がいて、ぴちゃぴちゃと血を嘗《な》めていたのだが、三人の足音を聞くと、毛を逆立てて牙《きば》を剥《む》き、威嚇すると同時に窓から逃げ去っていった。

「こ……これは、一体……」

ヨシュアが声を震わせた。

「サムソン神父も、寝たきりのお母さんの姿もありませんね……」

平賀は辺りの様子を観察しながら、血を浴びた十字架のほうへと歩み寄った。

十字架が置かれた祭壇の上にも夥《おびただ》しい血痕《けっこん》が付着している。まだ完全には固形化していないそれを、平賀はポケットから取りだした綿棒にこすりつけ、小さなビニール袋の中に入れて、再びポケットにしまい込んだ。

「この血は……まさかサムソン神父のものでは……？」

エリノアが平賀の側に寄ってきて、恐ろしげな表情で、血塗《ちまみ》れの十字架を眺めた。

ヨシュアが二人から離れるのを怖がるようにして、身を寄せてきた。

「サムソン神父は、精霊達に襲われたんじゃないでしょうか？」

二人の神父が、ごくりと固唾《かたず》を呑《の》む音が聞こえた。

「猿の死体は、一体、なんでしょう？」

平賀が言うと、二人の神父は口々に別のことを言った。

「ま、魔術師が呪術《じゅじゅつ》をした証拠ですよ。私の祖父に聞いたことがあります。猿を使い魔にする魔術師がいると……。そいつは猿の首を干した物を沢山もっていて、魔術を行う時は、それをずらりと祭壇に並べるのだそうです。他にも生きた猿を使う奴がいます」

「食用じゃありませんか？　猿には強壮作用があると言っている者もいますから、病気のお母さんに食べさせていたのかも……」

どちらの話が正解なのかは分からなかったが、ともかくなんらかの異常事態が生じたことは明らかな様子であった。

「ともかくサムソン神父もお母さんの姿も見えないということは、何事かが起こったかと思います。二人の居所をつきとめなければ……。近くに警察はないのですか？」

「警察はずっとずっと遠くの場所にしかありません」

ヨシュアが言った。

「首都にありますよ」

「電話は？」

「そうだ。電話すればいいんだ。それなら電話室の電話帳に番号が載っているはずです」

エリノアが、大発見したように言った。

おそらく神父達は普段は、電話などとは縁遠い暮らしをしているのであろう。

平賀は、物証をなるべく損ずることのないように注意を払い、二人を連れてサムソンの家を出た。そして教会に戻ると、さっそくエリノアに警察に電話を入れさせて、事の詳細を説明させた。

平賀が居所《シェル》に戻ると、ロベルトはまだ昏々《こんこん》と眠っていた。

安心と不安が混じった気持ちで、その様子をチェックし、昼食の鐘を合図に、再び教会へと向かう。

食事室では、神父達が、サムソンの事を話題にしていた。おそらくロベルトの噂話も含まれていたに違いない。ともかく誰もがシンシンの祭りのことを恐れ、その災いが降りかかったのだと言っていた。

その日の祈りの役目は、やはり平賀が請われた。祈りが終わると、いつもサムソンがやる、大きく手を打って食事の開始をオリオラに知らせる役目はペテロが行った。

ぎっと、食事室の奥の扉が開き、オリオラが寸胴《ずんどう》を手にして現れる。いつもしているエプロンを今日は着用していない。そして、その腰にぶら下げた包丁の形がいつもと違っていることに平賀は気づいた。

ついつい、問いかけてみる。

「いつもの包丁じゃありませんね。新しい物ですか？」

一瞬、オリオラの顔に動揺が走ったように感じられた。だが、すぐにその色は失《う》せ、オリオラはいつものどんよりとした目で平賀を見詰めた。

「ああ、これは前からある奴を研ぎ直したんでさぁ。前の奴は刃がかけちまいましたんで平賀は前日、オリオラが肉の骨を包丁で乱暴に叩ききっていた姿を思い出し、さもあらんと納得した。その日の昼食は、豆となにかの肉を煮込んだ物であった。ロベルトが目覚めて食べるかもしれないので、一食分、貰《もら》って居所《シエル》へと戻る。

そしてロベルトに朝から二度目の点滴を行った。この暑さの中では、点滴を打っておかないと脱水症状をおこしてしまうからだ。

平賀は机の前に座り、サムソンの家の十字架に付着していた血痕を絡めた綿棒をポケットから取りだした。蒸留水を綿棒に垂らしながら、血液をシャーレに採取する。

そして採取したそれをスポイトで一滴、ガラス板に落として、顕微鏡に挟み込んだ。

背後からガラス板に光をあて、血液の様子を観察する。

ヒトの赤血球は中央がへこんだ円板状で核がない。直径は約八ミクロン、厚さは中央で約一ミクロン、周辺で約二ミクロンほどである。だが、問題の血液の赤血球は有核であった。つまりは人の血液ではないということだ。有核の赤血球を持っているのは、鳥類、爬《は》虫《ちゆう》類、両生類、魚類などである。平賀は赤血球の大きさと形状から、それを鳥類の血液であると判断した。

十字架に鳥類の血液が注がれたのである。明らかにそれはキリストを侮辱する行為であっただろう。問題はそれが誰の手によって行われたかだ。

サムソン神父が発見されれば、その謎も解けるかも知れない。

警察が突き止めてくれるといいのだが……。
平賀はそう思いながらベッドに横たわっているロベルトを振り返った。

第五章　死ぬことによってのみ、永遠の生命によみがえることを深く悟れ

1

サムソン神父の行方が分からないまま翌日になってしまった。

眠っているロベルトを残し、礼拝堂にいくと、ジュリア司祭が祭壇の前に立っていた。どうやら朝早くに、デング熱が発生しているという村から戻ってきた様子である。

キッドの姿はまだなかった。

ジュリア司祭は平賀が礼拝堂に入ってきたのを見ると、微笑んで、自分の前の席につくようにとジェスチャーした。

神父達の表情は、ジュリア司祭が戻ってきたことで、どこか安堵《あんど》している様に感じられる。

平賀は、ぽつりと空いている、いつもサムソンがいる席に座った。

ジュリア司祭が朝の祈りを始める。

久しぶりに聞いたジュリア司祭の声は、いつにも増して澄み渡っていて、礼拝堂の上から天使が舞い降りてくるかのような響きをもたらした。

本来なら祈りの主役となるはずのブロンズで出来た磔刑《たっけい》のキリスト像が、虚《むな》しく感じられるほど、この聖地において、ジュリア司祭の存在は何よりも聖なる物に見える。

朝の祈りが終わると、祭壇から下りてきたジュリア司祭が話しかけてきた。

「ロベルト神父の風邪は酷《ひど》いのですか？」

ジュリア司祭にはロベルトが通常の風邪などではないことはばれているに違いないが、ジュリア司祭は気を遣ったようだ。そう言って、「もし、私が必要な時は言って下さいね」と、遠慮がちに言葉を続けた。

「ええ、その時はよろしくお願いします」

平賀もいざというときにはそうするしかないと思ったので、素直に答えた。

「デング熱の流行《はや》っていた村は、どんな様子でしたか？」

「村人の大半が既にかかっていて、かかっていないものには予防接種をして、かかっているものには解熱剤などを処方してきたのですが、幼い子供や老人のことは心配です。それにサムソンのことも気がかりですし……」

ジュリア司祭は長い睫《まつげ》を伏せ、面持ち暗く答えた。

「確かにそうですね。神父方はシンシンの祭りだということを酷く恐れてらっしゃるようですが、シンシンの祭りとは具体的にどんなものなのかご存じですか？」

ジュリア司祭は薄く笑って、声を小さくした。

「もともと、シンシンの祭りの由来は、雨季に入る前に、恵みの雨が沢山もたらされるように、水の精霊であるクンカバに祈る祭りだったようです」

「クンカバという名は前にも聞きましたが、どんな精霊なのです？」

「金色の大蛇《おろち》の姿をした精霊ですよ。おそらく元は、この辺りに生息するキイロアマガサヘビに原型があるのでしょう。クンカバは、大地が生んだ最初の息子で、頭が七つあって、天の水と地の水を支配しているといいます。その一つの頭は常に猛毒の息をはき続けていて、クンカバに敵《かな》うものはこの世に存在しなかったといいます。その為に、クンカバは慢心して、天帝の地位を狙いにいったのですが、天帝の雷電に打たれて、再び地に落ち、それからは大人しく天帝の命令に従うようになりました。ただ、天帝に許されてシンシンの祭りの日だけは、最高位の精霊として祭られるようになったといいます。そしてシンシンの祭りの日には、地のあらゆる精霊が、クンカバの下に年の最初の水を乞《こ》いに集まってくるといいます。現地の神話はそんな風なものです。今では原始的な祭りの文化は廃《すた》れた……というか、政府が禁止しているのですが、このセント・カルメル教会が出来た頃には、様々な地方でシンシンの祭りが行われていたと記録に残されています。祭りの内容は様々ですが、一番、質《たち》が悪いのはシンシンの祭りでは生贄《いけにえ》が捧《ささ》げられていたことです。それは牛や鶏、豚などもですが、地方によっては人を捧げるところもあったとか……」

「人間の生贄ですか？」

平賀はぞっとした。

それに、邪教の蛇がサタンなのだとしたら、ロベルトがクンカバの化身ともいえるキイロアマガサヘビに嚙《か》まれたのも、ヨハネの預言詩と相まって、なにかただならぬ暗示が働いているように思えた。

「ええ、一番、多かったのは赤ん坊だということですが、この地でキリスト教を布教している宣教師達も、時にその為に命を落としました。現地信仰の反対勢力として現れた宣教師を生贄にすると、クンカバが大いに喜ぶと思われていたのです。その為、昔は宣教師達はシンシンの祭りの夜の遠出は避けたものでした」

「それでエリノア神父が、これから二日間は、様々な精霊達が大地を練り歩く日で、この精霊達は私達のようなキリスト教徒に出くわすと命を奪うから、長い間、シンシンの祭りの日は、神父達は教会から出ない仕来りだった、と言っていたのですね」

「そういうことです。彼らの解釈は我々と違って少し非合理的で寓話《ぐうわ》的になりがちですが、それはそれでまた良いところもあるのですよ」

ジュリア司祭はお喋《しゃべ》りな神父達を庇《かば》うように言った。

「なる程……」

平賀は、こほんと一つ咳《せき》をして、本題を切り出した。

「ヨハネ・ジョーダンのことですが……」

「はい、ヨハネさんがどうかしましたか？」

「今のところ腐らない謎は解けていません」

「そうですか」

「そこでさらに調査を進める為に、ヨハネ・ジョーダンの遺体を棺《ひつぎ》から出しては貰《もら》えないでしょうか？」

平賀の申し出に、ジュリア司祭は酷く困惑した顔をした。

「棺から出して、どのような調査を行うのですか？」

「衣服を全て脱がせて貰い、全身をチェックしたのちに、大腸内の検査を行いたいのです」

ジュリア司祭は啞然《あぜん》とした顔をした後、人差し指を眉間《みけん》にあてて目を閉じた。そして桜貝のような唇でぶつぶつと、「主に問う……」という意味のセム語を呟《つぶや》き始めた。

その様は本当に、主と会話し、その啓示を受けんとする様子だ。

ジュリア司祭ならば、神や天使と直接話をしていてもおかしくないように見えた。ジュリア司祭の美しい天使の様な容姿と、身に纏《まと》う透明で柔らかなオーラのせいであろうか。

ジュリア司祭は暫《しば》くそうしていて、大きく息を吐くと、胸で十字を切った。

そして透明なエメラルドグリーンの瞳《ひとみ》を瞬いて平賀を見た。

「いいでしょう。本来ならばヨハネさんの聖なる死体を丸裸にして晒《さら》し者になどしたくはないのですが、他ならぬ貴方《あなた》の願いです。主も受け入れられるでしょう。ただしその際は、私の立ち会いのもとでやってもらえますか？　それが条件です」

「はい。条件は吞《の》みます」

平賀は即答した。

「遺体を棺から出して、衣服を脱がせるとなると二人では難しいでしょう。神父達を何人か手伝わせましょう。若くて力があるのは、サミュエルとヨシュアです。二人を手伝いに入れて構いませんか？」

「ええ、それは是非ともこちらからもお願いいたします」

「いつ頃、おこないますか？」

平賀は時計を見て、ロベルトの点滴が終わる時間を計算した。

「今から三十分後にでも……」

「分かりました、ではこちらも用意しておきます。三十分後に墓所で直接お会いしましょう」

ジュリア司祭は軽く会釈すると立ち去っていった。

平賀は教会を出て居所《シェル》に戻った。ロベルトは相変わらず眠っている。点滴の袋の中身は、三分の一になっていた。平賀はそのことを確認すると、さっそくヨハネの遺体に立ち向かう用意を開始した。荷物の中から三十センチほどの長い綿棒を取り出す。軸に弾力があり、自在に曲がる物である。そして、新しいシャーレを取りだして、培養液とともに机の上においた。

二十五分が経過した。ロベルトの点滴が空になる。平賀は点滴を入れ替えて墓所へと向かった。

ヨハネの墓所に着くと、そこにはジュリア司祭とサミュエルとヨシュアとペテロが立っていた。ペテロは乳香の香りを強く漂わせた香炉を振り回して、祈禱文《きとう》を歌のように口ずさんでいる。バチカンでは聞いたことのない独特の節回しであった。

神よわたしをあなたの平和の使いにしてください。
憎しみのあるところに、愛をもたらすことができますように、
いさかいのあるところに、赦《ゆる》しを
分裂のあるところに、一致を
迷いのあるところに、信仰を
誤りのあるところに、真理を
絶望のあるところに、希望を
悲しみのあるところに、喜びを
闇のあるところに、光を
もたらすことができますように、
助け、導いてください。

神よ、わたしに
慰められることよりも、慰めることを
理解されることよりも、理解することを

愛されることよりも、愛することを
望ませてください。
自分を捨てて初めて
自分を見出《みいだ》し
赦してこそゆるされ
死ぬことによってのみ、
永遠の生命によみがえることを
深く悟らせてください。

平賀が戸惑いながらジュリア司祭の脇に立つと、ジュリア司祭は平賀の耳元でひっそりと囁《ささや》いた。

「すいません。ヨハネさんの遺体を棺から出すことを告げると、ペテロがシンシンの祭りの日にそのようなことをすると、悪霊達がやってくるかもしれないから、その守護をすると言って聞かなかったのです」

「そうですか」

平賀の目の前には、赤いリネンの大きな布が敷かれ、色とりどりの花びらがその上に敷き詰められていた。

「では、遺体を棺から出して、布の上に寝かせましょう」

ジュリア司祭はそう言うと、サミュエルとヨシュアに目配せをした。ジュリア司祭が墓所の扉を開く。

平賀はジュリア司祭達と共に中に入った。

相変わらず、墓所の中はむっとした熱気が籠《こ》もっている。

「私と平賀神父は、ヨハネさんの頭のほうから担ぎましょう。足の方はサミュエル、ヨシュア、頼みます。くれぐれも遺体を傷つけないように、慎重にして下さいね」

ジュリア司祭のかけ声で、四人はゆっくりとヨハネの遺体を持ち上げた。遺体の関節が軟らかかったために、普通の硬直した遺体を担ぐよりは楽であったが、それでも意思をもたぬ死体というものは、ずっしりと重く、それをことのほか慎重にゆっくりと運ばねばならぬ作業の苦は、並大抵のものではなかった。まずは、棺から慎重に持ち上げ、それから墓所を出る。そうしてヨハネの体は、リネンの上に敷き詰められた花びらの上に横たえられた。

今まで、薄暗闇の中でしか見てこなかったヨハネの姿が白日の下にさらされる。

そうすれば少しは死体らしい気配を見て取ることが出来るかと思っていた平賀の想像は打ち砕かれた。

日の光の下にあるヨハネは、墓所にいるときより、より生々しく生きているかのようであった。

体の各部位の関節は自然な状態で曲がり、まるで、今死んで、横たわったばかりのような様子に、否、今眠って、横たわったような様子に見えたのである。

「では、ヨハネさんの衣服を脱がせましょう」

ジュリア司祭の言葉に従い、サミュエルとヨシュアがヨハネの服を丁寧な手つきで脱がせ始めた。

ペテロは香炉を回しながら、ひたすら祈禱文を唱え続けている。

準備が整うまでに、一時間もかかったであろうか。

すっかり裸体になったヨハネは、首から上と、手首からがよく日焼けしているのが分かった。

衣服に覆われていた部分は、意外と色白であり、黒々と波打つ胸毛が、生命力を誇示しているかのようである。

髪の色や皮膚の色、そして残されていた預言詩の殆《ほと》んどがイタリア語で綴《つづ》られていたところから見て、ヨハネはおそらくイタリア人であろうと思われた。

平賀はヨハネの遺体に近づいて、あらゆる角度から写真を撮りながら、細部を細かく見ていった。そして、今まで靴を履いていたために発見できなかった足の裏を見たとき、そこにくっきりと十字形の肉の浮き上がりを発見した。

ヨハネの掌《てのひら》にあるものと同じである。

「ジュリア司祭、これは？」

ジュリア司祭に訊《たず》ねると、彼は平賀の側に座った。

「聖痕《せいこん》です。ヨハネさんは時折、掌と足に聖痕現象を現していました。時々、そこが十字形に裂けて血を流していたのです。血が流れ終わると、このようにくっきりと十字架の形が浮かび上がっていました」

「その通りです。ヨハネ様が血を流していらっしゃるところを私達もみかけました」

サミュエルが言うと、ヨシュアもこくこくと頷《うなず》いた。

不思議な聖痕の印であった。普通、傷口となっているところがふさがると、そこの部分の肉が陥没することはある。ところが、この場合はくっきりと肉が盛り上がっているのである。そしてその十字形の脇の皮膚は、白っぽく変色している。

まるで十字架の浮かし彫りのようだ。

いかなる現象でこうなるのか？

平賀がその部分に触れてみると、その十字は少し他の部分の皮膚に比べて硬くはあったが、弾力は残っていた。

さて、平賀は問題の検査に移ることにした。ヨハネの体を横向きに寝かせて貰《もら》うようにと、サミュエルとヨシュアに言う。

そしてヨハネの体が横になったところで、長い綿棒を取りだした。それをヨハネの肛門《こうもん》の中へとゆっくりと差し込んでいく。

この行為は、神父達の驚きを招いたらしく、皆は十字を切り、平賀とヨハネから目を逸《そ》らした。綿棒がすっかりヨハネの肛門に埋まると、平賀はそれを一回転させてから取りだした。そしてビニール袋の中に入れた。

「終わりました」

平賀が告げると、ジュリア司祭が香油壺《つぼ》を取りだした。蓋《ふた》を開けると甘いジャスミンの香りが辺り一面に漂った。ジュリア司祭はヨハネの死体に近づき、主に祈りを捧《ささ》げると、ヨハネの体に香油をすり込み始めた。外に出して汚されたヨハネを、聖別する為にであろう。

サミュエルとヨシュアが、ヨハネの体に香油を塗るのを手伝った。それが終わると、彼らは遺体に衣服を着せ始めた。下着を着せ、上着を着せ、靴を履かせていく。

その時、背後に近づいてくる足音に気付き、平賀は振り返った。

歩いてきたのはロベルトだった。ようやく目覚めた様子だ。片足を引きずりながら、鬼気迫る表情で近づいてくる。

「ロベルト、外に出てはいけません。もう少し休んでいないと」

「いや、僕はもう大丈夫だから」

ロベルトはそう答えると、ヨハネの遺体の方に目を落とした。それを見詰めるロベルトの瞳《ひとみ》には、妖《あや》しい炎が燃えている。

ロベルトはじりじりとヨハネの遺体に近づくと、じっとその顔を見詰めた。何かを確認しているかのようだ。そして押し殺した声で呟《つぶや》いた。

「ヨハネ・ジョーダンは大預言者でも聖人でもない。僕がそのことを証明してみせる」

ロベルトは踵《きびす》を返すと、再びその場から立ち去った。

「失礼ですが、お連れの方は随分と罰当たりな方ですな」

ペテロが苦虫を嚙《か》みつぶしたような顔で言った。

「滅多なことを言うものではありませんよ、ペテロ神父」

ジュリア司祭がペテロを窘《たしな》めた。

「それよりも、さあ、ヨハネさんの体をもとの棺《ひつぎ》に納めましょう」

四人は、棺から遺体を出した時と同様に、頭のほうを平賀とジュリア司祭が持ち、足の方をサミュエルとヨシュアが持って運んだ。

ヨハネの体が無事、棺の中に納まると、神父達からは安堵《あんど》の溜《た》め息が漏れた。

ジュリア司祭が時計を確認する。

「もう十時をすぎてしまいましたね。各々、仕事に戻りましょう。その後は昼食です」

五人は解散し、平賀は居所《シエル》へと向かった。墓所からの茂みの道を歩いていく。茂みが途切れて居所《シエル》の建物が見えてくる。キッドの部屋のドアが半開きになっていて、それがバタンと閉じた。

キッドが帰ってきたのだろうか。

それとも……。

平賀が訝《いぶか》りながら居所《シエル》に戻ると、案の定、ロベルトの姿はなかった。

どうやら、キッドの部屋に忍び込んだ様子だ。

平賀は深く溜め息をつきながら、ヨハネの肛門に差し込んだ綿棒を取りだして、机の前に座った。

先の綿のところに、僅《わず》かに黒っぽい煤《すす》のような物が付いている。

平賀はその部分に培養液を垂らして洗いながら、その液体をシャーレに流し込んだ。

待つこと三十分。菌が培養されているはずの液体を、ガラス板に取り、顕微鏡に設置した。そして顕微鏡を覗《のぞ》き込んでみる。

分解しかけのブドウ糖やマンニットの分子が確認された。

だが、大腸菌は存在していない。大腸菌は、腸管内以外の自然界では増殖しない。恐らくヨハネの腸管はすでに人体内という環境ではなくなっているのであろう。それとも元からヨハネの体には大腸菌などという俗なものは存在しなかったというのだろうか。

平賀はぶるぶると頭を振った。

そんな訳はない。だが、ともかくヨハネの体の腐敗に関わることなく大腸菌は死滅したのだ。平賀はその結果を顕微鏡写真にとった。

平賀の机の前の壁には、様々な写真や検査結果のメモが、びっしりと並んで貼られていた。平賀の瞳はそれを順に追いながら、理屈に合わない事態に混迷していた。

ヨハネの掌と足に刻まれた聖痕が、一抹のおののきと共に目の中に飛び込んでくる。

腐らない完璧《かんぺき》な死体……。

聖別されたヨハネ……。

今度こそ奇跡は本物なのか……。

黙して考えている内に、昼時を告げる鐘が鳴り響いた。

平賀は席を立ち、そっとキッドの部屋の前に立って、中の様子に耳を欹《そばだ》てた。

結構、五月蠅《うるさ》い物音が聞こえてくる。ロベルトが出てくる気配はない。

平賀はドアをノックした。

「ロベルト、中にいるのはロベルトですよね。何をしているのですか？」

暫《しばら》くすると、平賀の問いにロベルトの押し殺した声が答えてきた。

「ヨハネの預言詩を調査中だよ。まだ時間がかかるから放っておいてくれていい」

「昼食はどうするのですか？」

「具合が悪いから、まだ食べられないとでも皆には伝えておいてくれたまえ」

「分かりました」

平賀は仕方なくドアを離れ、教会へと向かった。

2

その日、ロベルトは夕の礼拝の時間が来ても帰ってこなかった。キッドの部屋に入り浸っているのだろう。持ち帰った昼食にも手はつけられていない。仕方なく平賀は一人で礼拝に出て、食事を取って帰ってきた。

ロベルトの机の上においた蠅のたかった昼食を片付け、夕食の膳《ぜん》を置き直した時、ガタリと居所《シェル》のドアが開いた。

振り返るとロベルトが立っていた。

「調査は……終わったのですか？」

平賀が気遣いながら訊《たず》ねると、ロベルトは頷き、黙ったまま自分の机の前に座り、平賀の持ってきた夕食を食べ始めた。

平賀は酷《ひど》く不安な気持ちになって、自分こそが悪い夢の中にいるのではないか、と疑った。なにしろ、こんなに外部に無関心なロベルトの様子は初めてである。自分が見ているものが現実だとは、にわかには信じられない。

平賀はベッドの上に座り、無心で夕食を頬張るロベルトの横顔を観察した。その面持ちは二日前から比べてさらに頬がこけ、目が落ち窪《くぼ》んでいる。そしてその瞳は、ぎらぎらと野生動物の様な光を放っていた。

ロベルトは早々に食べ終えるとスプーンを置き、平賀を振り返った。

「僕が眠っている間に何かあったかい？」

ロベルトはまるで何かを確信しているかのように訊ねた。

平賀は小さく咳払《せきばら》いして答えた。

「サムソン神父が昨日から行方不明になっています」

ロベルトは椅子から、ぐっと身を乗り出した。

「サムソン神父が？　詳しいことを教えてくれないか」

「ええ。貴方《あなた》が倒れた翌日、朝から神父達が、サムソン神父が来ないのだと騒いでいました。丁度、ジュリア司祭も医療活動で出かけておられて、皆どうしていいのか分からない風情でした。しばらく様子を見ようということになったのですが、昼食前にエリノア神父とヨシュア神父が私の所に来て、サムソン神父の実家まで同行して欲しいと頼んできたのです。一昨夜からシンシンの祭りというものが行われていて、自分たちだけで外出するのは不安だから、私にも同行してほしいとのことでした」

「シンシンの祭りとは？」

「そもそも、クンカバという金色の大蛇《おろち》の姿をした精霊を崇《あが》める祭りだそうです。クンカバの原型は、貴方が噛まれたキイロアマガサヘビにあって、この辺りで伝えられている神話では、クンカバは、大地が生んだ最初の息子で、頭が七つあって、天の水と地の水を支配しているらしいです。その一つの頭は常に猛毒の息をはき続けていて、クンカバに敵《かな》うものはこの世に存在しなかったといいます。その為に、クンカバは慢心して、天帝の地位を狙いにいくのですが、天帝に敗れて地に落ちたといいます。しかし、天帝に許されてシンシンの祭りの日だけは、最高位の精霊として祭られるようになったということです。祭りの日には、地のあらゆる精霊が、クンカバの下に年の最初の水を乞《こ》いに集まってくるとか」

「なるほど……。バズーナ教で祭られる精霊のことについては、書かれている文献がないので僕も初めて聞いた話だ。クンカバは現地の神で、今は堕《お》ちた悪魔として恐れられている……というところか」

ロベルトが呟《つぶや》いた。

平賀は緊急事態にもかかわらず、久しぶりにロベルトと会話ができたことに、内心、安堵を覚えた。

「祭りの日、かつては、クンカバに生贄《いけにえ》が捧《ささ》げられていたということです。牛や鶏や豚……地方によっては人を捧げるところもあったといいます。一番、多かったのは赤ん坊だとか……。それに、キリスト教を布教している宣教師達を捧げると、クンカバが大いに喜ぶとも言われ、その為、宣教師達はシンシンの祭りの夜の遠出は避けたといいます。そんな経緯があるので、エリノア神父とヨシュア神父は、私にも同行を求めてきたのです」

「それで平賀達は三人で、サムソン神父の家へ行ったんだね？　中はどんな様子だったんだ？」

「サムソン神父の姿も病気で寝たきりだという母親の姿もありませんでした。代わりに血を浴びせられた十字架が置かれていて、三匹の猿の死体が家の天井から吊《つる》されていたのです」

「血塗《ちまみ》れの十字架と、猿の死体か……。血塗れの十字架は反キリストの意思表明なのだろうが、猿はなんだろうね……」

ロベルトは無精髭《ぶしょうひげ》の生えた顎《あご》を、こすりながら言った。

「十字架に浴びせられた血は、おそらく鳥類のものだと思われます。猿に関しては、ヨシュア神父が言うには、猿の干した首や生きた猿を使って、呪術《じゅじゅつ》を行う魔術師がいるのだそうです。エリノア神父が言うには、猿は強壮剤と信じられているから、病気の母親に食べさせていたのではということでした。いずれにしてもサムソン神父とその母親が消えてしまったのは事実です。そこで私達は、この辺りに一番近い警察署に電話連絡を取り、サムソン神父達を捜して貰《もら》うよう依頼したのですが、まだなんの音沙汰《おとさた》もないのです」

ロベルトは難しい顔をして聞いていた。

「僕が蛇に噛《か》まれたのと、サムソン神父が行方不明になったのとは、何か関係があると思うかい？」

「よく分からない所です。でも二つの事件はシンシンの祭りの日に起こっていますし、神父達が言うように、まだこの辺りに古い宗教を信じている魔術師達がいるのならば、彼らがセント・カルメル教会を狙って行ったとしてもおかしくはないでしょう」

「そうなると、サムソン神父のことが心配だな」

「ええ、そうですね」

「しかしサムソン神父ほどの大男と病気の母親を拉致《らち》しようとしたならば、かなりの大人数で乗り込んでいかなければならないはずだ」

ロベルトに言われて、平賀は、サムソンの家に行った時の状況に思いを巡らせた。

サムソンの家には下に色の褪《あ》せたカーペットが敷かれていた。それほどしっかりと重たいカーペットではなかったから、大勢の人間が踏み込んで暴れたとすれば、あちこちが皺《しわ》だらけになっていたり、またその上に載っている家具などがずれていたりしてもおかしくはない。だが、そんな形跡はなかった。それに寝床として敷き詰められた藁《わら》が、散らばり飛んでいたということもなかった。

「そう言えば、サムソン神父の家には荒らされたような形跡はなかったですね」

「ならば誰かに拉致されたということではないかもしれないね」

「事件性が無いのならば、どういうことでしょう？」

平賀の問いにロベルトが首を捻《ひね》った。

「そうだなぁ……。ジュリア司祭の不在の間に、母親の病状が悪化して、病院にでも運んでいったとか……。そういう事情かもしれない」

「それならば安心なのですが……。邪推かもしれませんが、私はどうにもオリオラがこの一件に荷担しているような気がしてならないのです」

「オリオラか……。確かに不気味な男だし、魔術師だという神父達の噂もあるから、確かに疑わしいね」

「ええ、貴方が倒れた日も、私にこっそりと、自分は毒は盛っていない、と囁《ささや》いたのです」

「そんなことを言ったのか！」

「ええそうなんです。余計に疑わしく感じるでしょう？」

「確かにそうだね。で、ヨハネの検死のほうはどうなっているんだい？」

「今のところ、彼の遺体が腐らない理由は、全く解明出来ていません。あと唯一残された方法は、もはや解剖しかないでしょうが、まさかそういう訳にはいきませんし……」

「そうだね。全く、奇跡調査には制限が多すぎる」

「貴方の方の調査はどうなのですか？」

平賀の問いかけに、ロベルトは暗い表情で目を伏せた。

「まだまだこれからだけど、暫《しばら》くの間、言わなくてもいいかな？」

「え……ええ、それは構いませんが……」

何故？　といいかけて平賀は言葉を止めた。ロベルトが酷く切羽詰まった表情をしていたからだ。やはり言いたくない何か、言えない何かがある様子であった。

それが何であるのかは平賀には見当もつかなかったが、ロベルトの尊厳を認めて、彼が言い出すまで聞くまいと心に誓った。

深夜、居所《シエル》のドアがけたたましく叩《たた》かれた。

平賀とロベルトが飛び起きると、松明《たいまつ》を手にした見知らぬ男が入ってきた。男は酷く興奮した様子で、フランス語でまくし立てている。

平賀には何を言っているのか分からなかったが、何事か大変なことがあった様子だ。ロベルトが二、三質問をすると、男は頷《うなず》いて、奇妙なジェスチャーをしながら喋《しゃべ》っていた。

ロベルトの顔つきが変わった。

「平賀、出る準備をしよう」

「何かあったのですか？」

「どうやらこの彼が、サムソン神父らしき人物の死体を発見したらしい」

「え、では皆に知らせなくては……」

「いや、まず僕たちで下見だ」

ロベルトはそう言うと服を着始めた。平賀も服を着た。そしていつも調査道具を入れているボストンバッグを手にとった。

ロベルトがランプを手に取ると、男は歩き出した。教会の城壁を出て、野原を抜け、暗い森の奥へと歩を進めていく。どこまで歩くのかは分からなかった。

「ロベルト、彼はどうしてサムソン神父の死体を見つけたのですか？」

「正確には彼ではなくて、ミツバチの巣を取りに行った女達が見つけたそうだ。夜は蜂の行動が鈍いから、この辺りでは女達が夜中にミツバチの巣ごと袋に入れて村に持ち帰り、それを燻《いぶ》してミツバチを殺してしまってから、蜜《みつ》を取るらしい。洞窟《どうくつ》に大きな巣ができかけているのに目をつけていた女達が頃合いを見計らって行ってみたら、サムソン神父らしき死体が転がっていたというわけだ」

ロベルトは頭上から垂れ下がってくる蔦《つた》を払いのけながら答えた。

森はどこまでも深く続いた。小一時間森の中を歩いたところで、男が大きな声で怒鳴った。

指を差している方には、洞窟が見受けられる。

ロベルトがランプを翳《かざ》して洞窟へと入っていく。平賀は男とともにその後に続いた。

洞窟中に、腐臭が漂っている。吐き気を覚えるような死の臭いだ。

次に待っていたのは、身の毛がよだつような世にも奇怪な光景であった。

何かの祭壇が築かれていた。三段になった祭壇の上部には木彫りの蛇の彫刻が載っていた。頭が七つあることからも、それがクンカバであることは間違いない。

その両脇には蠟燭《ろうそく》が灯《とも》された痕《あと》があり、大量の蠟が溶けて、奇妙な形に固まっていた。

二段目には、花と果物と水皿が供えられていた。

そして三段目には、魔術師が使うのであろう杖《つえ》らしきものや、磨き上げられた石などが置かれていたが、それにまじって、ぽつんと人間の頭が置かれている。

作り物ではない。本物の人間の頭だ。目をかっと見開いたその顔はサムソンの物に間違いなかった。

辺りには夥《おびただ》しい流血のあとがあり、サムソンの胴体の方は、祭壇の前に仰向けで転がっていた。

その衣服の腹部の部分が切りさかれ、丁度、臍《へそ》の上辺りに波形をした傷がついている。

傷口は生々しく、血が滲《にじ》んだあとがあった。

平賀とロベルトは、ランプの灯《あか》りで、サムソンの死体を嘗《な》めるように見ていった。

「死後どれぐらいたつのかな？」

ロベルトが訊《たず》ねた。

「皮膚の変色と死後硬直の具合や、腐敗臭が酷《ひど》いところを見ると、二日は経っているでしょうね」

平賀は答えた。

そう。死んで二日もたてばこの地ではこんな風になるのが自然だ。

サムソンの死体を見ていると、ヨハネの死体の特異性が、いっそう際だってくる。

やはりヨハネの遺体には、特別な祝福が与えられているのだろうか……。

平賀がぼんやりと考えた時、ロベルトはたたみかけるように質問した。

「ということは、行方不明になったとわかった時にはもう殺されていたことになるね？」

「多分……。貴方《あなた》が蛇に嚙まれた夜には命を奪われていたのでしょう。それにしても、この腹部についている印はなんでしょう？」

ロベルトが二人の後ろに立っている男になにやら質問している。男が暫く喋っていた。

「これはクンカバに捧《ささ》げる生贄《いけにえ》の印らしい。通常は焼き印などで奉納する家畜に押されるものだと言っている」

「サムソン神父はクンカバへの生贄にされたということでしょうか？」

「この状況だとそう見えるね」

「誰かが貴方の部屋のベッドに蛇を仕込み、そしてサムソン神父をクンカバの生贄にした……。やはりセント・カルメル教会は狙われているようですね」

「恐らくそうだろう。しかし、サムソン神父の遺体は見付かったが、同時にいなくなっている母親はどうしたのだろう？」

「分かりません……」

平賀は答えながら、ボストンバッグの中から写真機を取りだした。そして現場の状況を何枚も違う角度で撮影した。

フラッシュがたかれる度に、視界が白くぼやけていく。

ロベルトは眩《まぶ》しそうにしながらも、なおもサムソンの死体に目を注いでいた。

「体に緊縛されたような痕はこの状態では見当たらないな……。ともかく、ヨハネの預言通り、シンシンの祭りの日に神父が殺された……ということだな」

ロベルトが呟《つぶや》いた。

「ええ、そうですね」

平賀は預言の的中を不気味に感じながら頷いた。

「サムソン神父のような力持ちの大男が、縛られている訳でもないのに、無抵抗のまま殺されたんだろうか？」

「病気の母親を人質にとられて抵抗出来なかったのかも知れません」

「成る程、それだと納得できるね」

「ええ」

平賀は写真を撮るのをやめて、胴体の切断された首の傷口を嘗めるように観察した。

「凶器はなんでしょう……。かなり切れ味の悪い刃物で切断されていますね、無理矢理叩ききった様子です。頸椎《けいつい》の断面が酷く潰《つぶ》れています」

平賀は傷口の血液を綿棒につけた。

「首を切り落とされるのに、切れ味の悪い刃物を使われるなんて、ぞっとするね」

ロベルトは嫌そうに顔を顰《しか》めた。

「そうでもないでしょう……」

平賀は洞窟の岩場の一角にべったりとついた血糊《ちのり》を眺めて答えた。

「ほら、こちらの方角に向かって血が飛び散っているのが分かるでしょう？　かなり大量の血です。私が思うにサムソン神父は最初、首の動脈を切られたのだと思います。その時、大量の血《ち》飛沫《しぶき》があちらの方向に飛んだのです。頸動脈を切られれば、もの凄《すご》い勢いで血が噴き出しますから、だからほら、ああして上の方まで血痕《けっこん》がある」

平賀は岩場の天井にほど近いところを指さした。

ロベルトが振り返る。

「本当だ……」

「恐らく頸動脈を切られてから、サムソン神父はものの五分で失血死したはずです。最初の二分ほどで気を失ってね。ですからそう苦しみはしなかったでしょう。死んだ後で、首は切断されたんです。体を上向きに横たえた後、上から首を切っていったようです。喉《のど》の部分のほうが切断面が綺麗《きれい》なのがその証拠ですね」

その時、ロベルトが何かに気付いた様子で、「あっ」と声を上げた。

「どうしたのです？ ロベルト」

「奇妙なことに気付いたんだ。この死体、十字架をつけていない」

そう言われてみると、いつもサムソンの胸で光っていた銀の十字架が見当たらなかった。

「本当ですね。犯人が取っていったんでしょうか？」

「さて……どうだろうか……」

ロベルトが考え込んだ顔で言った。

取りあえず二人は現場を離れ、教会へと戻った。そして相談した末、まずはジュリア司祭に報告することにした。

ランプを灯しながら深夜の教会に入る。もはやトーチにも灯りの無い教会の内部は、夜の闇より一層暗くて、ふいっと目の前の暗闇から、悪魔が躍り出てくるような不気味さと静けさに満ちていた。

暗い薔薇《ばら》窓の廊下を抜けて、トゥール・ランテルヌのある中央部に至ると、トゥール・ランテルヌから欠けて不安定な月の姿が見えた。月光のおかげで少し闇が薄くなる。礼拝堂に入ると、祭壇の上にあるシャンデリアが一つだけ灯り、ブロンズのキリスト像の姿が浮かび上がっていた。

光の加減であろうか、その姿は、何故か、いつもの精彩を欠いた様子ではなく、ぞっとするほど美しい蜃気楼《しんきろう》か何かのような雰囲気である。

平賀は、はっと胸を突かれ、暗闇の中で光を見いだしたような、こっそりと覆い隠されていた真実を見いだしたような気分になった。

何故、そのような気分になったのかは分からないが、横を見ると、ロベルトも厳粛な表情でキリスト像を見詰めていた。

彼も同じ様な気持ちであるのかも知れない……と、平賀は思った。

二人は同時に十字を切り、

栄光は父と子と聖霊とともに。

今もいつも世々に。アーメン。


と口ずさんだ。別に申し合わせることなく、自然に出てきた行為であった。

平賀は、自分達が信仰という強い絆《きずな》で繋《つな》がっていることを確信し、ロベルトを信頼して行動することを心に誓った。

「さあ、平賀、行こう」

ロベルトの力強い声とともに、二人は礼拝堂の裏手にある司祭室へと向かった。

香油で毎日磨かれているそのどっしりとした木製のドアには『生命の木』のモチーフが彫刻されている。近くにいくと柑橘《かんきつ》系の香油の良い匂いが漂ってくる。

ロベルトが、金製のライオンのノッカーで、ドアを激しくノックした。

「ジュリア司祭！　ジュリア司祭！　起きて下さい！」

その声は教会中に響き渡るように谺《こだま》した。

暫《しばら》くすると司祭室の内側から物音が聞こえてきた。ガタガタという音と、ドアがきっ、と開く音。おそらくそれは司祭室の奥にあるジュリアの居所《シェル》の扉が開く音に違いない。そしてこつこつと足音が近づいてきた。

司祭室の扉が、薄く開き、ジュリアが四分の一ほど顔を覗《のぞ》かせた。

「どうしたのです？　こんな真夜中に……」

「サムソン神父が遺体で見付かったのですよ」

ロベルトが言うと、ジュリアは驚いた様子で、瞳《ひとみ》を見開いた。

「サムソン神父が遺体で？　まさか……そんなことが……」

「本当です。さっき現地の男がやってきてそう告げたので、僕達で確かめに行ってきました。たしかにサムソン神父の遺体がありました」

「待って下さい。でかける準備をしますから」

ジュリアはそう言うと、再び扉をばたんと閉めた。

恐らくは正装に着替えているのであろう。二十分ほどした頃、ジュリア司祭は、司祭服を纏《まと》って一糸乱れぬ姿で現れた。

「サムソン神父は何処ですか？」

ジュリア司祭の声はいつもと違った様子で、緊張からか尖《とが》って聞こえた。

「私達についてきて下さい」

平賀がそう言うと、ジュリア司祭は頷《うなず》いた。三人は手に手にランプを持ち、教会を出た。

洞窟《どうくつ》への道のりは、ロベルトが先陣を切った。平賀は多少方向音痴であったが、ロベルトは空間把握能力に酷《ひど》くたけていて、どんな面倒な道のりでも、一度いったところは必ず覚えている男である。三人は迷うことなく洞窟にたどり着き、ロベルトと平賀はサムソンの遺体のもとへとジュリア司祭を導いた。

惨状を見たジュリア司祭は、酷く戦《おのの》いた様子であった。

「これは……一体、どういう事態なのでしょうか？　私にはよく理解出来ません……」

ジュリア司祭は、か細い声で二人に訊《たず》ねかけた。

「おそらくサムソン神父は、生贄《いけにえ》にされたのだと思われます」

平賀は答えた。

「生贄ですって？」

ジュリア司祭は訝《いぶか》しい顔で、訊ね返した。

「ええ、祭壇をよく見て下さい。クンカバと思われる像が飾られているでしょう。おそらくこれはシンシンの祭りの為のクンカバの祭壇なのです。そしてこちらです」

平賀は小刻みに震えているジュリアの腕をそっと取り、サムソンの死体の方へと導いた。

「サムソン神父の腹部に、クンカバに供える生贄に施される印が刻まれているのです」

ジュリア司祭は、サムソンの腹部の波形の傷跡に見入った。

「あれが、生贄の印なのですか？」

「ええ、現地の男がそう言っていましたよ」

ロベルトがそう言いながら近づいてきた。

「嗚呼《ああ》……サムソンは実に忠義な男でした。神のよきしもべでした。それが……こんな姿になるなんて……。せめてサムソン神父の手にロザリオを持たせて、組ませて上げてもよいものでしょうか？」

ジュリアが言った。平賀はちゃんと検死が出来るまでそれはどうかと思ったが、ロベルトはあっさりと、「そうして上げて下さい」と答えた。

平賀は少し驚いたが、黙っていることにした。

ジュリアはサムソン神父に近づき、自分のかけていたロザリオをサムソンの手に握らせると、両手を胸の上で組み合わせた。そして大きく十字を切って、祈り始めた。

ああ、天主よ。主よ。父よ。
主の天使が舞い降り彼を迎え、
かの霊魂を救い守りて
いと高き天上の天主に捧《ささ》げ給わんことを。
願わくは、天使は天国にかの魂を導き給わんことを。

主よ、安らかなる永久の眠りを彼に与え、
恵みの光で彼を照らし給え。
主よ、どうか彼の魂が今生において犯したる罪を
大いなる御心によりて、赦《ゆる》し給え。
主よ、あわれみ給え。
われらの主によりて願い奉る。アーメン。

何故だかその姿を眺めるロベルトは、薄笑いを浮かべていた。

3

昨夜は警察に通報をして眠りについた平賀とロベルトであったが、朝起きて礼拝堂に行ってみると、神父達の間ではすっかりサムソン神父の死体のことが話題になっていた。

「お二人はサムソン神父の死体をじかに見られたとか？」

ペテロが切り出した。どうやら噂の大本は彼である様子だ。

「ええ、見ましたが……」

平賀が答えると、神父達が周りによって来た。

「どんな様子だったのです？　ジュリア様は、サムソン神父がただ殺されたようだとしか

説明してくれなかったのですが……」

神父達は息を詰めて平賀の言葉を待っている。平賀が戸惑っていると、ロベルトがその肩を叩《たた》いた。

「見たとおり喋《しゃべ》ればいいさ」

平賀は頷き、サムソンの死体現場の状況を一通り説明した。

神父達から悲嘆の声が漏れた。

「それでは、サムソン神父はクンカバの生贄にされたというのですね」

ヨブが甲高い悲鳴の様な声で言った。

「やっぱりシンシンの祭りの日は、私達のようなキリスト教徒にとっては恐ろしい日だったんだ……」

エリノアが呟《つぶや》いた。

「だがもうシンシンの祭りは終わった」

ペテロが低い声で言った。

その時、ジュリア司祭が入ってきたので、礼拝堂は沈黙に包まれた。

ジュリアは壇上に立ち、ただ、サムソンが殺されたことを皆につげて、その冥福《めいふく》を祈った。そして朝の祈りを済ませると、静かに礼拝堂を立ち去っていった。神父達は各々の仕事に従事する為に散っていく。平賀とロベルトは居所《シェル》に戻った。

まず最初に平賀が行ったことは、昨夜、サムソンの死体から採取した血液の検査であった。

その結果、サムソンの血液型はＡＢ型であることが判明した。

ふと見ると、ロベルトがトレース用紙を床に落としていた。それを拾おうとしているロベルトの動きが一瞬止まる。

「どうしたのですか？」

平賀が声をかけたが、ロベルトは何でもないというように首を振った。それから何事か呟きながら、トレース用紙を束ね、机の上に並べ始めた。

平賀は次の作業に移った。

すなわちサムソンの殺害現場で撮った写真の現像である。

クローゼットの中で写真機の中からフィルムを取りだし、現像液につけた。

待つこと二十分程度で、現場で写した十三枚の写真が出来上がった。それらを取り出し、机の上に設置してある写真干しにセットしていく。

それが終わると、平賀は、じっと乾いていく写真達を見詰めた。

飛び散った血の様子、もがいた末にできた地面の砂の乱れ具合。

そういった物を考察していくうちに、平賀の頭の中に、サムソンが死んだときの状況が浮かび上がってきた。

血飛沫《ちしぶき》の飛び散りかたから、サムソンは恐らく、祭壇に向かって座っていた。その状態で左の頸動脈《けいどうみゃく》を切断された。彼が座って、前のめりに倒れ込んだことは、祭壇の前の土がかき回されたように乱れていることからも明らかだ。倒れたサムソンは殺害した犯人によって、頭のほうを抱えられて横向きに置かれた。それから折れていた足を伸ばされた。そうしておいて犯人はサムソンの腹に生贄の印を刻み込んだ。切れ味の悪い刃物で、首を切断したあとでは、刃先が毀《こぼ》れて印が綺麗《きれい》に刻まれなかったに違いない。だから、腹部に印を刻んだ方が最初なのだ。そうしておいて、犯人はサムソンの喉《のど》に刃物を突き立てた。力まかせにサムソンの首を叩ききったのであろう。切断面の崩れた写真を見ると、刃物が数回にわたって振り下ろされたことは明白であった。

そうしておいて、犯人は切断したサムソンの首を祭壇に飾ったのだ。

平賀は乾き終わった写真達をテープで壁に留めた後、サムソン殺害の経緯について自分の推理をメモに書き込んだ。

その時、ロベルトが近づいてきた。

「もう一度、サムソン神父の殺害現場に行ってみないか？」

「ええ、いいですが……」

「なら行こう。ハッキリさせておきたいことがあるんだ」

ロベルトはそう言うと、すたすたと歩き始めた。

サムソンの殺害現場についてみると、昨日の真夜中部屋にやってきた男と、黒服の数人の男達が彷徨《うろつ》いていた。服装からするとどうやら警察官らしい。ロベルトは彼らに近づいていって、何かを説明していた。彼らも真剣に頷《うなず》いている。

その中の一番偉そうな人物が、洞窟の中に入ってもいいというジェスチャーをした。

「なんの話をしてたんですか？」

「僕らが、現場の第二目撃者で、バチカンからセント・カルメル教会に遣わされたものだということを説明したんだよ。で、サムソン神父の為に祈りたいといったんだ。そうしたら現場に入ってもいいということだ。僕が祈りを捧げているから、平賀はサムソン神父の遺体の写真を撮っていてくれ」

平賀は頷いた。

洞窟《どうくつ》の中の腐臭はさらに酷《ひど》くなっていた。

ロベルトが祈禱《きとう》を始める。平賀は、昨夜と同じアングルで十三枚の写真を撮った。

警察官達はやや不審な様子でそれを眺めていたが、咎《とが》めることはなかった。

「これでいいですか？」

平賀がロベルトに訊《たず》ねると、ロベルトは頷き、警察官達に礼を言った。そうして二人は、洞窟の外に出たのだが、平賀はなにやら釈然としなかった。

「これは何の意味があるんですか？」

平賀の問いかけに、ロベルトはにやりと笑った。

「現像してみると分かるかもしれないよ」

それから二人が教会に帰った頃には、昼になっていた。教会近くに来た時、昼時の鐘がなった。

昼食の時間である。皆を待たせてはいけないというので、二人は早足であるいた。それでも十五分ばかりは遅刻してしまったようだ。

二人は居所《シェル》には寄らず、直接、教会の中の食事室に向かった。

食事室に入る。いつになく食事室はおかしな雰囲気に包まれていた。いつもならオリオラが抱えている寸胴鍋《ずんどうなべ》が、食卓の中央にどんとおかれていたが、キッド・ゴールドマン以外、誰もそれに手をつけている様子はなかった。

ある者同士はひそひそと耳打ちをし合い、ある者は十字架を手に祈っていた。ジュリア司祭は深刻な顔をして黙り込んでいる。

「皆さん、どうしたのです？　ジュリア司祭、何があったのですか？」

ロベルトが訊ねると、ジュリア司祭は、深い溜《た》め息を吐いた。

「今度は、オリオラが行方不明なのです」

「オリオラが？」

「ええ、私達が来た時には、この鍋がおいてあるだけで、オリオラの姿がありませんでした。台所にも様子を見に行ったんですが……」

ジュリアが言葉を詰まらせた。

「血塗《ちまみ》れのエプロンがありました……」

サミュエルが囁《ささや》くように二人に告げた。

「失礼ですが、台所の様子を見てもいいですか？」

平賀が訊ねると、ジュリア司祭はこっくりと頷いた。

平賀とロベルトは、今まで覗《のぞ》いたことのない食事室の奥の扉の向こうへ足を踏み入れた。

そこは結構、広いキッチンであった。調理用具は一通り揃っている。大きい流し台の上には、丸太で出来たまな板があって、さきほど調理したらしき痕跡《こんせき》がある。

天井からは大きな燻製《くんせい》肉の塊が、いくつもぶら下げられていた。

平賀は周囲を見回して、腰掛け椅子にかけてある血塗れのエプロンを見つけた。辺りを見回してボウルを手にとり、その中に少量の水を注ぎ入れる。

それから血塗れのエプロンを少量の水の中で揉《も》んで洗った。血液が水の中に洗い出される。平賀はそれをスポイトですくって、スポイトのキャップをしめビニール袋に保管した。

「平賀、これを見てくれ」

ロベルトが大きな声で平賀を呼んだ。

行ってみると、ロベルトは一本の包丁を手にしていた。見覚えのある包丁だ。来た頃にオリオラが使っていた包丁である。

「酷く刃がかけている」

ロベルトが疑惑の声で呟いた。

よくよく刃物を見てみると、刃先の一部に血痕がついていた。平賀はそれも綿棒でこそぎとってビニール袋に入れた。

「この包丁は調べた方が良さそうですね」

「うん、そうだな」

ロベルトが頷く。そうして包丁を持った。

二人が台所から出て行くと、神父達の様子は相変わらずであった。

「ジュリア司祭、私達は一寸《ちょっと》、居所《シェル》に戻ります」

平賀とロベルトはジュリア司祭に声をかけた。

ジュリア司祭は、じっと平賀とロベルトの顔を眺めた。

「オリオラも……まさか彼も被害にあったのでしょうか？」

「今のところまだよくは分かりません。ですが……事件性はありそうです」

平賀の答えに、ジュリア司祭は片手で額を覆った。

「なんということでしょう……。一体、何が災いしてこのようなことが起こるのか……。

オリオラの身に何かあったのだとしたら、彼の家族達がどんなに悲しむか……」

溜め息を吐いたジュリア司祭の肩に平賀は手を置いた。

「お気持ちは分かります。どうか気を落とされないように……」

慰めようとしていると、ロベルトが平賀の腕を引っ張った。

「平賀、まずは調査だ」

平賀は頷き、二人は居所《シェル》へと戻った。

調査作業を開始する。

まずは、オリオラのエプロンと包丁から採取した血液を調べてみる。

二つの血液は、人間のもので、血液型はＡＢ型だということが判明した。平賀は包丁の刃先の太さを測り、写真にとられたサムソンの生贄《いけにえ》の印の傷口の幅と照らし合わせた。

「どうだい？」

ロベルトが平賀の手元を覗き込む。

「この包丁の刃先の幅と、サムソンの傷口の幅は一致しますね。それにエプロンと刃先から出た血液はどちらも人間のものでＡＢ型です」

「サムソン神父の血液型と同じだね」

「ええ、そうですね」

「順当に推理すると、サムソンを殺害した犯人はオリオラだということだ。そして死体発見の噂が広まったので、捕まるのを恐れて逃げ出した……というところだろうか……」

「恐らくそれに間違いないでしょうね。やはりオリオラは邪教の魔術師だったのでしょう」

「とすると……僕のベッドに蛇を仕込んだのもオリオラかな？」

「恐らくそうでしょう」

平賀の答えに、ロベルトは険しい顔をして考え込んだ。

大概は、矛盾の無い推理であるというのに、ロベルトはどこか引っかかっている様子である。

「平賀、このことは暫《しばら》く伏せておこう。まずは、オリオラの身辺を探ってみよう」

「どうやってですか？」

「まずは彼の実家にいってみることかな……。平賀は今から医務室での手伝いがあるだろう？　僕が行ってみることにするよ」

「場所をどうやって知るのです？」

「神父達の誰かに聞くさ」

「私も同行します」

平賀は、またロベルトの身になにか起こるのではと心配であった。

「いや、僕一人で十分だよ。君は、一人でも多くの患者を助ける手伝いをしていてくれたまえ」

ロベルトは少し棘《とげ》のある口調で答えた。

なんだかロベルトに突き放されているような気がする……。

平賀は一抹の寂しさを感じた。

仕方なく平賀が医務室に行ってみると、今日も患者が列をなして待っていた。

ジュリア司祭の補佐をして夕方までが過ぎる。そして居所《シェル》に戻って見ると、ロベルトはまた熱心にパソコンの画面を見詰めていた。

「ロベルト、オリオラの家には行ったのですか？」

「ああ、行ったよ」

「どうでした？」

「神父達の話通り、年取った両親と、妻と七人の子供達がいた」

「オリオラの姿は？」

「なかったね。だが、あの家族を捨てて遠くには逃げられないだろうな……。恐らく近くに潜んでいると思うんだがね……」

「また貴方《あなた》を狙ったりはしないでしょうか？」

「さて、その実験をしてみるのもいいかもしれない」

ロベルトは意味深に呟《つぶや》くと、パソコンを手に持ち、立ち上がった。

「どこへいくのですか？」

「電話室でネットを借りるのさ。調べたいことなど諸々《もろもろ》あってね。そうだ平賀、ヨハネ・ジョーダンの指紋は採取したかい？」

「いいえ、指紋までは採っていないです」

「是非、採っておいてくれないかな？」

ロベルトはそう言って、居所《シエル》を出て行った。

平賀は不思議に思いながらも居所《シエル》を出て墓所に向かった。

墓所の扉を開け、通常通りのヨハネの遺体の観察をしたあと、ロベルトに言われたように、ヨハネの指紋を、両手の指にインクをつけ、右手の親指から一つ一つ丹念に採取した。

居所《シエル》に戻ると、ロベルトの姿はまだ無かった。

時間が経ち、教会の鐘がなる。それでもまだロベルトが戻ってくる様子はない。平賀は仕方なく礼拝堂へと向かった。

神父やキッド達はとうに顔を揃えていた。やはりロベルトがいない。ジュリア司祭が姿を現しても、ロベルトはやって来なかった。

「ロベルト神父はどうなされたのです?」

ジュリア司祭が祭壇から身を屈《かが》めて、小さな声で平賀に問いかけた。

「調査中なのです」

「いくら御任務とはいえ、度々、夕の礼拝をことわられるなんて」

ペテロが顰《しか》めっ面《つら》で言った。確かにそれはあるまじきことであった。

「どうしましょう。ロベルト神父をお待ちしていたほうがいいですか?」

ジュリア司祭が訊《たず》ねた。

「……いいえ、教会の規則ですから始めて下さい。ロベルト神父はきっと来ますから」

ジュリア司祭は頷《うなず》くと、高く朗々とした声で祈禱《きとう》文を読み上げ始めた。

ながい祈りが終わったあと、説法が始まる。その途中であった。

ぎぎっ、と礼拝堂の扉が開き、ロベルトが入ってきた。彼は説法中のジュリア司祭に、少し頭を下げて、平賀の隣に座った。ロベルトがやってきたことで安堵《あんど》した平賀であったが、表面上は冷静を装っていた。

ジュリア司祭の説法が終わり、パイプオルガンが奏でられる。神父達が立ち上がり、合唱を行った。

礼拝は取りあえずつつがなく終わり、皆は食事室へと移動した。

オリオラがいない為、凝った料理は出せないとジュリア司祭が話をし、夕餉《ゆうげ》の祈りを始める。

そうして何が出てくるのかと思ったら、サミュエルが台所から持ってきたのは、フランスパンらしき物と生ハムであった。

ロベルトはパンの上に生ハムを載せて頬張ると、平賀に小さく耳打ちした。

「量はないけど、いつもの得体の知れない料理より、余程いいもんだね。これであとパスタが出てくれれば完璧《かんぺき》なのにさ」

平賀は、ロベルトの久しぶりの軽口に、微笑した。

その時、キッド・ゴールドマンがごほりと咳払《せきばら》いをし、やや緊張した面持ちでロベルトに話しかけてきた。

「ところで、ロベルト神父。ヨハネ・ジョーダンの預言詩について、いかなる感想を持たれましたか？　あるいは何か疑問はありませんか？　なんでもお答えしますけど……」

キッドは彼が居ない間、ロベルトに自分の居所《シェル》に入られていたことなど知らない様子であった。

ロベルトは齧《かじ》りかけていたパンを皿の上に置いて答えた。

「ヨハネ・ジョーダンの預言詩は真に興味深いものでした。あれらは取り上げるにあたいする物です」

平賀は、ぎょっとした。ロベルトはヨハネは預言者でも聖人でもないと言っていたのに、まるでヨハネを肯定する口振りであったからだ。

「そうですか！　では、貴方はヨハネの詩を評価されるのですね」

「大いに評価すべき点を持っていると思いますよ」

ロベルトの言葉に、キッド・ゴールドマンは嬉々《きき》とした表情になった。

「それはよかった。そうだ、どうです？　明明後日《しあさって》には、地元のヨハネを支持する人々の公聴会がこちらに来るのです。その時、貴方からの評価も頂けると嬉《うれ》しい限りなんですがね」

キッドの眼鏡の奥の小さな目が、異様な熱気を放っている。

「私のようなもので良ければ、協力させていただきますよ」

ロベルトは大きく首を縦に振った。

「素晴らしい！　ならばヨハネを支持する人々の公聴会にもそう伝えましょう。そうだ、平賀神父も是非、ご一緒してもらえませんか？」

「えっ……私がですか？」

戸惑っている平賀の肩をロベルトが、ぽんと叩《たた》いた。

「二人で協力しようじゃないか、なにしろ大震災が迫っているんだ。一人でも多くの人々にこのことを伝えないとね」

ロベルトが目配せをした。話を合わせておけという合図であろう。平賀は無言で頷いた。

「ところで、ヨハネを支持する人々というのは何人ほどいるのですか？」

ロベルトが訊ねる。

「二百人程です。首都リカマにあるサクレ・トワイレに本部があるのですが。そこが主催して、去年も公聴会を開きましてね、ヨハネ・ジョーダンの腐敗しない遺体なども紹介したんです」

キッドは上機嫌になった様子だ。

これで大勢の人が救われる。おそらくロベルト神父の死の呪いも消えるだろう、というようなことを口にした。

ジュリア司祭が、「そうなれば、よろしいことですね」と、答えていた。

夕食が終わって居所《シェル》に戻った平賀は、ロベルトに訊ねた。

「ロベルト、どうして公聴会に出るなどと言ってしまったんですか？　そんなことをすれば、バチカンがヨハネ・ジョーダンに太鼓判を押したも同然になりますよ」

「そんなことにはなりはしないさ。僕に任しておいてくれたまえ。それよりヨハネの指紋は採ったかい？」

「ええ、それならば此処《ここ》にありますが……」

平賀が机の上を指さすと、ロベルトは自分のデジタルカメラを取りだして、ヨハネの指紋を一つ一つ、撮影した。それが終わると、またパソコンを手に持った。

「さて、また暫《しばら》く電話室に籠《こ》もるけど、僕のことは心配しなくていい。気は確かだからね」

「……はい……」

ロベルトは少し俯《うつむ》き、それから頼りなげな子供のような表情で平賀を見詰めた。

「平賀、君は……その……何があっても僕という人間を信用してくれるかな?」

そう言ったロベルトの顔つきは、少し痩《や》せて頬もこけていたが、普段と変わらぬ穏やかな眼差《まなざ》しをしていた。

「私は貴方を信用しますし、これからもずっと信用していきます。ロベルト、当たり前じゃありませんか」

平賀は答えた。ロベルトは優しい微笑みを浮かべた。

「有り難う」

そう言うと、ロベルトは、くるりと平賀に背を向けて居所《シエル》を出て行った。

第六章　主の舌と悪魔の舌と

1

ロベルトが一通りの用事を済ませて帰ってみると、平賀はもう眠ってしまっていた。時計を見ると、すでに深夜二時を回っていたから無理もないことだった。

ロベルトは平賀を起こしてしまわぬように、そろりとした足取りで、自分の机の前に座り、小さくランプを灯《とも》した。

パソコンを起動する。

ロベルトが今、読んでいるのは教会の書庫から取りだしてパソコンに写し込んだ三冊目の古書である『L'éternité et la renaissance de l'âme』であった。

暗号解読ソフトによって、数種類の方法を試し、ようやくその転置式の方程式が明らかになったところだ。

ロベルトが書庫の本の中から、三冊の本に注目したのは、この三書が、『dianoia』から連なるカプチン会系の書物であることを直感したからである。

その時、ロベルトは推理した。

もしかしてこのセント・カルメル教会は、現在はフランシスコ会系教会に所属しているが、もともとはカプチン会系の教会ではなかったのだろうか？

いや、カプチン会自体が正式に生まれたのは、一五二八年、教皇クレメンス七世の認可を受けてからだ。本の古さからすると、カプチン会の生まれる母体となったような組織にこの教会は所属していたのかもしれない。しかし、一五三六年、教皇パウルス三世はカプチン会の活動をイタリア国内に限定し、一五七四年にグレゴリウス十三世によってその禁止令が解除され、世界各地に拡大した。

セント・カルメル教会が出来たのはその間のことであるから、イタリア以外で活動を行うためにフランシスコ会系に改宗したのかもしれない。

だが、これらの書物がこんな場所にあるということは、ヨハネ・ジョーダンの腐らない死体も人工的に作られたものであるという可能性が高いということだ。

カプチン会はもともと、フランシスコ会から一五二五年に枝分かれした托鉢《たくはつ》修道会である。

厳格な修道会として有名だった托鉢修道会は、会員たちが皆、先のとがった〝カプッチョ（頭巾《ずきん》）〟をかぶったので、〝カプチン会〟と呼ばれるようになった。カプチン会は、十六世紀末にはかなりの勢力になり、それとともに、死後、引き取り手のない死人となる会員の数も増えたため、会員を埋葬する地下納骨堂が築かれたのだが、カプチン会では死体埋葬時、一種のミイラ保存を行うという独特な埋葬方法がとられたのだ。

　つまり、カプチン会に縁がある者が死去すると、血を抜くなどの処置を施した後、地下の小部屋に運ばれ、八ヶ月ほど閉め切ったまま安置される。気温や乾燥の度合いによって変異するが、死者が再び小部屋から運び出される時は、干からびた状態になっている。その後、全身を酢で綺麗《きれい》にし、外気に晒《さら》されて乾燥した状態になってから、胴体部分にわらを巻いたりしてかたちを整え、生きていたころ着ていた服を着せられ、地下室の壁に安置される。

　そのためパレルモのカプチン会の地下納骨堂には、古ぼけた衣服を身につけた八千体のミイラが眠っている。しかし、ミイラを作る技術自体が稚拙だった事と、保存状態が悪いこともあって、ほとんどの死体は白骨化してしまっている。

　しかし、ロザリア・ロンバルドのような成功例も実際あるのだ。

　考えてみれば、死後の生を認めなかったキリスト教会内に、死後の生を〝演出〟する、カプチン会のような異端的発想の集団が存在しえたのは興味深いことだ。

　平賀が科学的な解明を行うのであれば、自分は古文書解読の角度から真相を割り出していけるかもしれない。

　そういう思いで、ロベルトは三書の解読に躍起になっていたのである。

　転置式の暗号を、文章を置換するプログラムに流し込み、キーを叩く。

　するとそれまで意味をなさなかった『L'éternité et la renaissance de l'âme』の内容が、みるみる置き換えられて文章として画面に表示されてきた。

ロベルトはそれらに目を凝らした。

思った通り、文章は様々な魔術儀式と生体実験の内容が綴《つづ》られた物であった。

思うままにチェックをつけた原文と比べながら、それを読みこなしていく内に、例の謎のインクで書かれた部分が一つの文章となっていることが分かってきた。

最初にそのインクで書かれた一文から拾い、最後まで拾い上げていって、繋《つな》げていく。

すると、不思議な文章が出来上がった。

黄金の死体の製造方法
先住民族から聖者の埋葬法として伝わる不滅の黄金の肉体に人体を変えるには、次なる方法が挙げられる。

聖者が死の淵《ふち》にあり、長患いした時。

まずは旧暦の十月にあたる新月から満月に移行する日に、全ての地の霊、全ての天の霊、そして全ての祖先の霊にそれぞれ祭壇を作り、花と酒と動物の生贄《いけにえ》を捧《ささ》げて礼拝する。

しかるのち、エ　ジャン　エス　ニ　ル　アルジャン（e, gens ès nid le argent）を用いて両　掌《てのひら》と両足の裏に十字を切って、それを毎夜続ける。

そうすれば体は黄金と化し、死してなおその原形が保たれるであろう。これは永遠の生命を手に入れるための第一歩である。

e はエ――祈禱《きとう》の言葉またはホ調の意味か。gens és nid ――巣の人々。le argent ―

―銀貨。

全体として意味をなさない文章である。ロベルトは頭を抱えながら、平賀の机に向かった。

ランプの灯《あか》りで、平賀が写した様々な写真を照らし出してみる。

その中には、ヨハネの手足に刻まれた十字架の聖痕《せいこん》の写真もあった。

それが、『両掌と両足の裏に十字を切って、それを毎夜続ける』という文章とだぶる。

ヨハネの死体が腐らない謎とこの一文には絶対になにか大いなる関係性があるに違いない。

ロベルトは再び自分の机に戻ると、e, gens és nid le argent の謎をどう解き明かしたものかと頭を捻《ひね》った。

すぐにロベルトが思いついたのは、最初の書『dianoia』のアナグラム的文字の入れ替え法をそれに用いてみることだった。三つの書が一組のものであれば、重要な事柄はこの三つの書を用いてしか分からないように工夫されているはずだ。

それはすでに二冊目の書『aioon』での不明な箇所が、『dianoia』の文字の入れ替え法によって解けたことでも立証済みだった。

ロベルトはその方式に従って、文字を入れ替えてみた。

e, gensésnidleargent → sangéterneldesinge
sang éternel de singe（猿の不死の血）という言葉が浮かび上がった。

ロベルトは、はっとした。

殺されたサムソンの家に、猿の死体が三匹、天井から吊《つる》されていたと言っていた平賀の言葉を思い出したからだ。

その猿に、謎が隠されているかもしれない……。

平賀に早くそのことを告げたかったが、ロベルトは逸《はや》る気持ちを抑えて、短い休息の時間を取るために、ベッドに横になったのだった。

そのまま熟睡したらしい。ロベルトが目を覚ましたのは、教会の朝の礼拝の鐘が鳴った時だった。

平賀はすでに起きて正装に着替えている。

ロベルトは怠《だる》い体を起こした。

「なんだって、起こしてくれなかったんだい？」

「貴方《あなた》が余りに気持ちよさそうに眠っていたからです。蛇の毒も残っている体ですから、眠れるだけ眠っておいたほうがいいと思って」

「そうか、気遣いを有り難う」

ロベルトは衣服を着用した。二人で礼拝堂へと向かう。虹《にじ》色の光に満たされた礼拝堂では、神父達とキッドが畏《かしこ》まって座り、ジュリア司祭が祭壇に立っていた。

今しも礼拝を始めようとする体勢である。

平賀とロベルトは、空いている二人の席に滑り込んだ。

朝の祈禱文を読み終えたジュリア司祭は、神父達一人一人の顔を眺めながら話し始めた。

「先日、サムソン神父が殺され、オリオラまでもが行方不明になりました。ですが、決して怯《おび》え、くじけることはしないで下さい。伝道の道とはもともと棘《いばら》の道であることを、貴方達一人一人の胸のうちに思い起こして下さい。イエスの生涯はいかなるものであったでしょう？　救い主イエス・キリスト。主はわれら人間の罪をあがなわんためにエルサレムにおいて残酷なる苦しみに遭い、恥辱を受け、十字架を担いでカルワリオに登り、衣をはがれてくぎ付けにせられ、二人の盗賊の間に挙げられて死んでいったのです。私達は主のこのように苦しみ給える地にもうでて、御血に染まった道を歩む使徒です。そのことによって、鈍い私達の心も主の愛の深さをさとって感謝に堪えないのです。また主の御苦難の原因である私達が罪の重きを知り、痛悔の情をしみじみと感じることが出来ます。私達はこのような幸いを得ようと望んで、かの地のかたみであるこの十字架の道を歩まんとするのです。今、セント・カルメル教会は神の試練の時にあります。このような時こそ一致団結して、信仰の道を貫いて下さい」

そしてジュリア司祭はパイプオルガンを弾きながら朗じはじめた。

されどわれもし聖寵《せいちょう》をこうむらずば、愛と痛悔との情を起こす能《あた》わざるにより、願わくは御恵みをくだして、主の御苦しみをわが心に感ぜしめよ。

かつて聖母マリアおよび主の御跡を慕いし人々の心に充《み》ちあふれたる悲しみをば、わが心にもしみ透らせ給え。

またわれをして今より深く罪を忌みきらいて全くこれを棄て、愛をもって主の御慈愛に報い、主の御ために、苦難を甘んじ受くるを得しめ給え。

なおこの十字架の道を、ふさわしき心もて行く人々に施さるる贖宥《しょくゆう》をわれにも、また煉《れん》獄《ごく》に苦しむ霊魂にも、与え給わんことをひとえにこいねがい奉る。

ああ聖母よ、
十字架にくぎ付けにせられ給える御子の傷を、わが心に深く印し給え。


それは聞いたことのない旋律だった。

おそらくはジュリア司祭が即興で演奏したものであろう。

だが、悲しくも、荘厳で美しいメロディは、人々の心に染み渡っている様子であった。

『伝道の道は棘の道』。

確かに、今のロベルトにとってはその通りだった。

だが、自分はあえて棘の道を渡っていかなければならないことを強く肝に銘じた。

それが、自分にとってどのように恐ろしい結果をもたらそうとも……。

朝の礼拝が終わった後、ロベルトはサミュエルにサムソンの実家の場所を聞き出し、単独、サムソンの家へと向かった。

まだ何かを明らかにするには、時が、未成熟すぎた。

全ての証拠を完全にものにしてから、素早く事を運ばねばならない。

この二日の間に、どこまでそれが出来るかが勝負であった。


サムソンの家は直ぐに見付かった。家の周囲には人影はなく、警察が立ち入り禁止にしている様子もない。勿論《もちろん》そんな様子があったとしても、ロベルトは入っていく覚悟でいた。

階段を上り高床式の住居に入ると、平賀が言っていた通り、天井から吊された家財道具に、猿の死体が三匹交じっている。部屋の奥の壁にはもう黒く変色してしまった血痕《けっこん》に塗《まみ》れた十字架が飾られていた。

低い食卓の上には、僅《わず》かにスープの残った皿が置いてある。

ロベルトはその匂いを嗅《か》いだ。

それから辺りを見回し、箪笥《たんす》などの引き出しを片っ端から開けていった。

そしてバンブーで作られた飾り棚のようなものの引き出しを開けた時だった。きらりと光がロベルトの目を射た。それはサムソン神父がいつも首に下げていた十字架であった。

「やっぱり……」

ロベルトは引き出しをそのままそっと閉めた。そして次に吊されている猿の死体を一匹、縄を解《ほど》いて両手に持った。

—— e, gens ès nid le argent

ヨハネの腐らない死体の謎が、ここにあるに違いない。

その時、背後で声が聞こえた。

「またお会いしましたね、神父様」

振り返ると、そこにはFBI捜査官のビル・サスキンスが立っていた。

「驚いた……。貴方が何故、こんなところに?」

「僕はエイミー・ボネスの調査を続けているのです。彼女はバズーナの儀式の犠牲になって殺された。その数日後、セント・カルメル教会の神父が、やはり儀式の生贄《いけにえ》にされた。この二人の死にはなんらかの関係があると考えるのが普通です。犯人は同一人物かも知れない」

流暢《りゅうちょう》なラテン語でそう話したビル・サスキンスに、ロベルトは驚いた。

「貴方はラテン語が喋《しゃべ》れるんですね」

「言いましたでしょう。私は熱心なカソリックだと。イタリア語は分からなくても、ラテン語は話せます。フランス語もね」

そう言ったビルの背後から、現地人の男が現れた。年の頃は五十代、がっしりとした背格好をし、顎髭《あごひげ》と口ひげを蓄えた男で、見るからに不思議な出で立ちをしていた。頭には赤い捻《ねじ》りはちまきを巻き、不思議な模様が描かれた長い貫頭衣を纏《まと》い、腰には蓋《ふた》のついた籠《かご》をぶら下げている。

「彼の名は、カルル・ビトセニ。バズーナ教の司祭です」

ビルが言った。

「バズーナ教の司祭ですって？」

ロベルトは驚いて、カルルの顔を見詰めた。

「そうです。私はバズーナ教の司祭です。私のグループには百八十名余りの魔術師がいます。バズーナの不名誉を払拭《ふっしょく》したいと思い、調査に協力を申し出たのです」

カルルは、落ち着いた声で、フランス語で答えた。

「犯人は貴方のグループの魔術師ではないと？」

「当然です。白人の女を殺したのも、教会の神父を殺したのも、グリバンジ達の仕業です。私達、イグバシンではない」

「グリバンジ？」

ロベルトは訊《たず》ね返したが、カルルはむっつりとして答えなかった。

「失礼、神父様。カルルは教会や神父様達のことをよく思っていない側の人間なので、代わって僕がお答えします。グリバンジというのは、『闇の仕掛け人』という意味で、黒魔術を行う魔術師達のグループをそう呼ぶそうです」

「黒魔術というと、人を呪い殺したり、赤ん坊の性別を変えたりするようなもののことですか？」

ロベルトが訊ねると、ビルは頷《うなず》いた。

「ええ。それに、時には、赤ん坊を妊婦の体内から掠《かす》っていくとも噂されています」

「赤ん坊を妊婦の体内から？」

「ええ、お連れの神父様の見立て通りでした。我々の検死報告でも、エイミー・ボネスは臨月の妊婦だったようです。しかし、肝心の赤ん坊は骨も、それと思われる組織すら見付かっていない……。子宮ごと無くなった様子です。そしてもう一つ。心臓が切り取られた跡がありました」

「黒魔術で体内から赤ん坊が連れ去られ、心臓を切り取られたと言うのですか？」

「まさか……。ですが、もしかすると……」

ビルは自分自身も困惑しているような様子で頷いた。

「我々のことは白人には分かるまい。グリバンジ達は恐ろしい奴らだ」

カルルが呟《つぶや》いた。

「じゃあ、貴方《あなた》達、イグバシンはどうなんです？」

ロベルトが訊ねると、カルルは、むっとした顔でロベルトを見た。

「我々は大地の調和をとるために祈り、死者の霊をしかるべきところに送り出す。また生まれてくる子に、しかるべき運命になぞらえた名前をつける。善なることしか行わない」

「なる程……」

頷いたロベルトをカルルは押しのけた。

「この場所には悪の気配が漲《みなぎ》っている。これから清めを行う」

そういうと、カルルは、腰に下げていた籠の蓋を開けた。彼がゆっくりとした動作で籠から取りだしたのは、紛れもないキイロアマガサヘビであった。

カルルは蛇を両手の上にのせ、部屋中をくまなく歩き回りながら、得体の知れない現地語で呪文《じゅもん》を唱え始めた。

ロベルトはその左手の人差し指に注目した。

カルルは特殊な指輪を嵌《は》めていた。

それはおそらく色合いからして銀で出来た指輪だった。指の第二関節から第三関節の間を覆うほどの太さで、よく見ると、浮き彫りがされている。蛇の浮き彫り、しかも頭が七つある蛇だ。その周囲には古い現地語とおぼしき文字のようなものが、いくつか書き連ねてある。

クンカバの模様だ……。

ロベルトが釘付《くぎづ》けになってカルルの様子を見ているとビルが咳払《せきばら》いをした。

「神父様。誤解しないでくださいね。これはあくまでも捜査の為にしていることで、私は敬虔《けいけん》なカソリックです」

ラテン語だった。カルルに話の内容を聞かれないよう気遣ったのであろう。

「ええ、大丈夫です。疑いはしませんよ」

「助かります。しかし、神父様、その猿の死体をどうするおつもりです。被害者、もしくは加害者の遺留品と思われる物を勝手に持ち出されては困ります」

ロベルトは、ふうっと溜め息《た》をつき、ビルを見詰めた。

「私達の調査の為に是非とも必要なのです」

「ですが、神父様……」

「お願いします。私はバチカンの代理人。神の代理人として調査をしに此処《ここ》に来ました。その調査に是非ともこの猿が必要なのです」

「しかし、私もFBIの代表としてこの捜査を行っているのです」

「ビル、貴方にお尋ねします。貴方はFBIのボスと、天にまします我らが主のどちらに仕えるものですか？」

ビル・サスキンスは困り果てた顔をした。

「それは……それは……勿論、主です」

「本当ですか？」

「ええ、本当です」

「では、私にこの猿を持ち帰らせて下さい」

ビルは偏頭痛を覚えたように、こめかみを人差し指で揉《も》んだ。

「お願いします」

「しかし、それは……」

「いいですか、よく聞いて下さい。私は四日前、何者かによってベッドにキイロアマガサヘビを仕掛けられ、生死の淵《ふち》を彷徨《さまよ》いました」

「えっ……、本当ですか？」

「本当です。ですから貴方が信頼しているあの、キイロアマガサヘビを手にしている男も十分に怪しいのです。こういうことは教会では秘密にしておくことです。ですが私は貴方に正直にお話しした。主の代理として貴方に情報を提供したのです。それで……貴方は主に何を提供されますか？」

にっこりと極上の微笑みをしてみせたロベルトの顔を見たビルは、暫《しばら》く苦悶《くもん》した挙げ句、

「分かりました。でも、あとで是非、お返し下さい」と答えた。

「無論です。有り難うございます。主もお喜びになるでしょう」

ビル・サスキンスは無言で、頷いた。

「それにしても神父様が捜査官まがいのことをされるなんて驚きましたね」

「そうでしょうね。しかし僕は間違いなく捜査官なのです。奇跡調査官。それが僕の仕事です」

「奇跡……ですか……」

「ええ、しかし今度の奇跡は質《たち》が悪そうです。ことによればビル捜査官、貴方に色々とお願いしなければならないかもしれません。その代わりこちらの情報もお伝えします。協力願えますか？」

「分かりました。取りあえず何をすればいいのですか？」

「出来れば、僕が呼んだときには、来て欲しいですね」

「では、私の携帯番号とアドレスをお渡しします」

「では、僕のものも」

二人は互いに携帯の番号とアドレスを交換し合い、ロベルトは猿を手にして居所《シェル》に戻ることが出来た。

ロベルトが居所《シェル》に戻った時、丁度、平賀の姿はなく、仕方なくロベルトは猿の死骸《しがい》を布で覆って平賀の机の下に置き、メモ書きを残した。そして自らは、パソコンを持って電話室に向かったのであった。

そろそろロベルトが問い合わせた内容が、バチカン情報部から返信されてきているはずである。

また、その為に組んだスケジュールが、滞りなく進んでいるかどうかも確認しなければならなかった。

2

その夜、夕食が終わったあと、平賀はジュリア司祭の部屋を訪ねた。

司祭室のドアをノックすると、「どうぞ」と、ジュリアの声が内から響いた。

扉を開く。ジュリア司祭は業務日誌を付けているところであった。

「お邪魔してしまってすみません。実は折り入ってお願いがあるのですが……」

平賀が言うと、ジュリアは筆を止め、平賀を見詰めた。

「なんでしょうか。何かご不自由なことでもあるのですか？」

「大変言いにくいことなので、貴方の部屋で話をさせていただけませんか？」

「ええ、分かりました。では奥にどうぞ」

ジュリアは立ち上がり、部屋の奥にある居所《シェル》への扉を開いた。

部屋に入っていくと、ジュリア司祭がハーブティーを作ってテーブルの上においた。

多少、今から言うべき事に関して緊張していた平賀は、窓から見える南十字星を仰いで、十字を切った。

ジュリア司祭が平賀の向かいに、優雅な身のこなしで腰をかけた。

「どうされました。深刻なご様子ですね」

平賀は一口ハーブティーを飲んで、おもむろに話し始めた。

「実はヨハネ・ジョーダンの列聖について、ロベルト神父の意見と私の意見が食い違っているのです」

ジュリアは興味深そうな瞳《ひとみ》で、身を乗り出した。

「それはどういう風に？」

「ええ、ロベルト神父はヨハネの預言詩には検討する価値があるとはいうのですが、彼を列聖に加えることは断固として反対しているのです」

「そうなのですか、それで貴方のご意見は？」

「ヨハネ・ジョーダンの遺体が腐らない科学的根拠が見つかりません。私は奇跡としか判定のしようがないのです。それで私としては列聖に推薦をしたいと思っているのですが、そのことで、ロベルト神父とはぎくしゃくしてしまいまして、一緒の居所《シエル》に居るのもどうかと考えていたのです」

ジュリアは鸚鵡《おうむ》の様に首を傾げて、話を熱心に聞いていた。

「これほど、見解が違ってしまい、気まずい状態になってしまったからには、彼と寝起きを共にすることは不可能です。そこで、どこか空いている居所《シエル》に私としては移りたいのですが……」

「そうですか、意見が割れてしまったのですね」

「このままではロベルト神父と深刻な諍《いさか》いになることは目に見えています。それが嫌なのです」

ジュリア司祭は瞳を伏せて暫く考えていた。

「居所《シエル》の二階に丁度空いている部屋があります。そちらに移られますか？」

「そうできたら幸いです」

「それならば、ペテロに頼んで早急に、部屋を掃除させましょう」

「有り難うございます」

「それにしてもロベルト神父は、何故、ヨハネの預言力を評価しながらも、列聖に値しないという判断を下されているのでしょうか？」

「それは私にも分かりません。ロベルト神父にはもともと頑《かたく》なところがありますし、今だから告白しますが、こちらに来てからの様子も少しおかしかったのです」

「嗚呼《ああ》……やはりそんなことだと思っていました」

「キッドさんに聞きました、ロベルトが書庫から持ち出しているのは呪われた書であると……」

「キッドさんは言ってしまったのですね……。あれ程、口止めしておいたのに」

「ええ、でも実際、あの古書に取り憑《つ》かれてからロベルト神父の様子は大層おかしかったのです。そう、それこそ悪魔でも取り憑いたかのようでした」

ジュリア司祭は深い溜め息をついた。

「あれらの書に心を奪われた者は、悪魔に取り憑かれるという噂が、この教会では囁《ささや》かれていました。私は内容は読んでいませんが、背徳的な行為が数多く書かれていて、特に、得体の知れない魔術の施行法には、神を冒瀆《ぼうとく》する呪文《じゅもん》などが数多く用いられているとか。そんな訳で、誰もその書に触れることはなかったのですが、三千六百二十冊もある蔵書の中で、ロベルト神父が、その三冊を選び出したと分かった時は、私も気が気ではありませんでしたよ」

「ロベルト神父は悪魔の思想に取り憑かれてしまったのかもしれません。とにかく私は、暫くロベルト神父と距離を置いていたいのです」

「分かりました、早速ペテロに言って、貴方《あなた》専用の居所《シエル》を用意しましょう」

「用意が出来たら知らせて下さい。荷物は自分で居所《シエル》に運びますから」

「分かりました。言いにくいことを言っていただいて有り難うございます」

「こちらこそ、我が儘《まま》を言ってしまってすいません」

「いいえ、いいのです。正直、私は平賀神父、貴方のことがとても気にいっています。貴方はまさに神に愛されている方だ。その黒い瞳が見るのは神の摂理でしょうか……。貴方とは、またここでのことが終わっても、いつかお会いするでしょう」

「お言葉、ありがたく思います」

平賀とジュリア司祭は部屋を出て、修道院の二階にあるペテロの部屋を訪ねた。

ペテロが出てくると、ジュリア司祭が空いている居所《シエル》を整えるようにと命じた。

「分かりました。部屋の方が整ったら、そちらの居所《シエル》に呼びにいきます」

ペテロはそう答え、さっそく二階の隅の部屋に入っていった。掃除や新しいシーツに入れ替えるのに、小一時間はかかるということであった。

平賀は、ロベルトと一緒の部屋に戻り、自分の実験道具や、いままで集めた資料などを旅行鞄《かばん》に詰め込む準備を開始した。

「やあ、いよいよ移動かい？」

机の前に座っていたロベルトが声をかけてきた。

「ええ、移動です。ジュリア司祭が二階の隅の居所《シエル》に移ることを許可しました」

ロベルトは片手で万年筆を弄《もてあそ》びながら、

「やはりジュリア司祭は僕達の仲を裂くのに熱心な様子だ。なにしろ君は信心深き者で、僕は罪深き者だからねえ」

「そうですね」

答えながら、一通りの物を旅行鞄に詰め込んだ平賀は、部屋を出て行ったのだった。

3

平賀が居なくなった部屋は、がらんとして寂しく感じられる。

だが、感傷にふけっている場合ではない。

全ての事柄が、今から白日のもとにさらされようとしているからだ。

ロベルトはその時の覚悟を決め、就寝前のシャワーを浴びた。

体がさっぱりすると、気分もさっぱりとするものだ。

ロベルトはバスローブ姿で、ベッドに寝転がった。

ここに来てから起こった様々な出来事が回想される。

そうしながら、ロベルトはうとうとと眠り始めた。

長い悪夢を見ていた。

大きな壁が目の前にそそり立っていた。

恐ろしい女の悲鳴が聞こえていた。

その女の声がなんなのか、ロベルトは知っていた。

ロベルトの心臓ははじけ飛びそうになっている。

壁の向こうへと逃げたいのだが、出口らしきものは何処にもない。

壁を照らしている灯《あか》りが、伸び縮みしているのも、酷《ひど》く不安な感じだ。

その光の中に、人影が映り込んだ。

なにか恐ろしい予感がした。

人影は、ダンスを踊っているかのように跳ね飛びながら、段々と大きくなってくる。

こちらに近づいてくるのだ。

ロベルトは、ぞくりと全身に鳥肌が立つのを感じた。

何者かの気配が、すぐ背後まで来ていた。

悪魔だ……。

ロベルトは直感した。

嫌悪感……焦燥感……嘔吐《おうと》感……そうしたものが一気にこみ上げてくる。

「Perché non guardi la mia faccia?（何故、私から顔を逸《そ》らす？）」

不気味な声が耳に響いた。

恐怖で悲鳴をあげそうになる。だが、渇いた喉《のど》からは声を出すことができない。

「Robelto, Tu sei mio figlio. Guarda la mia faccia senza avere paura.（ロベルト、お前は私

の子。怖がらずに私の顔を見るといい)」

「Quali sono a Tu mi deridi?（汝《なんじ》は私を愚弄《ぐろう》するのか？）」

恐ろしいくぐもった声が聞こえた。

「Chi sei?（誰だ？）」

「Io sono Giovanni. E il sostituto di Dio.（我はヨハネなり。汝の神の代理人なり）」

ロベルトは頭を振って叫んだ。

「Lasci il cattivo spirito.（悪魔は去れ！）」

するとおぞましい物音が背後から聞こえてきた。何かが暴れ回っていた。蛇の舌がちょろちょろと這《は》い回っていた。

「Hai lasciato tuo padre. Non sei degno di vivere.（汝は父を見捨てたり！　それなら汝に生きる意味はない）」

毒薬のようにひんやりとした言葉が耳に流れ込んだ。

その声の主のこともロベルトは知っていた。

勇気を振り絞って、振り返ると、そこには真っ赤な顔をして悪鬼のような表情をした大男が立っていた。

男はじりじりとロベルトに詰め寄ってきた。

はっと目を覚ますと、ぐっしょり汗をかいている。ロベルトは、はぁっと深い溜《た》め息をついた。

その時、居所《シェル》のドアがゆっくりと開いた。

ロベルトは電気をつけた。

部屋にのっそりと入ってきたのは、行方不明になっていた雑用係のオリオラであった。

彼は一寸《ちょっと》、じっとロベルトを見詰めると、がにまたで歩み寄ってきた。

4

二日後。『ヨハネを支持する人々』がやってきたのは、昼食が終わってすぐだった。

一行は大型バス四台で教会に乗り付けた。カメラや照明機材を担いだスタッフらしい人間が八人程、そして司会者が一人。その他の二百人ばかりのヨハネを信奉する人々がいた。

「カメラまで用意しているなんて本格的ですね」

平賀が感心しながら言う。

「かなり大きな団体で、記録に残しておくらしいよ」

ロベルトは答えた。

教会側では、この人々の受け入れの努力がなされていた。

まずは貴賓室という部屋のドアが開けられる。その昔、貴族や政治家、教会の権力者達が来た時に使われた部屋らしい。

今は家具らしい家具は殆《ほとん》どなく、がらんとした大広間である。アーチ形のステンドグラスが幾つも並んで塡《は》め込まれた壁の上には、天使の顔のレリーフがあって、天井からはシャンデリアが多数吊《つ》られている。足もとはペルシャ絨毯《じゅうたん》だ。

ジュリア司祭の指揮の下で、神父達は礼拝堂の椅子をその部屋に運び入れた。

まずは横に十列、縦に二十ならべて、二百人分の客席を用意する。それから少し離れて、四つの席が先の席と向かい合うように並べられた。

恐らく、平賀とキッド、そしてロベルトと司会者が座る席であろう。

平賀が様子を呆然《ぼうぜん》と見詰めていると、次に放送局のスタッフ達がやってきて、照明やマイク、カメラなどを手際よく配置していった。

準備が終わった午後二時丁度、スタッフ達に誘導された観客が入場し、着席した。皆、期待に満ちた顔で興奮しているようだ。

彼らの話し声がざわざわと波の様に響いてくる。

キッドはぶ厚い原稿の束を片手にもって、部屋の反対側に立っている。その後ろには、ヨハネが描いたいくつかの絵画も立てかけてあった。平賀の脇にいるロベルトは、ノートを一冊用意している様子である。

暫《しばら》くして、会を取り仕切っている幹部らしき男が観客達相手に静かにするようにと言った。

観客達が黙り込むと、照明がつき、カメラが回り始める。最初に司会者とキッドが席についた。大きく拍手がわき起こる。

司会者がキッドを紹介する。キッドは勿体《もったい》ぶった様子でカメラに向かって挨拶《あいさつ》をした。

司会者が彼の著作『十字架のヨハネの終末預言』を取り出し、その中の預言詩の幾つかを読み上げる。預言の意味についてキッドに解説を求めると、キッドはぶ厚い原稿を熱意を込めて読み上げていった。

それはヨハネの預言詩がいかに正確なものであるか、今まで何を言い当てたかという内容であり、その中で、平賀とロベルトも見た、『獅子《しし》の苦しみ』や『棘《いばら》で飾られたナオミが川の中で眠る』も紹介された。

キッドの熱弁は小一時間にも及び、観客達も非常に興奮した様子になっていた。

その時、ゲストとして平賀とロベルトの名前が呼ばれた。

司会者が、彼らをバチカンからの使いのものだと紹介すると、観客達は割れんばかりに拍手した。

「さて、お二人はヨハネ・ジョーダンの列聖について調査する為にこちらにこられたとか……」

司会者がそういうと、観客からは、おお、というどよめきが漏れた。

「ええ、そうです」

ロベルトが軽やかに答える。平賀は無言で頷《うなず》いた。

「列聖に関する見込みはどうなんでしょう？」

「そうですね。もしヨハネがキッド・ゴールドマンさんの言うとおりの大預言者であったとしたら、可能性がぐっと高まりますね」

「ということは、列聖の可能性が高いと……」

「あくまでヨハネ・ジョーダンが大預言者であった場合のことですよ」

「というと？」

「ヨハネの預言詩と預言絵画には、一抹の疑問があるのです」

ロベルトが鷹揚《おうよう》にそう言うと、キッドは少し顔を険しくして、ロベルトを睨《にら》んだ。

「一体、どういう疑問なんです。貴方《あなた》は、ヨハネ・ジョーダンの預言詩は真に興味深いものので、あれらは取り上げる価値があると言ったじゃありませんか」

「ええ言いましたよ。ただ僕は興味深いと言っただけで、当たっているとは一言も言っていませんが……」

「そんな言い訳、いまさら卑怯《ひきょう》でしょう！」

キッドは少し声のトーンを高くして叫んだ。

「言い訳でもなんでもありません。それより僕から少しお尋ねしたいことがあるのです。キッドさん貴方……ヨハネ・ジョーダンの預言集を書かれる二年前に、『ジョナサン・ホワイトの預言集』という本をアメリカで出版されていますよね。それによると、ジョナサン・ホワイトという人物が世界一の預言者だと書かれている。この本は大して売れなかったようですが、貴方にとって、ジョナサン・ホワイトとヨハネ・ジョーダンのどちらが本物の世界一の預言者なんでしょうか？」

キッドの顔はみるみる真っ赤になった。まさか自分が過去に出した本をロベルトが調べているとは思っていなかったのだろう。

「も……勿論《もちろん》、ヨハネだ。ジョナサンも確かによく当たる預言者だったけど、ヨハネこそは本物の預言者だ……」

ロベルトの唇が微《かす》かに笑んだ。

「それはよかったことです。キッドさん、貴方はご存じですか？　このジョナサン・ホワイトという男は今年の二月に詐欺と恐喝罪でロサンゼルス警察に逮捕されている犯罪者なんです」

キッドは驚いた表情をして、ばつが悪そうに頭を掻《か》いた。

観客達は、ひそひそと囁《ささや》き合っていた。明らかな動揺が見られる。

キッドは持ち直した様子で、ロベルトを真っ直ぐに見た。

「ジョナサンのことは、彼が自分の預言力に慢心してそのような結果を招いたのでしょう。しかし、ヨハネは違う。ヨハネの預言は本物です」

「それは……どうかなぁ……」

ロベルトの言葉に、司会者が食いついてきた。

「神父様、それは、どういう意味ですか？　ロベルト神父はヨハネ・ジョーダンの預言詩は当たっていないと仰《おつしや》るわけですか？」

そうすると、ロベルトは鼻で、ふふんと笑った。

「ええ、僕の目には皆目、当たっている預言詩なんて存在していませんでしたよ」

するとキッドは椅子から飛び上がるように立ち上がって叫んだ。

「どこがどう当たっていないのか、言ってみたまえよ！」

ロベルトはゆっくり足を組み、膝《ひざ》の上で手を組んだ。

「例えばキッドさんが最近の出来事として当たっていると言われてる詩。『獅子の苦しみ』というタイトルの絵と対の詩ですね。詩編五六一七。帝王に苦しみと災いが襲うだろう。二つの川があるところ、獅子の腹は割け、その中から内臓が飛び出す。これを貴方はどう解釈しましたっけ？」

「これは去年の八月に起こった中国の大地震と、その後の民族独立紛争を予知した詩だ。帝王とは、中国のことだ。獅子は中国のシンボルであるし、絵のω《オメガ》の文字は、最大の数を表している。東洋では、昔八進法だったために、八が最大の数であり、これが八月を暗示している。そして絵に描かれた不思議な形は、震源地の地形だ。二つの川がながれているところも、うり二つだ」

どうだ、といった様な顔をしたキッドをロベルトは冷ややかな顔で見た。

「まず素朴な疑問から行きましょうね。何故、獅子と言えば中国なのですか？」

「何故って、中国は『眠れる獅子』と呼ばれていたじゃないか」

「まあ、それは確かですが、他にも獅子と関係する国はいくつもありますよ。国旗に獅子をあしらう国だってある。例えばスコットランドであるとか、スリランカ、クロアチア、チベット……まだまだ沢山ある。そうするとこの詩だけで、場所を中国と特定することは非常にご都合主義だと思いませんか？　しかもωが最大を意味しているから東洋の八進法で、八月だとか………。西洋のフィンランドで何か出来事があった場合にも、貴方はこの絵と詩を持ち出してきて、そのことを預言していると言い出しかねませんよね？　そしてωの意味もいろいろと言い訳できる。例えば十二月におこったことなら、西洋の月の最大の数だとか、十月ならば十進法の最大数だとか、あるいは最大級の震災だという意味だとか……違いますか？」

「何を言う。そんなことはあるわけないだろう。第一、絵に地図が描かれているじゃないか。それがピタリと一致していることはどう説明する気だ？」

かなきり声を上げているキッドを前にロベルトは落ち着き払っていた。

「地図ねえ……本当に地図なんでしょうか。まあ、もし地図だとしても、たまさか震源地の市の形に似ていたからよかったですね。いや、省の形に似ていても、町の形に似ていても、近くの湖の形に似ていても、よかったでしょうね」

「ロベルト神父、何が言いたいんだ！」

尚《なお》も叫ぶキッドを尻目《しりめ》に、ロベルトはノートを取り出して開いた。

「これから貴方が言う預言詩とやらに対する僕の意見を述べていきますね。まず預言詩五二三番。『英雄がナイルの近くで誕生するだろう。彼は近隣諸国に高い代価を支払わせ、国民を独裁的に統治する。人々は言う、あいつは君主というより殺戮魔《さつりく》だと』。

　貴方はこれについて、こう説明している。

『これはジャイロビの新政権を作ったアドア大統領のことだ。彼はナイル川に近いコラケという村に生まれ、しかもその誕生日は、詩編番号が示す通り五月二十二日だった。ジャイロビはイスラム国家で、周辺諸国ともしばしば戦争を行い、軍事的な独裁政治を国民に強いているのだ』。

　だが、僕はこう思うんです。確かに、アドア大統領はナイル川に近い村で生まれてはいるが、ナイル川に近いという表現でいうと、どれだけ多くの地域がそこに該当するだろうか？　例えばエジプトで生まれても、スーダンで生まれても、ナイル川に近いといえば言えるわけです。そしてジャイロビがイスラム国家であり、近隣諸国としばしば戦争を行って、これを高い代価と表現しているようですが、調べた限り、高い代価に値するような大戦争は一度もおこしていません。バス爆破などの小さなテロが三回あっただけです。しかも国際的には軍事的な独裁政治を国民に強いているとされていますが、実際は、大統領の支持率は七十二％と高い物です。これを国民に強いているとはいえないでしょう。

　すなわちこの詩によると、誰でもいいから五―二二という数字に関係する人物がナイル川の近くという広大で不特定な地域で生まれ、国の代表になって、少し問題があれば、あてはまってしまうということになるわけです」

「いい加減なことを言うんじゃない！　黙れ！　黙れ！　黙れ！」

キッドが大声で言ったものの、ロベルトの発言はかえって、皆の興味を引いた様子である。

司会者がキッドを宥《なだ》めにかかり、最後まで聞きましょう、と説得した。

そして、ロベルトに続きを話して下さいと言う。

ロベルトは小さく咳払《せきばら》いをした。

「では、続けますね。続いて詩編番号三二七番。『金星の十。島々からなる国が、大いなるポセイドンの怒りを買う。この時、家屋は崩れ、人々はなきさけぶだろう。人々の救済は長くおくれることになる』という詩があります。それをキッドさんはこう訳している。『金星を支配星とする天秤《てんびん》座の十度。すなわち十月八日に起こる事件を詩編はあらわしている。十月八日、まさしくソロモン諸島に大津波が起こり、その救援活動は、国際政治的な衝突から、なかなかはかどらなかった』。

しかし僕は思うのです。占星術で、金星を支配星とするのは、天秤座だけではない、牡《お》牛《うし》座もそうです。つまり、事件は十月八日と特定されてはおらず、五月八日でもよかったわけです。さらにいうなら金星が占星術的にどの星座にいようと十度の位置であれば、金星の十と表現できるでしょう。計算してみるとそれに相当する日は年に八回でてきます。それに一つ大きな過ちがあります。占星術の現実の天体観測からの計算にのっとれば、つねに、月の二十二日が星座の始まりとはかぎっていないんです。実際、ソロモン諸島の大津波が起こった年の天秤座の始まりは九月二十日になってましてね、災害が起こった日は現実には金星が天秤座の十二度であったんです。だから金星の十というのは、まったく時期としては的中していないんです。第一、島々からなる国は世界に沢山存在していて、ここにソロモン諸島だという明確な場所限定をする記述が一切ありません。しかも詩編の番号の意味が全く説明できないのはどういうことでしょうね？　だからこの詩に関しては場所も不確定だし、日にちすらあたっていない。しかも大事な詩編番号の意味もすっとばした、いい加減な解釈としかいいようがないのです」

ロベルトは長い指でノートをめくって、話を続けた。

「次、行きますね。詩編番号七二二番。『バビロンに新しい帝王ロデアが生まれるだろう。彼は八月十一の暑い日に、その勝利を確定し、大いに貧しい人々から熱望される。その結果、金は銅へと変化するだろう』。

この詩をキッドさんはこう訳している。

『バビロンは言わずと知れたアメリカのことである。これはアメリカの新大統領ロジャー・ウイルトンのことに間違いはない。ロデアとロジャーは大変発音が似ているし、字としては一字違いである。ロジャー・ウイルトンは八月十一日のミネソタ州の選挙で大勝利したことによって、大統領への道を確定したことは言うまでもない。また選挙後、ドル高への期待から、金相場が著しく下落している』。

しかし、僕が不思議に思うのは、まず、バビロンがなぜアメリカだと言い切ることができるのだろうか、ということです。アメリカのアの字もここには出てきていない。さらにいえば、ロデアとロジャーが発音が似ているというのは乱暴すぎる解釈です。もしかりにこれがアメリカの大統領選を予知したものであったとしても、ロジャー・ウィルトンが大統領への地位を確定的にしたのは八月十一日におこなわれたミネソタ選ではなく九月六日のアリゾナ州での勝利でした。キッドさんは事実をかなり歪曲《わいきょく》していますね。

さて、次です。詩編番号九三〇番。『大きな大陸の北側で、ouranos（天）が叫び声をあげる。その時、アポロンは天高く駆けていく、その叫び声に耳を傾けるであろう。イナゴの害はそこら中にひろがり、生ける者は死せるがごとくだ』。

キッドさんの解釈はこうです。

『これは九月三十日におこった、フィンランドの原発事故のことである。詩編の九三〇はまさに日付をいいあてている。ouranos は、urano という言葉を含んでいることからも、それがウランによる被害、すなわち原発事故であるということを示唆している。事故があったのは、まさしくアポロンが天高く駆けている真っ昼間であった。イナゴの害とは、放射能汚染のことをいい、この地域では被爆者が大勢出て、まさしく生ける者は死せるがごとくとなっている』。

この解釈もまた、かなりいい加減なものだと言わざるを得ません。

大きな大陸の北側というのは、余りに地域が特定されていない。しかもヨハネ・ジョーダンは好んで、ギリシャ語の神の名前を他の詩編でも使っていて、ouranos という言葉はしょっちゅうでてきているんです。私が見ただけで、四十余りの詩にウラノスだのゼウスだのアポロンだのが出てくる物がありましたが、これらは適当な事件がないために、解釈が保留とされていました。ただ一つ、この詩の詩編番号がたまたまフィンランドの原発事故の日にちと同じ数字であり、その中に、ウランという言葉を含んでいるから採用されたとしか言いようがありませんね」

ロベルトは更に、次から次へ、ヨハネの預言詩の解釈の欠陥を指摘していった。

そして茹《ゆ》で蛸《だこ》のようになって、ロベルトを睨《にら》み付けているキッドに対してこう言った。

「キッドさん。私が調べさせて頂いたところ、ヨハネの預言詩は実に四千二百六編もあった。ところが貴方《あなた》が当たっている預言詩として世に出しているのはわずか六十二編だけだ。多くの詩の中から事実と関係有りそうな詩を意図的に選んでいるだけじゃありませんか？いいですか、地球上には無数の言語が存在し、それに対して発音可能な音素の数は余りにわずかなんです。それらを、そこである一つの言葉に任意の言葉を当てはめて、自分の好む意味に解釈することは、いくらでも可能です。そして日々、世界中ではあらゆる出来事が起こっている。こうした曖昧《あいまい》な詩は、なんとでも、なにかの事件とこじつけることが可能なのですよ。けれど、我々の神は契約と規則に厳しい方です。それが無作為な言葉遊びをなさるでしょうか？　いいえ、神から授けられた言葉にはちゃんとしたルールがあってしかるべきなんです。つまりコード・ブックですね。貴方の解釈のように、きちっとしたコード・ブックにものっとっていない奔放なスペルの並べ替えや、フロイトも真っ青な自由気儘《きまま》な連想法をおこなっていけば、ほとんどどんな詩にも、さまざまな事実や事件をあてはめてしまうことができるんですよ」

「僕がヨハネの詩に出鱈目《でたらめ》なこじつけをしているといいたいのか！」

キッドは怒鳴った。

「ええ、まさしくそうです」

ロベルトはさらりと答えた。

「では、各国に送ったヨハネの預言原稿はどう説明するつもりだ？」

ロベルトは、ふーっと長い息を吐いた。

「もしあれらの、それこそ日にちも出来事もピタリと言い当てた文章が、ヨハネ・ジョーダンの書いた本物であったとしたら、その各国に送ったという多数のコピーの手紙の一部でいいから、どこかの国が公表すれば、本当だと証明できますが……。生憎《あいにく》そのような手紙を受け取ったという証言はどこにもないのです。ただ、貴方が持っているヨハネ・ジョーダンが控えとして保管していたという資料だけでは、ヨハネが預言していたという証拠には一切なり得ません。試しに、僕がこの本に書かれていた大量殺人犯の居所について預言した物を警察に送ったという相手先のイタリア市警に問い合わせて調べても、そのような手紙を貰《もら》ったことはないという返事でしたよ」

「それこそ、市警が忘れているか、体裁の為にもみ消しているんだ。ではこのことはどう説明するね、シンシンの祭りの日に神父が一人死ぬという預言もその通りになった。そして、ヨハネが法王の死を預言したことだ。法王の死は地元のテレビで僕が法王の死の前に発言したことだよ。そのことは覆せない」

キッドが、どうだとばかりに言った。

「そうでしょうか？　ヨハネ・ジョーダンは一体、どのくらいの割合で、シンシンの祭りの日に神父が死ぬ夢や、法王の夢を見ていたんでしょうね？」

「どういう意味だね……」

「申し訳ありませんが、私が貴方の秘蔵しているヨハネの日記などを読ませていただいたかぎりにおいては、ヨハネは一週間とおかず、法王が夢に出てきてこう言った、こうしたと書き綴《つづ》っていますよね」

「ぼ……僕に無断でヨハネの日記を読んだのか！」

「失礼ながらこれが奇跡調査官の任務ですのでね。それにバチカンに申告してきた時点で、ヨハネの日記は貴方だけの所有物ではないのですよ。さて……話は戻りますが、その日、ヨハネが夢で法王を見て、『みまかられた』という声を聞いたのは事実のようですね。しかし、何故、貴方がそれを大胆にもテレビ放送で仰《おつしや》ったのか、僕なりに考えてみたんですよ。貴方はヨハネの夢の内容を語ったのみで、それが法王の死を意味するとは、賢明にも一言も言わなかった。解釈が大好きな貴方がです。僕が思うに、それはあとからいくらでも言い訳がつくことだったからです。法王が出てきて、『みまかられた』と声がする。それだけなら、誰が死んだことにしてもいいのです。世界中には多くの有名人がいて、それが数日のうちには一人や二人は死んでいっている。その時は、そうした人をあげて、法王が夢でお告げを述べたのだ、と言えばいいことです。また、ご高齢だった法王はいつ死んでもおかしくない健康状態にあられましたから、それで法王が亡くなられればそれはそれで当たったということになる。そういう計算が働いていたんじゃありませんかね？」

「とんでもない、濡《ぬ》れ衣だ！」

「そうでしょうか？　シンシンの祭りの日に神父が死ぬという預言もヨハネは毎年のように書き綴っていた。これは単にこの地にある昔からの言い伝え……シンシンの祭りの日に神父が襲われて殺されるという話に触発されていただけじゃないのですかね？」

キッドは目元をぴくぴくさせた。

「ならばあれはどうだ、エイミー・ボネスの死の予告！」

「ああ、ついでに僕の死の予告もありましたね。しかしエイミーは死んだが、僕は死んでいない。つまり僕に対する預言は外れているということになります。そしてエイミーの預言はエイミーが死んだと聞いて、貴方が書いたものだ。違いますか？」

「言いがかりだ。じゃあ、『棘《いばら》で飾られたナオミが川の中で眠る』の絵画だ。あれは偶然ではすまされないぞ。棘を頭に被《かぶ》せられて絞殺された少女、そして少女の着ていた服の色や柄、そういうものまでピタリと同じなんだ。これは偶然やこじつけで出来るものじゃない。これをどう説明するね？」

ロベルトは、ぐっと真剣みのある表情をした。

「確かにあの絵は、偶然とかこじつけでは説明できませんよね。ですから、考えられることはたった一つ。殺された少女の殺し方や、棘を頭に被せられたこと、そしてその服装までをも知っていたということは、他ならぬヨハネ・ジョーダンが少女を殺した犯人だということです。つまりあの絵は預言絵画ではなくて、犯罪の予告絵画だったのです」

「なっ……何を突然言い出すんだ……」

キッドは驚愕《きょうがく》した表情で言った。観客達もどよめいた。平賀もロベルトが言った唐突な言葉に驚いていた。

「その証拠に、絵をちょっと持ってきて下さい」

ロベルトの言葉に、アシスタントディレクターが走っていって、ヨハネの絵を取ってきた。ロベルトはその絵の少女の首に描かれた手形のところを指さした。

「よく見て下さい。この手形は、描かれたものではありません。手に絵の具を塗って、押しつけたのです。誰の手か？　手形の真ん中を見て下さい、うっすらと十字形が見て取れるでしょう？　そう、これはヨハネ・ジョーダンの聖痕《せいこん》の跡です。ヨハネは少女を描いた後、その首の部分に、自分の掌《てのひら》に絵の具を塗りつけ、べたりと押しつけた。この行為は、明らかに犯罪性のある人間がよくすることです。つまり、彼が少女を殺すことを意識して描かれたものなのです。少女が着ていた服は特別なものではない。この辺りではよく着られている生地だった。ヨハネはそのような服を着た少女を探し出し、絞殺したあげく、頭に棘を被らせて、川の側に放置した……」

ロベルトはまるで見ていたかのように語った。

「よっ、よくもそんな出鱈目な妄想をいえたもんだ！　何処にそんな証拠がある。根拠をいえ！」

キッドがロベルトに詰め寄った。

ロベルトは一瞬、平賀をちらりと見た。そしてカメラに顔を向けた。

「根拠なら、十分にあります。僕はヨハネ・ジョーダンのことをよく知っています。何故なら、ヨハネ・ジョーダンは僕の父親だからです」

観客から驚愕の声があがった。平賀もロベルトの発言に、心底、驚いていた。

「僕のフルネームはロベルト・ニコラス・プッチーニ。僕はこのファミリーネームが大嫌いなのですが、あえてお教えしましょう。そしてヨハネ・ジョーダンの本名は、ブローノ・プッチーニです。二十一年前に僕の母、ナオミを絞殺してからお尋ね者になり行方を晦《くら》ましていた男です。その絵のタイトルである少女の名前、ナオミは僕の母の名。すなわちヨハネが殺した妻の名なのです。すでにヨハネ・ジョーダンの指紋をイタリア市警に送ったところ、ブローノ・プッチーニの指紋と一致することが判明しました。僕の父、ブローノ・プッチーニは母のみならず、僕まで殺そうとした男です。そのような凶悪な殺人犯が、大預言者であったり、聖人であったりするはずがありません。それが道理でしょう」

キッド・ゴールドマンは酸欠の金魚の様に、口をぱくぱくとさせていた。

「今、現在、ヨハネの、いやブローノの預言につられてジンバフォから避難しようとしているみなさん。安心して下さい。ブローノの預言は当たりません。何故、ブローノがジンバフォに震災が起こるなどと預言したかは、キッドさんがご存じのはずです。キッドさん、白状してしまいなさい」

キッド・ゴールドマンは、ぎくりとした顔をして原稿を胸に抱えた。

「な……なんで、ヨハネがそんなことを預言したかなど僕に分かるはずが無いじゃないか、やっぱりロベルト神父、貴方《あなた》は不信心者だ！　ヨハネの預言通り、死ぬがいい！」

キッドはガタリと椅子から立ち上がり、部屋を出て行った。

ロベルトの勝利には間違いなかったが、諸手《もろて》を挙げて喜ぶような勝利とはとても言えなかった。観客は硬い表情で黙り込んでいたし、大きく溜《た》め息を吐くロベルトの表情を、テレビカメラは執拗《しつよう》に撮り続けていた。

平賀はロベルトに何と言って声をかけたらいいのか、さっぱり分からなかった。

ロベルトは自分と父親の過去について語り始めた。

それは酷《ひど》く凄惨《せいさん》で生々しい話であった。

＊　＊　＊

ロベルトは観客達に喋《しゃべ》りながら、父・ブローノのことをまざまざと思い出していた。

ブローノは酷い男であった。自称、画家でいつも絵を描いていたが、家は酷くまずしくて、絵が売れていたような気配はない。

しかも絵を描いている時以外は、いつも安いワインで飲んだくれていた。

飲むと酷く酒癖が悪かった。

些細《ささい》な事で癇癪《かんしゃく》を起こし、母、ナオミに絡んだかと思うと、それが暴力に発展することも屢々《しばしば》だ。

ロベルトは、夜、眠っていても、いつも父の怒鳴り声と暴れる物音にびくびくとしている毎日であった。

そんな生活に愛想を尽かしたのだろう。ロベルトが三歳の時、母は父がいない間にロベルトを連れて家から逃げ出した。

それから半年はなにごともなく、母との平和な一時を過ごしていたのだ。それが、ロベルトが平穏というものを知った初めての時である。

だが、ある日、その平穏はぶち壊された。

ブローノが自分達の居場所を突き止め、家にやってきたのだ。

やってきた時のブローノは、酔ってはいたが、最初、しおらしく母に家に戻ってくれるようにと懇願していた。

しかし、母は応じなかった。

ブローノの本性をもうすっかり見通していたからだ。

ロベルトはどうなることかと、隣の部屋から様子を窺《うかが》っていた。

「出て行って！ もう貴方と話し合うことなど何もないのよ。出て行かなければ警察に電話するわ！」
母のその一言で、ブローノは豹変《ひょうへん》したのだ。
まずはその辺りの物に当たり散らし始めた。テーブルをひっくり返し、皿を割った。
「痛い目に遭いたくなければ、家に戻るんだ！」
ブローノは怒鳴った。
「何をされても、戻るもんですか！」
母はそう言いながら、警察に電話をしようと、電話機を手に取った。
「もしもし……」
母が話そうとしたとき、「止めやがれ！　殺してやる！」と、ブローノが叫んだ。
ブローノは母の手から電話機をむしり取ると、床の上に叩《たた》き付けた。
そうして母に飛びかかり、馬乗りになったのだ。
母は必死に抵抗していた。
ブローノが母の顔を何度も殴り、母の鼻から血がほとばしり出る。
ロベルトは恐ろしくて、がくがくと震えた。
それでも母は、抵抗を止めなかった。
大声で叫び、ブローノの体を押しのけようと踠《もが》いていた。
その事に業を煮やしたのか、ブローノの顔が怒りと興奮で真っ赤になった。
目は血走ってつり上がり、その顔は悪魔のようだ。

ロベルトが『地獄の門』の夢の中で見た水晶に映し出された顔であった。

「いい加減にしやがれ、このアマ！　聞き分けがないならこうしてやる」

ブローノが母の首に手をかけた。

ロベルトは恐ろしくて見ていることができず、部屋の隅にいって、じっと身を固くしていた。

部屋には窓がなく、何処かから逃げ出すようなこともできない。

断末魔の恐ろしい母の悲鳴が聞こえてきた。

ロベルトの心臓ははじけ飛びそうになっている。

壁を照らしている灯《あか》りが揺れて、自分の影が長く短く伸び縮みするのも、酷く不安な感じだ。

その光の中に、別の人影が映り込んだ。大きな人影だった。

少なくとも三歳のロベルトから見ると、体格のよかったブローノは巨人である。

恐ろしい予感がした。

人影は、ダンスを踊っているかのように跳ね飛びながら、段々と大きくなってくる。

辺りの物を破壊しながら、歩いてくるのだろう。

酷い物音がしていた。

こちらに近づいてくる……。

ロベルトは、ぞくりと全身に鳥肌が立つのを感じた。

ブローノの気配が、すぐ背後まで来ていた。

悪魔だ……。

ロベルトはそう思った。

「Robelto, torna a casa con me.（ロベルト、さあ一緒に帰ろう）」

背後から、息の荒い不気味な声が響いた。

ロベルトは首を振るだけで精一杯だった。

「Perché non guardi la mia faccia?（何故、俺から顔を逸《そ》らす？）」

恐怖で悲鳴をあげそうになる。だが、渇いた喉《のど》からは声を出すことができない。

「Robelto, tu sei mio figlio. Guarda la mia faccia senza avere paura.（ロベルト、お前は俺の子だ。怖がらずに俺の顔を見るといい）」

だが、ロベルトはとても振り返って、ブローノの顔を見ることが出来なかった。

「Quali sono a Tu mi deridi?（お前は俺を馬鹿にしてるのか？）」

恐ろしいくぐもった声が聞こえた。

ロベルトは頭を抱えて叫んだ。

「Vattne, Satana.（悪魔は出て行って！）」

「Hai lasciato tuo padre. Si perder? una vita.（お前は父を見捨てたな！　それならお前に生きる意味はない）」

毒薬のようにひんやりとした言葉が耳に流れ込んだ。

ブローノの気配はじりじりとロベルトに詰め寄っていた。

そしてその手がロベルトの首を摑《つか》んだ。


駄目だ！　たすかりっこない。殺されるんだ。


ロベルトの頭の中で、恐怖が渦を巻く。

その時だった。硝子《ガラス》の割れるもの凄《すご》い音が響いた。びくりとブローノの手が痙攣《けいれん》して、ロベルトの首から離れた。

「警察だ！　誰かいるのか！」

声が聞こえた。ブローノはもの凄い勢いで駆け出し、ロベルトから離れていった。

人がもみ合うような音が聞こえ、やがてそれが遠ざかった後、泣いているロベルトの下に、二人の警察官がやって来た。

一人は、頭から血を流している。

恐らく逃亡を図ったブローノにやられたのだろう。

「坊や、大丈夫だよ。悪い人はもういないからね」

「何があったんだい？」

「ママが、ママが……殴られて、首を絞められていた……」

警察官達は顔を見合わせていた。母はとうに死んでいたから、ロベルトにそのショックな出来事を隠しておこうと目配せし合っていたのだろう。

「誰が、ママを殴っていたのか分かるかい？」

警察官達の問いにロベルトは泣きじゃくりながら頷《うなず》いた。

「パパだよ。パパがやって来たんだ」

「パパの名前はなんていうの？」

「ブローノ。ブローノ・プッチーニ」

「ママの名前は？」

「ナオミ……」

するとと、警察官はロベルトの頭を優しく撫《な》でた。

「そうか、よく言えたね。で、坊やの名前はなんていうんだい？」

「僕はロベルト……」

「そうか、ロベルト君か。じゃあ、おじさん達がパパのいない安全なところに連れて行ってあげるから、いいというまで、目を閉じておくんだよ」

ロベルトは言われるままに目を閉じた。警察官がロベルトを抱き上げた。その腕は逞《たくま》しく、胸は温かく感じた。

それから、警察官達はロベルトを抱きかかえたまま、母の死体が横たわっているキッチンを抜けて、ロベルトを部屋の外に連れ出した。

「さあ、もう目を開けていいよ」

そう言われて目を開けると、いつものマンションの前の風景があった。

子供達が路上で遊び、老人が犬を散歩させている。平和な光景だ。

ロベルトは心底、安心した気持ちになったものだ。

それからロベルトは警察署に保護され、母の兄夫婦が引き取りにやってきた。

この頃になると、ロベルトははっきりと母が死んだ事を理解していた。

それから二ヶ月ほど、伯父《おじ》夫婦の下にいたのだが、子沢山のその夫婦は、とてもロベルトまで養いきれないということで、彼をカソリック系の施設に預けたのだった。

これらのことを自分がいつまで覚えていたのか、いつ忘れてしまったのか分からない。

けれど、学校に通うようになってからは、微塵《みじん》も思い出さなかった事である。

恐らく、余りに凄惨《せいさん》な記憶故に、自ら封印してしまっていたのだろう。

それが、天の采配《さいはい》でセント・カルメル教会にきて、ブローノの遺体を見たときから、徐々に記憶の表層へと浮かび上がってきたのだ。

意識の中に蘇《よみがえ》ろうとする記憶と、思い出したくない自己とが葛藤《かっとう》して、相当に精神的な負荷があったに違いない。

だから突然、過呼吸のパニック症状なども起こしたのであった。

＊　＊　＊

ロベルトの告白が終わった時、観客達は酷《ひど》く深刻な雰囲気であった。

俄《にわか》には信じられないという反応を示す者たちもいれば、落胆の溜《た》め息をついている者もいる。不用意な言葉は、ロベルトを傷つけるだけだ。そう思った平賀は、ただ黙っていた。

ロベルトは硬い表情のまま立ち上がると、部屋を出て行った。

おそらく、その場で興奮しているのはテレビ関係者達だけだった。

彼らにしてみれば、とんでもないネタを掴んだわけである。

司会者は目を輝かせて平賀にマイクを向けた。

「いやぁ、もの凄い話が出てきましたが、今の話は真実なのでしょうか？」

「ロベルト神父は嘘を吐くような人間ではありません」

平賀は短く答えた。

「では、ヨハネ・ジョーダンはロベルト神父の言うように大預言者であるどころか、妻殺しの犯罪人ということでいいわけですね」

「それは私が語る事ではありません」

「失礼。では、ヨハネ・ジョーダンの遺体が腐らないという謎については、調査はどのように進んでいるのですか？」

「今は調査中なので、話をすることはできません。調査中の案件について語ることはバチカン法によって禁じられています」

「では、まだ腐らない謎は分かっていないということですね」

「どう取っていただいても結構です」

「そうですか、それではもう時間ですので、この辺りで公聴会を終了させていただきます。今日お集まりの方々、そしてキッドさん、ロベルト神父、平賀神父、有り難うございました」

司会者は妙に元気よく締めくくった。

照明が消され、カメラが止まる。

観客達がぞろぞろと部屋から出て行く様子を、平賀は朦朧《もうろう》と見送った。

第七章　血に塗れた教会

1

その夜、魔術師長は覚悟を決めていた。

バチカンから来たあの男は、絶対に生贄《いけにえ》として捧《ささ》げなくてはならない。

その為にはもはや自分が行動するしかないだろうと……。

彼は秘密の武器を手にとった。

それは小さな柄があって、先が蛇の牙《きば》を模して、二股《ふたまた》の鋭い針になったもので、『蛇の頭』と呼ばれる武器であった。

魔術師達の伝統の武器である。

魔術師長はその針の部分に、自ら調合したキイロアマガサヘビの毒と、麻痺《まひ》薬を塗りつけたのだった。これで刺されたら、ロベルトは足掻《あが》く暇も、助けを呼ぶ暇もなく全身が麻痺して、その間に蛇毒で死んでしまうはずだ。そして蛇に嚙《か》まれて死んだということになるだろう。

魔術師長は、ほくそ笑んだ。

夜、こっそりと教会の居所《シェル》へと向かう。

深夜二時の居所《シェル》は、すっかり皆、寝静まった様子であった。

魔術師長は、目当ての居所《シェル》、ロベルトが眠っている居所《シェル》のドアをそっと開けた。

ロベルトが起きてしまわないように、灯《あか》りは点《つ》けず、ひっそりとベッドの方まで歩いていく。

そうしてベッドの膨らみを確認し、そこにロベルトが眠っていることを確信すると、足の部分と思われる場所めがけて、『蛇の頭』を振り上げ、思いっきり突き刺した。

ぷすっ、というやけに手応《てごた》えのない軽い感じ。

どうしたんだ？

そう思った瞬間、背後に人影が立ち、武器を手に持った腕を、後ろ手にねじり上げられた。

「今ですよ！」

その人影が叫んだ。

* * *

「今ですよ！」

ロベルトの叫び声が聞こえた。

平賀と息をひそめて隠れていた放送局の人間、そして数人の警官とビル・サスキンス捜査官は、一斉にロベルトの部屋に入っていった。眩《まぶ》しいスポットライトが灯《とも》される。カメラマンがカメラを回し始める。

スポットライトの光の中で、ロベルトが一人の男の腕をねじり上げ、上半身をベッドの上に組み伏せていた。

その男は、山羊《やぎ》の仮面を被《かぶ》っていて、毛皮となめし革の服を纏《まと》っている。

ロベルトが布団に突き刺さっている『蛇の頭』を目で示しながら言った。

「あれが凶器ですよ。調べてみれば殺意がはっきりするはずです」

警官の一人が凶器を手に取り、二人がベッドに組み伏せられている男を羽交い締めにして、立ち上がらせた。

ロベルトは男から手を引き、男の被っていた山羊の仮面をはぎ取った。

禿《は》げ頭。小さな瞳《ひとみ》がしばしばと瞬いた。

「キッド・ゴールドマン？」

平賀とロベルトは顔を見合わせた。

キッドは青白い顔で俯《うつむ》いたまま、何も喋《しゃべ》らない。その腕に手錠が掛けられた。

平賀は、ロベルトと居所《シェル》を分けた日のことを思い出していた。

平賀が居所《シェル》に戻ってくると、机の下に猿の死体がおいてあった。

そしてロベルトからの書き置きがあった。

『これはサムソンの家に吊《つる》されていた猿の死体だ。
これを研究すればヨハネの腐らない死体の謎が、解けるかもしれないよ』

そこで平賀は猿の死体を観察してみることにした。

三日前には吊されていた死体であったが、触ってみると体はぐにゃぐにゃと軟らかい。関節がスムーズに動いた。第一、腐敗の兆候が見られないのだ。

これはヨハネの死体と同じであった。

この猿の死体は、てっきりその日に殺されて吊《つ》られたものだと思っていたが、もしかするともっと前から吊されていたのかも……。

数日前。数週間前。数ヶ月前。いや……数年前かも……。

平賀は猿に超音波検査をしてみた。

内臓は完璧《かんぺき》だった。ただ、やはりヨハネと同じように、酷い肝硬変を起こしていた。

そこで平賀は、ヨハネには許されない検死方法、すなわち解剖を行おうと心に決めたのだ。

そんな時、ロベルトが居所《シエル》に戻ってきた。

「どうだい、その猿の死体は？」

ロベルトがパソコンを机に置きながら訊《たず》ねた。

「確かにヨハネの死体と状態が同じです。今から解剖しようかと考えていたところです。

でも、何故、この猿の死体のことが分かったのですか？」

「セント・カルメルの古文書の中から、『黄金の死体の製造方法』という文章を見つけ出したんだよ。それによると、こうだ。

『先住民族から聖者の埋葬法として伝わる不滅の黄金の肉体に人体を変えるには、次なる方法が挙げられる。

聖者が死の淵《ふち》にあり、長患いした時。

まずは旧暦の十月にあたる新月から満月に移行する日に、全ての地の霊、全ての天の霊、そして全ての祖先の霊にそれぞれ祭壇を作り、花と酒と動物の生贄を捧げて礼拝する。

しかるのち、エ　ジャン　エス　ニ　ル　アルジャン（e, gens és nid le argent）を用いて両掌《てのひら》と両足の裏に十字を切って、それを毎夜続ける。

そうすれば体は黄金と化し、死してなおその原形が保たれるであろう。これは永遠の生命を手に入れるための第一歩である』。

どうだい、意味深だろう？」

「ええ、確かに。両手と両足に十字を切るのが、ヨハネの聖痕《せいこん》と関係しているように思えます」

「そうだろう。僕もそう思ったんだ。それでさらにエ　ジャン　エス　ニ　ル　アルジャン（e, gens és nid le argent）の意味を解析した。すると、sang éternel de singe（猿の不死の血）という言葉が浮かび上がったんだ。それでサムソンの家に猿が吊されていた話が頭に蘇《よみがえ》ってね。これを持ってきたというわけだ」

「そうなんですか！　凄《すご》い事に気づいたのですね」

「『聖徒の座』で、この間まで解読していた古文書が無ければ、絶対に解けなかっただろうね。そうジュリア司祭も見越して、平然と僕を書庫に入れたんだ」

「どういう意味ですか？」

「僕はここに出向くまで、中世のフランス・パリで書かれたというカプチン教会の古書に目を通していたんだ。最初の神を褒め称《たた》える詩以外は全体が意味をなさない不思議な怪文書さ。そこから僕は最初の詩が、古書のコード・ブックになっていることを突き止めて、解読していたんだ。その書とまったく同じ書がここにあったんだよ。だから、ここの古書を短時間で解読することが出来たんだ」

「それは……なんという偶然でしょう」

「ああ、全くこれぞ神の采配《さいはい》だ。奇跡といって良いだろうね。それにまだまだ神の采配だったとしか言いようのないことがある」

「まだ何か？」

そう訊ねると、ロベルトは少し暗い表情になった。

「時がきたら教えるよ」

そう言ったのだが、それはヨハネ・ジョーダンのことだったのだろう。こんな場所で、親子の対面になるとは、まさに奇跡に違いなかった。

「だけど、ロベルト。ジュリア司祭が、貴方《あなた》が古書を解読できないとたかをくって書庫にいれただなんて、本当にそうでしょうか？　ジュリア司祭も古書の内容を知らなかったのでは？」

「全く、君っていう人は、すっかりジュリア司祭の心理操作に嵌《は》まってしまっているようだね。ヨハネに、古書に書かれているような処置を施すとしたら、ジュリア司祭以外の適任者がいるかい？　彼は意外と悪なのだよ」

「そ……そうなんでしょうか？」

「そうだよ、まずこれを見たまえ」

ロベルトは机の上に束になって置かれていたトレース用紙を持ってきた。

そこには一枚一枚、ロベルトが古書から写し取ったものだろうと思われる不思議な模様が描かれている。

「これがなんだか、最初分からなかったが、偶然、床に落として散らばったときに正体が分かったのさ。なんだと思う？」

平賀は首を傾げた。

「さあ、なんなんでしょう……私にはさっぱりわかりません」

するとロベルトは、その模様を手際よく順序を入れ替えて十数枚ずつ重ね合わせてみせた。

「あっ」

それを見た平賀は驚きの声を上げた。重ねられた模様が一つになると、それが立派な絵画であることが分かったからだ。しかもその絵画は人体の解剖図であったり、神父達が罪人とおぼしき者に手術らしきことを行っている様子であったりしたのだ。

「これが、この教会で行われてきたことなんだよ」

ロベルトが低い声で言った。

「まさか……これは過去のこと？　ジュリア司祭もこんなことをしていると言うのですか？」

「当たり前じゃないか。ジュリア司祭には人に見せない狂気の顔があるんだ。その証拠に、サムソンの遺体を最初に写した写真と、後で写した写真を見比べてみるといい。もう現像したかい？」

「いえ、うっかりしていて未《ま》だでした」

「じゃあ、さっそくやってみたまえよ」

ロベルトに言われて、平賀は前に写したサムソンの遺体の現場のフィルムをカメラから取り出すと、現像を開始した。その作業は三十分ほどで終わり、平賀は現像された写真を一枚一枚、写真吊りに吊っていった。

ロベルトが側にきて、吊った写真を眺めていく。

「さて、平賀。最初の現場写真と、次に写した写真の間に違いがあるのが分かるかい？」

平賀は、じっと二種類の写真を見比べた。

首の断面図。腹に刻まれた生贄《いけにえ》の印。壁に飛び散った血痕。つぎつぎと見比べていくが、違いがよく分からない。

最後のサムソン神父の死体だけは、様子が違っていた。

最初に撮影したものは、死後放置された状態であるが、次に撮ったのは、ジュリア司祭が死体の手に十字架を握らせ、胸で組ませている。

「最後のサムソン神父の死体だけは違いますが……他に何処か違ったところがあるのでしょうか？」

首を傾げた平賀の背中をロベルトが叩《たた》いた。

「それだよ。最後のサムソン神父の死体の違いを、もっとよく観察してみるのさ」

ロベルトに言われて平賀は目を凝らした。

よく分からない。

穴が空くほど写真を凝視している平賀に、ロベルトがそっと囁《ささや》いた。

「ヒントを出して上げよう。難しいものではないんだ。サムソン神父の手に注目したらよく分かる」

そう言われて、両写真のサムソンの手に注目した平賀は、思わず、「あっ」と声を上げた。

「分かったかい？」

ロベルトが、にやりとしながら言った。

「ええ、分かりました。指輪ですね。最初に撮ったサムソン神父の死体の左人差し指には指輪がありますが、後に撮った死体には指輪がされていない」

「そうさ、では誰がサムソン神父の死体から指輪を抜き取ったと思う?」

「……ジュリア司祭ですか……? ジュリア司祭がサムソン神父の手に十字架を握らせて組ませた時、あの時、抜き取った……」

ロベルトはこくりと頷《うなず》いた。

「ああ、そうさ。僕は指輪に気づいていて、ジュリア司祭がどうするか観察していたんだ。そしたら予想通り、こっそり死体から指輪を抜き取ったというわけだ」

「だけど、何故、わざわざ指輪なんかを?」

「その指輪が特殊なものだったからさ」

「どんな風にですか?」

「写真を拡大してよく見てみると分かるよ」

そう言われたので、平賀はルーペ(虫眼鏡)を取ってきて、サムソンの死体がつけている指輪を拡大して凝視した。

「クンカバの指輪だ……」

平賀は思わず呟《つぶや》いた。

「そうクンカバの指輪だよ。バズーナ教の魔術師達は、人差し指にクンカバの指輪を嵌めているんだ。何故、サムソンがこんなものを付けてるのか、怪しくはないかい? 彼は神父であるはずだ。ところが、十字架をわざわざ外して、クンカバの祭壇の前に傅《かしず》いていたわけだ」

「十字架をわざわざはずして？」

「サムソンの家に行ってみたら、飾り棚の引き出しに十字架がしまわれていたよ。つまり、サムソンは意図的に十字架をつけていなかったんだ。そして代わりにクンカバの指輪をつけていた」

「と……いうことはつまり……」

「サムソンこそが魔術師だったということだ。サムソンの家に残されていたスープの残りの匂いを嗅《か》いでみたら、腐臭は酷《ひど》かったが、微《かす》かにチキンの香りがした。鶏を捌《さば》いて十字架にその血を浴びせ、後にそれを食したのだと思われる。サムソン神父が魔術師だと公に知られたくないから、ジュリア司祭は、こっそり死体から指輪を抜いたと考えられる。加えて、僕の調査ではサムソンの母親はとっくの昔に死んでいた。つまりサムソンは病気の母親がいるなどといって、私生活を秘密にしておきたかったのさ。自分が魔術師であることを知られないようにね。この国の法律を調べた限り、魔術師が呪いを行っているところを見つけられると投石の刑で死刑という場合もあるようだ。だから教会の人間が魔術師であるとばれたら、大変なことになる」

「私は少しも気づきませんでした。ロベルトは良く見ていたんですね」

「それは君と僕との関心のあるものの違いだけだよ。君は必死で死体の傷口の断面や血痕《けっこん》のほうに事件の解決を求めて眺めていた。僕はどちらかというと、服装の乱れや変化のほうに注意がいくタイプなんだ。そういうことさ」

「しかし、もしサムソンが魔術師なのだとしたら、何故、生贄の印など刻まれて、殺されていたのでしょう？」

「問題はそこさ。その辺りの事件の流れを知らなければ真相が摑《つか》めない。そこで相談だけど、平賀、ジュリア司祭に言って、暫《しばら》く僕と居所《シェル》を分けたいと頼んでくれないかな？」

「えっ？　何故ですか？」

「隙をつくるためさ。僕が一人でいたとしたら彼らはまた何かを仕掛けてくるに違いない。なにしろ僕はヨハネの預言詩通り死ななければならないのだから」

「あの預言詩は本当なのでしょうか？」

「いいや、真っ赤な偽物だね。ましてやヨハネによって書かれたものですらない」

ロベルトは確信的に言い放った。

「何故、そんなことが分かるんです？」

「タイプのインクの匂いさ。僕がキッドの部屋を探っていたことは知っているだろう？」

「はい」

「僕はキッドの隠しているものを全て見るためにそうしていたんだ。そして僕が死ぬという問題の詩とエイミー・ボネスの死の預言詩だけれど、あれらの詩のタイプのインクの匂いだけが、真新しいことが分かったんだ。こっちは古書研究家なんだ。インクの匂いや手触りで、書かれた時期を割り出す作業には慣れている。とにかくあの詩のインクの匂いは新しすぎた。つまり、あれらの詩は、僕らが来ると分かってからと、エイミーが死んだ後に書かれたものに、まず間違いない」

「とすると……書いたのはキッド・ゴールドマンということになりますよね」

「そうだね。シンシンの祭りの日に神父が死ぬという預言も、本当は僕のこととすりあわせるために見せたに違いない。だが、不測の事態が生じて僕は生き残り、サムソン神父が死んだんだ」

「不測の事態ですか……？」

「そう。ともかくキッドはヨハネの詩が当たるということを、印象的に演出したかったのだろう」

「ヨハネを列聖するために、そこまでするんでしょうか？」

するとロベルトは首を振った。

「列聖などどうでもいいんだよ。列聖に名乗りを上げたことで、まずヨハネへの注目度はあがるし、万が一列聖されればもうけものぐらいなものだろう。それよりキッドの企《たくら》みは、いかにヨハネの預言が当たるかをセンセーショナルにアピールするかだ。そしてジンバフォに来るという震災が現実に起こると人々に思わせることだ」

「そう言えば、キッドさんはジンバフォに来る震災を警告する為に講演活動をしているんでしたね」

「ああ、僕がバチカン情報部を通じて調べてもらったところ、ジンバフォで売られていく土地を一心に買いあさっている業者の名前が浮かび上がった。アメリカのコスモスペースという不動産会社だ。そこが買った土地を親会社に買い取らせている。その親会社というのが、ジェル石油コーポレーション。ついでに言うなら、セント・カルメル教会に多大な寄付と医薬品を提供しているブレーネ福祉財団もジェル石油コーポレーションの持ち物だよ」

「じゃあ、ジェル石油コーポレーションを通して、キッドさんとジュリア司祭は繋《つな》がっている……という訳ですか……。しかし何故、石油会社が？」

「石油会社の目的といえば、当然、石油だよ。バチカン情報部の調べによると、ジェル石油コーポレーションが石油の発掘調査を各地で行っているんだが、そこでジンバフォ一帯に豊富な石油備蓄層があることが判明しているそうだ。勿論《もちろん》これは極秘のようだが、それでジンバフォの土地を買いあさっているというわけさ。特にこの国では国民に地下権利が認められている。つまり石油が採掘されれば、住んでいる住民がその中から利益を得ることができるんだ。つまり石油を採掘しても、住民が寄生虫のようにその利益を奪っていく。だからさ……住民を総避難させたいんだよ。総避難といかないまでも、出来るだけ排除したい。その上で石油を発掘するつもりでいるわけだ。つまり、これは巨額のオイルダラーが絡んだ陰謀なんだ」

そう言うと、ロベルトは、きっと唇を噛んだ。

「だけど、一つ分からないことがあります。サムソン神父を殺したのは十中八九オリオラですよね。何故、オリオラがサムソン神父を殺したのか……」

「そこのところが知りたくて、僕はオリオラの家族に会いに行ってたんだ。オリオラは魔術師なんかじゃない。家に十字架も飾られていた。僕はオリオラがあの家族を放っておいて失踪《しっそう》するとは思えない。きっと今ごろ、どうしたものかと途方にくれながら近くに潜んでいるに違いない。そこで僕は渡航費としてもってきたお金を全額、オリオラの家族に渡してきた。大した金額ではないけれど、ここの物価ならば十人家族が十年は食べていくのに困らない金額だ。それで家族にオリオラに、僕にサムソン神父を殺してしまった理由を教えて欲しい、教えてくれたなら、あと同じ金額を家族に見舞金として渡すし、もしかしたら裁判での刑を軽くできる手伝いが出来るかもしれないと、伝えて欲しいと言ってきたんだ。僕の予想ではオリオラは家族と密《ひそ》かに連絡を取り合っているはずだ。そう間をおかず僕を訪ねてくることだろう」

「成る程。やはり貴方《あなた》はロベルトだ。手際が良いですね」

「まあ、それだけが僕の取り柄だからね。ともかく、ジュリア司祭に僕と居所《シェル》を分けて欲しいと言うときには、君はなるだけ彼らになびいているように見せかけてくれ給え。勿論、猿のことは内緒だよ。猿の研究は君に一任するさ」

「ええ、貴方の言っていることはよく理解出来ました。今日の夕食後にでも、ジュリア司祭に部屋分けをしてくれるようにと頼みます。でも……本当に貴方一人で大丈夫なんですか？」

「大丈夫だ。抜かりはないよ。心配せずとも僕は死にはしないから。ヨハネの詩も真っ赤なねつ造品だしね」

そういうとロベルトはウインクしたのであった。

2

平賀の目の前に、いきなりマイクが突き出された。

「ヨハネ・ジョーダンが聖人でないのならば、何故、死体が腐らないか理由を説明出来ますか？」

平賀は最初、彼らが何を言っているのか分からず戸惑っていたが、ロベルトが脇に付き添って、通訳をした。そして平賀はロベルトを介して司会者と喋《しゃべ》ることになった。

眩《まぶ》しいライトが平賀に向けられる。

「ヒントはサムソン神父の家に吊《つる》されていた猿の死骸《しがい》にありました。ロベルト神父からそれを研究するようにと言われた私は、猿の死骸の解剖に取りかかったんです。そしてすぐあることに気付きました。切開したさいに、普通であれば凝固しているはずの血液が凝固しておらず、その上、切開メスにねっとりとまとわりついたのです」

平賀は、猿を切開した時に、メスにまとわりついて糸を引いていた血液の状態を思い出しながら答えた。

「一体、それはなんだったのです？」

「成分分析器で調べたところ、その血液とおぼしき成分の分子構造は、ポリイソプレンと非常に良く似ていました」

「ポリイソプレンとはなんなのですか？」

「簡単にいってしまえば、生ゴムの成分です」

「血液が生ゴムになっていたということですか？」

司会者は驚いた顔で訊《たず》ねた。

「そういうことです」

「それはどうやって？」

質問がたたみかけられる。

「何故だか私にも謎でした。そこで猿の血液を電子顕微鏡で調べてみたのです。すると見たことのない謎の微生物が確認できました。微粒子の形はバクテリアには似てましたが、その大きさは五十分の一と非常に小さく、しかも猿の血液中で活性しているように見えたのです。そこで私は、その微生物が活性化している部分の猿の血液と自分の血液を混合し、観察してみることにしました。すると一日も経つと混合した血液が全てポリイソプレン化していたのです」

平賀は、猿の血液を少量入れたシャーレに、注射器で抜き取った自分の血液を二百cc注入した。その後、一時間おきに様子を見てみた。時間がたつにつれ、血液はピンセットでかき回すと、粘液状に変化していくことが見て取れた。

電子顕微鏡で観察すると、謎の微生物が活発に動き回り、増殖しているのがわかった。

そうして、十分に血液が変化した状態になってから、血液を成分分析器にかけたのであった。

「微生物が血液を生ゴムにしてしまったと仰《おつしや》るのですね。そんなことが可能なのでしょうか？」

司会者は怪訝《けげん》な顔で訊ねてきた。

平賀は深く頷《うなず》いた。

「実際、それが現実に起こったのです。この世にはまだ未発見な驚異的な力を持った微生物が沢山存在している可能性があります。例えば、マサチューセッツ大学では近年、驚くべき力を持った微生物が発見されました。その微生物は、ほとんどの生命体が生き延びられないような環境で繁殖するために『極限環境微生物』と呼ばれているのですが、その原始的な微生物は、溶解した状態の金を固体の金に変えるという芸当をやってのけるのです」

ほうっ、と司会者は驚いた顔をした。

「微生物が行う不思議な業として、我々が良く知っているものに、発酵という現象があります。微生物の作用によって有機物が分解され、より単純な物質に変化する反応のうち、無酸素的に行われるものをさしたのが、発酵の最初の定義でしたが、最近では酸素の存在下で進行する反応も発酵とよばれることがあります。しかし、この定義に当てはまる反応をすべて発酵とよぶわけではありません。有害な反応である腐敗は除外して、特にその作用が人間にとって有用である場合を発酵とよんでいます。その定義にのっとれば、ヨハネ・ジョーダンの体を腐らせないこの未知の微生物は発酵をしているといっても過言ではありません。結果的にヨハネ・ジョーダンは死にいたったわけですが……」

ヨハネが猿と同様、酷《ひど》い肝硬変を起こしていたのは、血液中に生じたポリイソプレンを毒物とみなし、肝臓が分解しようと足掻《あが》いた証拠であろう。

それにしても、いくら罪人とはいえ、人体実験のようなことをされて、生きながら腐ることのない死体へと変化していったヨハネは、さぞや苦しかったであろう。

平賀はその時の苦しみを想像して、ヨハネの死を悼んだ。

「すいません。素人にはよく分かりにくいので、発酵のメカニズムとは、どういうものかを説明していただけませんか？」

司会者には感傷がない様子だ。てきぱきと質問してくる。

平賀は、分かりやすい例を挙げようと頭を回転させた。

「そうですね……代表的なものは、酵母の作用によって糖からアルコールと炭酸ガスが生じるアルコール発酵があります。つまり微生物が炭水化物から生じた糖分を食べて、排出物としてアルコールを出すという仕組みですね。それと同じように、発見した微生物は人の体液を食べて、ポリイソプレンに似た物質を排出していたわけです。その結果、ヨハネ・ジョーダンの体液が全てゴム化してしまったと考えられます。これは異常なことではありません。生物がゴムを生じさせるのは、よくある現象です。例えば天然樹脂は、植物の生理的、または病的な代謝成分としての分泌成分で、ゴムの木や松ヤニはそういったものです。また天然セラックなどはラックカイガラムシの分泌成分から得られる樹脂なのです」

司会者は、ほほうと、大袈裟《おおげさ》なジェスチャーをした。それから、こほりと咳《せき》をし、声を整えた様子で、「微生物によって体液がゴムになれば腐らない仕組みとはどういうようなものなのでしょう?」と、訊ねてきた。

「単純に言えば、生物が腐るのはそこに水分が含まれているからです。水分さえ含まれていなければ、例えば干物のように腐らないわけです。その原理を応用して考案されたのが、フォン・ハーゲンス博士による『プラスティネーション』の技術です。これは、死体防腐処理と同じように、剛性や柔軟性を自由に決められるポリマー樹脂に体液を置き換えることによって、死体を腐敗させずに死亡直後の状態を維持する方法です。つまり血などの体液を抜き取って、樹脂を注入するわけですね。ヨハネ・ジョーダンの場合は人工によるものではなく、微生物の力によって『プラスティネーション』と同じ処理が行われたのです。しかも彼は死後硬直前に血液をゴムに置き換えられていたので、体の柔軟性を保っていることができたのです」

自由自在に関節の動く死体。それは液状の樹脂によるものであった。樹脂はある一定温度以下になると固形化、あるいはプラスチック化するのだが、この熱帯では液状のまま保たれるのである。

「成る程、ではヨハネ・ジョーダンは微生物に感染させられた結果、体液をゴム化させられ腐らない死体となったというわけですね。その方法とは？」

ヨハネの手足に刻まれた聖痕《せいこん》が平賀の脳裏にフラッシュバックする。

十字架の浮き彫りのような、あの聖痕……。

「ええ、感染させた方法は多分、血液感染です。ヨハネ・ジョーダンの遺体の掌《てのひら》と両足の裏についている聖痕は人為的なものと言わざるを得ないでしょう。……おそらくジュリア司祭によって、微生物に感染した猿の血液を傷口に塗られたものとしか思えません。そうしてこの微生物は殆《ほとん》ど人には直接感染しないのでしょう。その為、何度もヨハネ・ジョーダンは手足を切開され、菌に対抗する為に集まった白血球によって、不可思議な浮き上がった聖痕が生じたのです。これはいうなれば種痘の痕《あと》の肉の盛り上がりと同じような現象だと思われます。菌を弱体化させないところを除けば、ワクチンを打つのと似ていますね」

司会者は分かっているのかいないのか、ただ、こくこくと頷いて聞いていた。

「一つ疑問なんですが、ヨハネ・ジョーダンは自分の手足を切開されて、猿の血を塗られるなどという野蛮というか……猟奇的な行為を何故、許していたんでしょうか？」

平賀は教会の医務室の薬棚に並んでいた麻酔薬や咳止めに使われているだろうコディン系のアンプルを思い浮かべた。コディンは多量に用いると麻薬として効く薬品である。

「今はまだ私の推測ですが……。おそらく、それらの行為はヨハネ・ジョーダンが正気の時になされた物ではないのでしょう。麻酔や麻薬などを注射して、彼の意識が渾沌《こんとん》状態にある時に行われた可能性が高いと思われます」

「成る程、非常に納得しました。しかし、何故、キッド氏は、ヨハネ・ジョーダンを大預言者に祭り上げた挙げ句、腐らない死体にしなければならなかったんでしょうね？」

司会者の問いに、ロベルトがマイクの前に立った。

「それは僕が答えましょう。その前に大事な証人がいますので、呼びますね」

ロベルトが大きな声でオリオラの名を呼んだ。

暗闇の中からオリオラが現れた。

オリオラは人々に向かって口を開いた。ロベルトがそれを通訳した。

「サムソン神父を殺したのは、あっしに間違いありやせん」

オリオラの大胆な告白に、人々は驚いた声を上げた。

「貴方《あなた》は何故、サムソン神父を殺したのですか？」

司会者が訊ねる。

するとオリオラは、ひったてられて手錠をかけられ、地面に突っ伏しているキッドの方を少し気にした様子で頭をかいていた。

「それはサムソン神父が、魔術師で、そこにいらっしゃるロベルト神父を呪い殺そうとしていたからなんでさぁ」

「どういう事か具体的に話してもらえますか？」

オリオラは深く頷いた。

「あっしについて、世の中では良くない評判が立っていることは知っています。けど、あっしは決して魔術師なんぞじゃありません。キリスト様を崇拝しておりますだ。サムソン神父のことは元から嫌いでございやした。非常に偉そうに、あっしを顎《あご》で使っておりましたし、何より、あっしは以前にサムソン神父が魔術師の指輪を教会に嵌《は》めてきて、慌ててそれを外しているところを見たことがあるんでさ。だから、怪しい男だなと思っておりやした。そんな時に、バチカンから御使者の二人が来られたんですよ。お二人に、神父方が、あっしのことを魔術師だとか言っていることも重々承知でした。なにしろお二人のベッドの上には魔除《まよ》けが吊《つる》されてあったりしてましたのでね。あっしはシンシンの祭りの日になることからも、サムソン神父が何かお二人に仕掛けやしないかと感じておりやした」

「つまり貴方は、魔術師であるサムソン神父が二人に危害を加えるのではと初めから推測されていたわけですね」

「そういう訳です。案の定、こちらに来てからすぐにロベルト神父が倒れてしまわれやした。あっしはやっぱりサムソン神父が何かしたに違いないと思ったんです。そこで折があればサムソン神父の行動に注意するようにしておりやした」

「成る程、それで何があったのです？」

「シンシンの祭りの初日でした。あっしは調理の仕込みを終えて、少しぶらりとしておりやした、夜でございやす。ロベルト神父の部屋からサムソン神父が辺りの気配を窺《うかが》いながら、妙な様子で出てきたんです。サムソン神父は家に帰ったはずなのにおかしいなと思いやした」

「それはロベルト神父から先に伺っていますが、神父が蛇に噛《か》まれた夜のことですね」

「そうでございやす。あっしは怪しい様子のサムソン神父を窺っておりやした。よく見てみると十字架もかけていませんでしたし、なにより魔術師の指輪をしておりやした。そこでサムソン神父がまた何かしでかすに違いないと思い、あとをつけてみたのです」

「サムソン神父は何をしていたのです？」

「あとをつけていくと、サムソン神父は森の深くの洞窟《どうくつ》の中に入りました。あっしも少し距離をおいて足音を忍ばせ、ついていきました。そうして岩陰で見守っていると、サムソン神父がクンカバを祀《まつ》った祭壇に跪《ひざまず》き、ロベルト神父が死ぬようにと祈りだしたんでさぁ。あっしは、今度こそロベルト神父のお命が危ないと思いやした。それで、丁度、いつも腰から下げている包丁を持ってサムソン神父の背後から近づいたのです」

「それでサムソン神父を斬りつけたのですね？」

「ええ、そうです。獣を捌《さば》く要領と同じです。首の頸動脈《けいどうみやく》目がけて包丁を振り下ろしました。サムソン神父の首からは沢山の血が噴き出て、体を押さえ込むと、あっという間にぐったりしやした」

「しかし、何故、貴方はその後、サムソン神父の首を切り落としたり、腹に生贄《いけにえ》の印を刻むなどしたのですか？」

オリオラは唇を噛みしめた。

「全てはジュリア様の為でございやした……ジュリア様は、あっしの子供が病気で死にかけていた時に助けて下さいました。それだけでなく、働き口もなくて困っていたあっしを雇って下さいました。そのお陰で、あっしら家族は生きていくことが出来ました。ジュリア様の御慈悲あってこその、あっしです。あの方は、あっしにとって神にも等しいおかた。そのジュリア様が困ったお立場になることがないようにしたかったのです」

「というと？」

「この教会で、ジュリア様の次に並ぶサムソン神父が、魔術師だったなどということが分かれば、教会の名誉やジュリア様の名誉に傷が付くと思ったのです。それで、あっしはどうしたらいいか考えやした。クンカバの祭壇を処理するのも、サムソン神父のような大男の体を、あっしがどっかに運んでいくことにも無理がありやす。それで、あっしが考えたのは、クンカバの祭壇を利用して、サムソン神父が生贄にされたように見せかけたらどうかというもんでやした」

「つまり、サムソン神父を単なるシンシンの祭りの日の被害者のように見せかけるため、首を切り落として、腹に印を刻んだわけですね」

「その通りでやす。それで、あっしがサムソン神父の指から指輪を抜き取ろうとしていたところに、人の声が聞こえて近づいてまいりやした。焦りやした。仕方がなく指輪のことは諦《あきら》めて、洞窟の外に逃げ出したんでやすよ」

オリオラは深く項垂《うなだ》れた。

その時、キッドが足掻《あが》きながら叫んだ。

「違うんだ！　全てはジュリア司祭の差し金だ。ヨハネを催眠状態にしておいて、いろいろと預言するように洗脳したのも、列聖の件だって、彼の提案だったんだ。ジュリアはグリバンジ達の魔術師長をしていて、その代を僕に譲った。ジュリアに命じられて僕はロベルト神父を殺さなければならなかったんだ！」

3

「ジュリア司祭が？　まさか嘘でしょう？」

平賀が呆然《ぼうぜん》とした顔をした。

「すぐに司祭室に行って事情を聴きましょう」

ビルが教会に向かって駆け出した。ロベルトと平賀はその後を追いかけた。

薔薇《ばら》窓の廊下を通り、礼拝堂を通り過ぎる。礼拝堂の裏にある司祭室についたとき、司祭室の扉は開けっ放しになっていた。

「ジュリア司祭、入らせて貰《もら》います。ロベルトと平賀です」

ロベルトが大声で告知し、平賀とビルとともに中に入った。

司祭室は無人だった。

すぐに平賀が叫んだ。

「ジュリア司祭の居所《シエル》の扉が開いています」

三人はすぐさま、ジュリア司祭の居所《シエル》の中に飛び込んだ。

血…………。血…………。血…………。血…………。

居所《シエル》の床といわず、壁といわず、夥《おびただ》しい血が飛び散っていた。壁にべったりとついた血の手形が幾つもあった。

「なんてことだ。一体、何があったんだ……？」

ロベルトは思わず呟《つぶや》いた。

平賀は、つっ立っている。

けたたましい足音をたてて、部屋中を歩いていたビル捜査官が、ベッドの下に蹲《うずくま》った。

「殺人だ……」

「殺人？　まさか……」

平賀は瘧《おこり》のように震えたかと思うと、蹲ってベッドの下を覗《のぞ》いているビルに駆け寄った。

そして自らもベッドの下を覗き込んだ。

「……ジュリア司祭………」

平賀の掠《かす》れた声が聞こえた。

ロベルトは二人の間に割って入った。ベッドの下を覗き込んでみる。確かに人が横たわっていた。血に塗《まみ》れた司祭服。見事なプラチナブロンドがかいま見えた。

「どういうことだ。キッドはジュリア司祭に命じられてやったといっていたが……」

「そんなことは嘘に決まっています。現にジュリア司祭はこうして殺されています」

平賀が涙で目をうるませながら首を振った。

「誰がジュリア司祭を殺したんだ。キッド・ゴールドマンか？」

ビルが首を傾げた。

「ジュリア司祭が黒幕だと告白して、すぐにジュリア司祭の死体が見付かるなんて、そんな見え透いた殺人をするだろうか？」

ロベルトが返した。

「確かに妙だ……。僕の捜査官としての勘もそう言っている」

その時、ふとロベルトはベッドの下に見えているジュリア司祭の左手の人差し指の異変に気付いた。

「これは……ジュリア司祭じゃない……」

「何故、そう断言するのです？　ここからでは、顔も確認できないのに」

ビルが怪訝《けげん》そうに訊《たず》ねた。

「ジュリア司祭の左手の人差し指には、指輪痩《や》せの痕《あと》があったんだよ」

「どういう意味です？　ジュリア司祭は左手の人差し指に指輪を常時していたと？」

「僕たちが見ている間はしていなかった。しかし、他の時はしていたに違いない。確かにジュリア司祭の左手の人差し指には指輪痩せの痕があったんだ」

「つまり、ジュリア司祭は神父として公の場に出ているとき以外は、人差し指に指輪をしていたと？　まるでバズーナ教の魔術師のように？」

ビルの問いにロベルトは頷《うなず》いた。

「まさか、ロベルト、貴方《あなた》の勘違いじゃありませんか？」

平賀は信じられない顔で言った。

「いいや、勘違いじゃないね。確かだ。もしジュリア司祭が魔術師であったとすれば、キッドの言った事も当てはまる」

「……そんな……」

平賀は信じたくない様子であった。

「すぐに本人確認を取りましょう」

ビルが無線機を取りだし、スタッフ達と連絡を取り始めた。

作業が始まったのはそれから三時間後であった。

FBIのスタッフ達によって、入念に現場写真が撮られ、そして指紋採取などが行われていく。そうしていよいよベッドが五人がかりで慎重に移動させられた。

ベッドの下にあった死体が姿を現す。

波打つブロンド、見開かれたエメラルドグリーンの瞳《ひとみ》、その顔はジュリア司祭のものに間違いなかった。

「ジュリア司祭です……。やっぱりジュリア司祭です……」

平賀はどこか安心したような声で呟いた。

ロベルトは死体をじっと眺めた。死体はロベルト達から見て、すこし左側に弓なりにそり、服は死体をベッドの下に押し入れたことを表すように、司祭服の裾《すそ》やズボンが右側になびいていた。

血痕《けっこん》も右側に夥しく、左側にはなかった。

「犯人はやはりキッドか……。キッド・ゴールドマンが自分の正体に気づいたジュリア司祭を殺し、ロベルト神父を殺した後で、証拠を隠滅しようと狙っていた……。筋としては通らなくもない……」

ビルは呟いた。

「平賀、君はどう思う？　この現場からどうやってジュリア司祭が殺されたか推測できるかい？」

ロベルトは平賀に尋ねた。

「神父様、それは僕達の仕事で……」

言いかけたビルに、ロベルトは、しっと黙るように合図した。

既に平賀は部屋中を見渡して、何か考え事に熱中している様子であったからだ。

「ジュリア司祭は殺害される時に酷《ひど》く抵抗した……。掌《てのひら》にナイフで切られた防御創がいくつもついているのがその証拠です。しかし、その時、ジュリア司祭はすでに刺されていた。足下が蹌踉《よろ》めいていたのです、壁についた手の跡が、上下に激しくぶれているのがその証拠だ。司祭は刺された箇所を庇《かば》いながら、よろめいて壁にもたれかかりつつ、逃げ回った……」

平賀の視線は壁についた手形と、床の流血のあとを交互に追っていた。平賀はまるでその時のジュリア司祭になったかのように、ふらつきながら部屋の中を歩き回り、ジュリア司祭がどんな姿勢で、どう逃げたかを再現していた。

そうしてある時、ぴたりと動きを止めた。

「私が思うに、ジュリア司祭が刺された最初の場所は、あそこです」

平賀がアンティークのソファに近づいていく。その時、平賀の足下で、きーっと軋《きし》んだ音が鳴った。

「今のは何だい？」

「ジュリア司祭が、床が傷んだので修理している箇所だと言っていましたが……」

「そうかもしれない。だが……」

ロベルトは平賀の足下にかけより、床を叩《たた》いた。その周囲五十センチ角の四角い範囲だけは他の場所と違う音を立てている。

「ここを調べるべきだ」

ロベルトの言葉に、ビルは頷いた。

ソファが取り除かれ、カーペットが捲《めく》られる。大理石の床の一部が木になっていた。その形状は、明らかに戸口である。一部に指がするりと入る窪《くぼ》みがある。ロベルトはその窪みに手をかけ、引いてみた。ぎっと、音がして木の扉が開いた。下へと続く階段が現れる。

「隠し部屋ですね……」

ビル捜査官が緊張した声で呟いた。

階段は長かった。おそらくゆうに地下八メートルまで下りたであろう。細い通路が現れ、そこを歩いていくと、いきなり空間が広がった。

部屋があった。豪華な調度品が幾つも置かれている。

部屋の天井からはシャンデリアがぶら下がり、灯《あか》りが灯《とも》っていた。

ロベルトはそれらを見渡して確認した。

「どの調度品も、十三世紀から十五世紀のフランス・パリで作られた品物ですね」

「どうして分かるんです？」

ビルが訊ねてきた。

「美術骨董品《こっとうひん》を眺めるのが僕の趣味ですので」

部屋の中央には小さな食卓がある。そこに近づいていった平賀が、ロベルトを呼んだ。

「ロベルト、これを見て下さい」

ロベルトとビルは、平賀のほうに向かった。

平賀が目を落としているのは、食卓の上に置かれた銀のティーセットであった。同じ型のティーセットが二つ置かれている。それはつい先程まで飲まれていた事を示すように、コップの底に僅《わず》かにお茶が残っていた。

平賀はその匂いをかいだ。

「ジュリア司祭のお気に入りのハーブティーの匂いです」

ロベルトは頷いた。

「ジュリア司祭はここにいた。それは確かなようだが、もう一人、ティーを飲んでいた人物がいたようだ。それが誰かだね……」

ロベルトはハンカチを取りだして、ティーカップの柄を指紋を付けたり消したりしないように気遣ってハンカチで包み込み、カップを持ち上げてしげしげと眺めまわした。

そしてカップの底に刻まれた紋章を見て息を呑《の》んだ。

盾の形にドラゴンと大釜《おおがま》。バルボアナ家の家紋である。

「……なんてことだ。バルボアナ家の紋章じゃないか……。もしかしてジュリア司祭はバルボアナ家に連なる者なのか？」

「バルボアナ家？　なんのことです？」

ビルがロベルトと平賀の顔を交互に見た。

「バルボアナ家は中世フランス貴族の名門で……」

ロベルトがそう言うと、平賀が後を続けた。

「錬金術によって鉛を金に変えると信じられていた一族です。バルボアナ家はバチカンとも関係が深く、その家系からは枢機卿《すうききよう》や法王なども出ています」

ビルは目をしばしばと瞬いた。

ロベルトは静かにカップを元の場所に戻すと、部屋の突き当たりにある扉を開いた。

第二の部屋が現れた。

見たところそれは寝室のようであったが、ティーカップと同じように二組のベッドが並んでおかれている。その一方のベッドの脇に、ブロック玩具《がんぐ》がつまれ、オモチャの町が築かれていた。

「この地下室にジュリア司祭以外の人間がいたことはいよいよ明白だね。ジュリア司祭以外の人間が、このオモチャの町を作ったんだ」

ロベルトはオモチャの町の脇に座り込み、じっくりとそれを眺めた。

「ブロックの組み立て方は幼稚だな。十歳やそこらの子供が作ったかのようだ」

「じゃあ、ジュリア司祭の他に子供がここに住んでいたと？」

ビルの問いにロベルトは首を振った。

「ブロック遊びをしていたのは成人です。ブロックについている手形が、子供にしては大きすぎる」

平賀が言った。

「考えられる事は、ジュリア司祭はここで、知的障害を持った成人と暮らしていたということです」

「一体、何故？」

ビルが不思議そうに肩をすくめた。

「さぁ、それは分かりません」

ロベルトはそういうと第三の部屋へと続く扉を開けた。

そして部屋の中を見た三人は恐怖で凍り付いた。

その部屋は天井も壁も真っ黒な部屋である。一際不気味なのは、部屋の壁一面が棚になっていて、そこに様々な動物や人間のものと思われる心臓が液体の入ったビンにつけられて並べられているのであった。

「なんなんだ、この部屋は……」

ビルは余りの異様な光景に目を見張りながら言った。

「どうやらここの住人は心臓収集家だったようですね」

ロベルトが答えた。

「あの台はなんでしょう？」

平賀が半透明のカーテンの向こうに見えているベッドのような台を指さした。

三人はそこに向かって歩いていき、カーテンを静かに開けた。

真っ黒な鉄のベッドだった。ベッドの枕元には、十字架が逆さにかけられ、ベッド自体の中央部には悪魔の印である逆五芒星《ぎゃくごぼうせい》が大きく描かれていた。魔法陣らしき模様も、それを取り巻いて確認できる。

ベッドに横たわった者の手足を拘束する金具がついていた。そうして、黒いベッドの脇の壁には、古い物から新しい物まで、手術用具や怪しげな薬品の類《たぐい》が並んでいた。

ロベルトは魔法陣の一番外側の円に沿って並んでいるラテン語を読んだ。

『私の心臓を取りだし、主なる者の心臓をこの体に受け入れよう』…………。これは、十二世紀頃に暗躍したと言われる幻の秘密結社、ガルドウネの祈禱《きとう》文だ……。まさか今でも存在していただなんて……」

ロベルトの言葉に、平賀とビルは絶句した。

「ガルドウネとは何なんです？」

ビル捜査官が訊《たず》ねた。

「サタンの持つ知恵を会得しようとする人々が集まって作った秘密結社ですよ。不老不死、そして鉛から金を作る方法。そうしたものを追究していた。彼らは人間の心が宿るとされる心臓をサタンに捧《ささ》げることで、それらの黒魔術を行っていたとされていたんだ」

「心臓をサタンに捧げる秘密結社……」

ビル捜査官は呆然《ぼうぜん》としていた。

「被験者をこの台に寝かせて拘束し、様々な黒魔術的医療行為をしたに違いない」

この時、平賀が何か気付いたらしくベッドの脚の部分にしゃがみ込んだ。平賀はポケットからピンセットを取りだし、直径一・五センチほどの細長い組織を床から摘《つ》まみ上げていた。そして、それをじっと観察している。

「それは何なんだい？」

問いかけたロベルトに平賀が、硬い表情で答えた。

「おそらく臍《へそ》の緒の一部かと……傷み具合から言って二週間ほど前のものです」

「エイミー・ボネスの死亡推定日と一致する。それにエイミーの両手首と足首の骨には、ひどい炎症の痕《あと》があった。長期間、手足を拘束されていた証拠だ」

ビル捜査官が言った。

「恐らくエイミー・ボネスはこの台に拘束されていたのでしょう。そして妊娠し、臨月になって赤ん坊を、子宮ごと腹から取り出された。恐らく死亡したのはその時で、その後、心臓を取り出され、死体は発見現場に運ばれたに違いない。この部屋に残されている血痕《けっこん》や指紋を探ればエイミーのものが出てくるはずです」

平賀の言葉にビルは頷《うなず》いた。

「やはりジュリア司祭は、黒魔術師だったんですね……」

平賀が肩を落とした様子で言った。

「ああ、それもバルボアナ家の末裔《まつえい》でガルドウネの一員かもしれない」

ロベルトは溜《た》め息を吐いた。

「それにしても、ジュリア司祭といた人物とは誰で、何処にいってしまったんでしょう？」

「それは謎だが、ともかく僕たちの調査はこれで一件落着だ」

ロベルトは、平賀の肩に手を置いた。

エピローグ　神は義人を裁かず

　バチカンに戻った二人には試練が待ちかまえていた。ＦＢＩなどを介入させた奇跡調査が妥当なものであったかどうかを疑問視する声が上がっていたからである。

　中には、カソリックの汚点を世に晒《さら》した悪行だと声高に不快感を表明する宗派もあった。

　今日は、バチカンの奥の間で、法王と枢機卿達が集まって、事の処分を決める会議をしているはずである。

　平賀は朝の身支度を済ませ、衣服を着た。そしていつもの道を教会へと歩いていった。

　気温は適温で、心地よい風が吹いていた。

　太陽の明るい輝きの中で、町は不思議なほど平和に満ちていた。

　大聖堂に入る前に、サンピエトロ広場がある。相変わらず多くの巡礼者や観光客が集まっているこの広場は、「バチカンを訪れる巡礼者を両手で包み込むように」「子供を迎え入れる母のイメージで」と、ジャン・ロレンツォ・ベルニーニが設計したものだ。

　楕円《だえん》形の空間が三七二柱の柱廊で取り囲まれ、その柱廊の上には百十人の聖人の像が立っていて、様々な姿でここを訪れるものを出迎える。

　広場内部には、オベリスクを中心に、その左右に永遠の命、生きた水源のキリストを表した噴水があり、その間に、柱廊の中心（チェントロ・デル・コロンナート）と書かれた二枚の小さな印がある。

その上に立って、四列からなる柱廊を見ると、見事に柱が重なって一本に見えるのである。そこに観光客が代わる代わる乗っては、カメラで写真を撮っている姿がみかけられた。

祈りの声、観光客のはしゃぎ声。そこを規則正しい足音で二列になって行進していくスイス兵たちがいる。黄色に青の縞《しま》模様の服。黒い帽子には赤い羽根飾りがついている。ミケランジェロがデザインしたと言われる華麗な制服だ。

平賀がそれらのものを見ながら歩いていく度に、足下に群れている鳩が、飛び立っていくのだった。

平賀はバチカンの中枢と言えるサンピエトロ大聖堂に入っていった。

ここは世界中のカソリック教徒の憧《あこが》れの場所であり、一生に一度は巡礼したいと願う聖所である。

目も眩《くら》むような壮麗な祭壇の中心は、聖者の銅像に取り巻かれたベルニーニ作の「聖ペテロの玉座」だ。玉座の背後からは、黄金の浮き彫りが入道雲のように湧き上がり、天上で主を祝福する天使達の舞い飛ぶ姿が表現されていた。

浮き彫りの最上部中心にあるステンドグラスには、聖霊を象徴する金色の鳩が描かれ、そこからもれだす幾筋もの金色の光が、聖堂中に溢《あふ》れている。

その前で跪《ひざまず》いて祈っているロベルトの姿が見えた。平賀はロベルトの背後にそっと近づき、声をかけた。

「横で祈ってもいいですか？」

ロベルトは口ずさんでいた祈りの言葉を止めて、平賀を振り返った。

「平賀か、かまわないよ。一緒に祈ってくれ給え」

平賀はロベルトの脇に跪くと、共に祈りの言葉を主に捧げた。

二人は祈り終えると、長椅子に腰を掛けた。

「平賀、今回のことでは君を巻き込んでしまって、本当に済まないと思っているよ」

ロベルトが真剣な眼差《まなざ》しで平賀を見詰めた。

「なにを言うんです。私は少しも巻き込まれただなんて思ってはいませんよ」

「そう言ってくれると気分が楽になる」

「本当のことです。私に済まないなどと思わないで下さい。それにしても今回のことはショックでした。私はジュリア司祭を立派な方だと思っていたのに。彼は『シュワイツァーの様に生きたい』と語っていたのですよ。その時の瞳《ひとみ》には嘘がないように見えました。なのに何故、あんな風になってしまったのか……」

平賀は落胆して、頭を振りながら呟《つぶや》いた。

「さあ、本当のところは何故だかは分からないね。その後、ビル捜査官から連絡がきてね、警察での尋問でキッドが徐々に話をし始めたということだ」

「彼らはなんと？」

「まずキッドに至っては簡単だ。彼は一種の預言者ゴロとでもいうやつでね。良く当たるという占い師や超能力者と呼ばれる人間にコバンザメのように寄生しながら転々としていた。丁度、適当な素材がいないかと探していたところ、ヨハネ・ジョーダンを見いだしたようだ。不思議な絵画を描く記憶のないカソリックの神父というだけで、これはいけるんじゃないかと考えたらしい。そうして会いに行ってみると、ヨハネは不思議な詩をびっしりと書き綴《つづ》っていた。キッドはそれを見て、ヨハネにはカリスマ性があると感じ、日頃から彼が磨いていた預言解釈のトリックを使って、ジェル石油からヨハネを大預言者に祭り上げたという。そのブームが大きくなっていった時、ジェル石油から秘密の相談を持ちかけられた。ヨハネにジンバフォで震災が起こると言わせれば、多大な報酬を渡すとね。キッドはその金に目が眩み、ヨハネになんとかジンバフォで大震災が起こると言わせたかったが、肝心のヨハネがそんなことをストレートに頼んでも聞き入れてくれるようなタイプじゃなかった。そんな時、ジュリア司祭が話を持ちかけてきたらしい。医薬品などを援助し、教会に多額の寄進をすれば、ヨハネ・ジョーダンの預言を本当にしてやろうということだった。そこでキッドはジェル石油が親となっているブレーネ福祉財団から教会への医療品援助と寄付をとりつけた。ジュリア司祭はこの話を受け、まず、ヨハネに預言をさせるには、暗示による方法が一番だろうと提案した。つまりヨハネを昏迷《こんめい》状態にしている間にジンバフォで震災が起こると、囁《ささや》き続ける方法を勧めたらしい。その暗示が効いてヨハネはジンバフォで震災が起こるといい始めた。そこまではキッドの計算通りだったのさ」

ロベルトはそういうと憂い顔で頬杖《ほおづえ》をついた。

「ただそれだけなら、困っている患者達にどうしても医薬品を供給したかったということで、ジュリア司祭の罪は軽いでしょうが、ヨハネを腐らない死体にする為に人体実験を行ったり、魔術師達を操って貴方《あなた》の命を狙ったりするなんて……。それになにより彼は黒魔術師だった。神職にあるものが黒魔術に傾倒するなんて、異常なことです。あってはなりません」

平賀がそう言うと、ロベルトは少し遠い目をした。

「いや、そんなことはないよ。僕が禁断の古書を読んで、日々、目にしているのはまさにそのような世界だ。人体実験とか死体の解剖などの行為は決して残虐性からだけ出てきたものじゃない。修道僧達は、いかにすれば神に近づけるかを真面目に追究した結果、神の創造物である人間の体と精神の研究にのめり込んでいったのさ。熱情的な信仰は、時に罪深いものになる。ジュリア司祭もそうではないのかな？　あの三冊の古書を読んで、人間の体の神秘を調べたいという知的欲求に激しく駆られたのかも知れない。だから、キッドに話を持ちかけられた時にも安易に応じたし、もともとジュリア司祭は、記憶も家族もないヨハネに対して元から人体実験を行う気であったのかもしれない。そうした人間がいかなる死に方をしようと、腐らぬ死体になろうと、家族などが現れて問題を起こすことはないだろうと踏んだんだ。僕はそういう気がしているよ。それにしてもジュリア司祭とバルボアナ家の関係が未《いま》だ不明だ。それに地下室にジュリア司祭と一緒に暮らしていた誰かの正体も分かっていない」

「もう一人の地下の住人の存在……。それは私も気にかかるところです。それにしてもロベルト、ヨハネが描いていた貴方に似た人物画は？」

平賀はふと思いついたので訊《たず》ねた。

ロベルトは深い溜《た》め息をついた。

「あれは僕ではないよ。母のナオミの顔を描こうとしたのだと思う。僕は母親似でね、くしくも描きかけの絵画だったので、僕のように見えただけさ。ヨハネは……記憶はなかったが、無意識下で母のことを忘れていなかったんだろう。それにしても、逃亡した挙げ句に、あんなところまで辿《たど》り着き、記憶をなくしていたなんて、どこでどんな生活を送ってきたのだか……。あの男らしいといえば、あの男らしいが……」

そういうと、ロベルトは暫《しばら》くの間、石像のように固まっていた。それから平賀を振り返って、真摯《しんし》な眼差しで彼を見詰めた。

「平賀、僕は知っての通り、妻殺しを犯した男の息子だ。僕には罪人の血が流れている。そんな僕のことを軽蔑《けいべつ》したかい？」

平賀は驚いて目を瞬かせた。

「まさかでしょう、ロベルト。ブローノと貴方は全くの別人です。人は肉の親と魂の親を持っています。貴方の肉の親は確かにブローノでしょうが、人の魂の親は、すべからく神なのです。貴方は神の子です。なにを自分を恥じる必要があるでしょうか」

「僕を嫌いにはならなかったのかい？」

「いいえ、ロベルト。私は貴方のことがますます好きになったぐらいです」

きっぱりと言い切った平賀の言葉に、ロベルトの表情から暗さがぬぐい去られた。

二人は感無量になり見つめ合った。その時、一人の神父が二人に近づいてきた。

神父は無表情に平賀とロベルトに近づき、こっそりと囁いた。

「審議委員会での結論が出たようです。サウロ大司教がそのことで貴方達をお呼びです」

いよいよ審判の時がきたらしい。平賀はごくりと唾《つば》をのんだ。ロベルトも硬い表情をした。

二人はバチカン宮殿内にある秘密の部署、『聖徒の座』へと向かった。

身分証明書代わりの磁気カードでその扉を開く。

『聖徒の座』は相変わらず静かで、各チームごとに集まり、ヒソヒソ話がされていた。

平賀とロベルトは部屋を突っ切り、二階へと続く階段に向かった。

急な螺旋《らせん》階段を上りきった二人は、各宗派の派閥責任者の部屋の前を通り過ぎ、緊張しながらサウロ大司教の部屋の前に立った。

ロベルトがドアをノックする。

「ロベルト・ニコラスと平賀・ヨゼフです。お呼びによってやって参りました」

「入り給え」

部屋の奥から、サウロ大司教の凄《すご》みのある声が聞こえてきた。

二人が部屋に入ると、サウロ大司教は眉間《みけん》に深い皺《しわ》を寄せ、厳《いか》めしい顔で座っていた。

その前におずおずと二人が立つ。

サウロ大司教の鋭い眼光がロベルトを見上げた。

「ロベルト神父、君は今回しでかしたことの意味が分かっているのかね？」

「重々、承知です」

「では、どう承知しているのか言ってみたまえ」

ロベルトは先生に怒られている学童のように縮こまった。

「はい、僕は絶対極秘ですすめられなければならない奇跡調査の実態を、公聴会などで発表し、しかもセント・カルメル教会の陰謀を暴露して、カソリックの名誉を汚してしまいました」

「その通りだ。それについてどう責任を取るつもりだね？」

「わ……分かりません。どうすればいいでしょうか？　神職を辞職すべきでしょうか？」

ロベルトが青い顔で言うので、平賀は思わず二人の中に割って入った。

「待って下さい。ロベルトは決して悪意でしたことではありません。ヨハネ・ジョーダンの預言に踊らされて土地を売っていくジンバフォの人々の不利益を考え、彼らが崇《あが》めるヨハネという偶像をたたきつぶす為に、そしてそれを大勢の人に知らしめるために公聴会を入れたのです。私はこの決断は正しかったと思います」

サウロ大司教は平賀を振り返った。

「本当に正しかったかね？　他に方法はなかったのだろうか？　よく考えたかね？　平賀

神父、今度のことに関しては君も同罪なのだよ」

「そっ……それは……」

平賀は俯《うつむ》いた。他に手段があるか、よく考えたかと言われれば自信がない。もしかして、もっとよく考えたならば他に方法もあったかもしれない。だが、とにかくあの時は緊急事態で、ああするしかないとロベルトに従ったのだ。

「やっぱり、ああするしかありませんでした」

平賀が答えると、サウロ大司教は仏頂面をした。

「サウロ大司教、平賀も同罪というのは理不尽です。一般の人々を無理矢理入れようと提案したのは僕です。どうか僕の辞職で許していただけないでしょうか？」

ロベルトが必死の表情で言った。

「いえ、ロベルト神父が辞職するというのならば、私も辞職が妥当です」

「何を言うんだ平賀、君まで僕の罪を背負うことはないんだ」

冷や汗を流している二人を睨《にら》み付けていたサウロ大司教が、突然、大声をたてて笑い出した。

「全く、二人して辞職、辞職と仲のいいことだ。けれどこの問題は辞職ですむような問題ではないぞ」

「ではどうしたらいいのです？」

ロベルトが訊ねると、サウロ大司教は、はっと息を継いだ。

「『聖徒の座』にいて、今以上のご奉公を主にすることでしか許されはしまいな」

サウロ大司教の言葉に二人は顔を見合わせた。

「ということは、私達は辞職せずともいいのですか？」

「そういうことだ。たしかに今回の調査は掟《おきて》を外れていたし、バチカン内の秘密を漏洩《ろうえい》したことについては問題であった。さらにはカソリックへの信用を著しく汚したという声も上がっている。だが、その一方で、ソフマ共和国から大統領直々の礼状が届いている。それによると、ジンバフォ一帯に石油層が眠っていることを、最近になって共和国側も認知したが、油田を開発する為の国家予算を組むのに三年はかかるはずだったということだ。その一方、ジンバフォの土地がどんどん一つの業者に投げ売りされていく現状を見て、共和国側も異変を感じていたらしい。そこで最近は、公安を動かして探らせていたのだが、ヨハネの信者やセント・カルメル教会に対してどのような手段を用いればいいのか途方に暮れていたということだ。しかし、君達がヨハネの預言のカラクリや陰謀を暴露してくれたお陰で、ジンバフォの住民は土地の投げ売りを止めたし、ソフマ共和国は近々、ジェル石油相手に詐欺容疑で裁判を起こす予定だという。おそらくはソフマ共和国側が勝利を収めるだろう。そこで猊下《げいか》と、その使いである二人の神父方には、厚く御礼を申し上げるということだった」

「嗚呼《ああ》……。それはよかった」

平賀が思わず言うと、サウロ大司教は苦笑いをした。

「確かによかったが、ヨハネの預言のカラクリと陰謀を暴露した公聴会は、今度、国際ニュースで大々的に流される予定だそうだ。これがどんな波紋を、カソリックにもたらすかはまだ未知数だ」

「そんな……とんでもない騒ぎに……」

ロベルトが上擦った声で言った。

「そうだ。とんでもない騒ぎだよ。全く大変なことをしでかしてくれたものだ。それにそんなことになったら、君達の顔と名前が世界中に売れてしまう。そうすると今後の奇跡調査の時、手強《てごわ》い敵がきたと、相手側も用心してかかってくるだろう。非常にやりづらくなる。だから、バチカンから圧力をかけて、君達の顔や名前は公表させないようにした。だが、ロベルト神父。君はもう大丈夫なのかね？　その……君の父親のことだが……」

サウロ大司教は、少し気遣ったように言葉を濁らせた。

「僕は大丈夫です。世界中の誰が僕に対して悪評をたてようと、僕を信じてくれる友がいますから。それより、僕のような神父を抱えているバチカンに対する風評は大丈夫なのでしょうか？」

サウロ大司教はロベルトの問いに目を閉じ、瞑想《めいそう》するようにゆったりと椅子にもたれた。

「過去に傷を持つ神父は大勢いる。罪を犯したとしてもそれを悔い改め、キリストを信じる心を持つのならば、何故、教会がそれをはねつけることが出来るだろうか。キリストは人々がマグダラのマリアを石で打ち殺そうとしたときに、身を盾にして言われた。『この中で生まれてきて一度も過ちを犯したことのない人だけが彼女を石でうつがよい』と。すると人々は石で打つことが出来ずに帰っていった。ましてや君は罪を犯したわけではない。ただ、罪人の子に生まれただけだ。それを石で打とうという人間がいるならば、教会は、主であるキリストにならって言うだろう。『この中で生まれてきて一度も過ちを犯したことのない人だけが彼を石でうつがよい』と。そう言われて石を投げる人がいるだろうか？いみじくも君達のことで審議が交わされている席で、最後に君たちの処分を訊《たず》ねられた猊下はこう答えられたと言われる。『神は義人を裁かず。よって私にはこの二人を裁くことはできない』とね」

サウロ大司教の言葉に、ロベルトはぶるりと震えた。

「なんという有り難いお言葉でしょう」

サウロ大司教はゆっくりと頷《うなず》いた。

「ロベルト神父、二人からの報告書に目を通していたのだが、君の報告書によると、父の霊がサタンとなって君にまとわりついていた様子だね。どうだね、サタンの姿は君の前から消えたかね？」

「どうなんでしょう？　今はあまり感じていませんが……。ただ心の中に恐怖があります。あの男の子供である私にも、凶悪な、人を殺してしまうような汚い血が流れていて、いつかなにかの大罪を犯してしまうのではないかと……」

「悪魔を恐れる心にこそ、悪魔はつけいってくる。つけいられる前に奴らを追い払わねばならない」

「確かにそうですね」

ロベルトは頷き、一つ気になることを訊ねた。

「ジュリア司祭のことですが、どうにも彼の素性が気になるのです。調べてみたいと思うのですが……」

するとサウロ大司教はごほんと大きな咳《せき》をした。

「そのことはもう忘れたまえ」

「どうしてですか？　サウロ大司教は気にならないのですか？」

「とにかく今回の一件は終わりだ。君達は余計なことを考えないようにして、通常の任務に戻り給え」

「分かりました……」

ロベルトは釈然としないまま返事をした。


その日、ロベルトと平賀は、今回の一件が無罪放免になったことを祝って、ロベルトの家で晩餐《ばんさん》をしていた。

二杯目のワインを飲み、オマールエビの料理を食べていた時である。家の電話が鳴り響いた。ロベルトは身軽な動作で受話器を取りに行った。

「はい、ロベルト・ニコラスです」

「ロベルト神父、私です、FBIの捜査官ビル・サスキンスです」

「これはサスキンス捜査官。今度は一体、どうなされました？」

「ジュリア司祭の殺害現場の鑑識報告が纏《まと》まったのでお電話差し上げました」

「それはご丁寧に。しかしそれは私達とはもう関係のないことでしょう」

「いえ、どうしても神父様のご意見が聞きたいのです。地下の現場にあった鉄のベッドからはエイミー・ボネスの血液が見付かりました。そして羊水の成分もです。エイミーを殺した犯行現場はあそこに間違いなさそうです。あと、地下室から検出された指紋がエイミーのもの以外に二つ。一つはジュリア司祭の居所《シエル》に残っていた血痕《けっこん》の指紋と一致しました。出所は、ティーカップとブロック玩具《がんぐ》の表面です。それからもう一つのティーカップからも指紋が、その指紋の特徴がジュリア司祭のものと非常によく似ていて、最初、判別が難しかったのですが、ともかく私達の綿密な分析によって別人のものだと判定できたのです……。そしてジュリア司祭の血液とエイミーの子供の臍《へそ》の緒から採取したDNAによると、父親は、九十三％の確率でジュリア司祭です。どう思われます？」

ロベルトは、暫《しばら》く考え込んだ。知的障害を持ったと思われる成人がつくったブロック玩具の方にジュリア司祭の指紋が付着していて、もう一つの指紋もジュリア司祭と判別ができにくいほど酷似している……。ロベルトの頭の中で閃《ひらめ》きの疾風が吹いた。

「双子だ……」

「双子？」

「ジュリア司祭は双子だったんですよ。そのうち一人は知的障害を持っていた。殺されたのは、知的障害を持っていたジュリア司祭の双子の兄弟のほうで、その犯行は……おそらくジュリア司祭によるものだ。ジュリア司祭は自分が死んだようにみせかけ、上手《うま》く姿を晦《くら》ます為に兄弟を殺した。だからあの死体には、指輪痩《や》せのあとがなかったんだ……。ジュリアの死体が一時的にでも出てきたことによって、僕たちは納得してしまった。あのまま地下室がみつからなければ、ジュリアは永久に姿を晦ます事が可能だったんです」

「なる程。そうですね。ならば本物のジュリア司祭は？　そしてエイミーの子供は？」

「逃げたのでしょう。非常に巧妙な方法で……。もしかするとヨハネのことがばれることを計算にいれていて、その時、どうするかを事前に決めていたのでしょうね。ジュリア司祭は黒魔術の生贄《いけにえ》としてエイミーを悪魔に差しだし、黒魔術ではポピュラーな性魔術を行ってエイミーを犯して妊娠させた。黒魔術によって妊娠して生まれた子は、生まれながら強力な悪のパワーを宿していると信じられています。おそらくジュリアはそうした自分の後継者が欲しくて犯行を行い、お腹の子供ともども姿を晦ましたのです」

「しかし、ジュリア司祭の逃亡経路が全く摑《つか》めません」

「誰か有力な人間が、ジュリア司祭を援助している。あの若さで司祭になったことも、不思議といえば不思議ですからね」

「ご意見ありがとうございます」

「ええ、こちらこそ」

「それで私達が過去の未解決事件で今回の事件と関連性が深そうな事件を調べたところ、過去二十年の間に、心臓を取られた死体の事件が八件浮かび上がりました。ガルドウネ絡みかもしれません。よって、この一連の事件は私の管轄するところとなりましたので、今後ともどうぞよろしくお願いします。またお知恵を……」

「……出来る限り……」

ロベルトは電話を切った。平賀は、じっとロベルトを見詰めている。

「ジュリア司祭が双子だったというのは本当ですか？」

平賀が確認するように聞いた。

「恐らく間違いないと思う。なんてことだ……バルボアナ家に纏わる噂は本当だったんだ……」

「噂？」

「バルボアナ一族は、錬金術のかたわら黒魔術にも傾倒していて、一流の錬金術師になるには悪のパワーを身につけていることが大事だと思われていた。だから黒ミサをおこなってその祭壇で夫婦は性行為に及んだらしい。バルボアナ一族から輩出された法王にもそうした噂があって、黒ミサを行って町の女に産ませた子供達を次々と神職につけたと言われている。ジュリア司祭はそうした人々の子孫かもしれない。現にバルボアナ家の古書を秘蔵し、家紋のついたカップを使っていたしね……」

「では、ジュリア司祭を援助している人物とは？」

「おそらく、僕達と同じ神職者だ。サウロ大司教の様子もおかしかった。ジュリア司祭のことを探らないように上から圧力がかかったのかも知れない……」

「なんてことでしょう。教会の上部に悪魔崇拝主義者（サタニスト）がいるなんて。信じたくはありませんが……。それにしてもジュリア司祭の目的はなんなのでしょう？」

「さて、分からないね。ヨハネの件だけでいうと、人体実験の為の金欲しさかもしれないが、バチカンを巻き込んだのは、どうしてか？　神を嘲弄《ちょうろう》しているかのような行為ともとれる。だが、単にそれだけのことではないだろうね。彼の背後にはガルドウネがついているはずだ。何か僕たちには窺《うかが》い知れない目的があるのかもしれないね」

平賀は不意に、はっとした顔になった。

「ジュリア司祭は、再び私に会いに来るかもしれません」

「何故？」

「貴方《あなた》と居所《シエル》を分けてくれと言いに行った時、ジュリア司祭が言ったのです。私のことが気に入った。再び会えるだろう……と、その言葉に、私は何か特別なニュアンスを感じました。やっぱり貴方が言うとおり、ジュリア司祭はあの時、すでに私達がどう動くか読んでいたのかも知れません」

「だとしたら、再び会えるだろう、というのは宣戦布告の言葉かな？　いやな感じだ。自分の身を守るため、実の双子の兄弟を惨《むご》たらしく殺したような人間だ。なにを仕掛けてくるかわかったものじゃない。意味の無い言葉だったと思いたいね」

「それにしても連れ去られた子供は気がかりだ。ジュリアのような人間に育てられるのだろうか……」

「そうですね……」

二人は黙り込んだ。バチカンに潜む闇は、思ったより深く、そこら中にはびこっているのかも知れない。

真実と信仰とを追究していけば、いつかはその闇と向かい合わなければならないだろう……。

そしてジュリア司祭は再び、自分達の前に姿を現すのだろうか？

心が波打ち、落ち着かない平賀とロベルトであった。

本書は二〇〇九年八月に、小社より刊行された
単行本を文庫化したものです。

バチカン奇跡調査官《きせきちようさかん》　サタンの裁《さば》き
藤木《ふじき》　稟《りん》

角川ホラー文庫　16662

平成23年1月25日　初版発行
令和7年7月30日　19版発行

発行者――山下直久
発　行――株式会社KADOKAWA
〒102-8177　東京都千代田区富士見2-13-3
電話 0570-002-301（ナビダイヤル）
印刷所――株式会社KADOKAWA
製本所――株式会社KADOKAWA
装幀者――田島照久

●お問い合わせ
https://www.kadokawa.co.jp/（「お問い合わせ」へお進みください）
※内容によっては、お答えできない場合があります。
※サポートは日本国内のみとさせていただきます。
※Japanese text only

ISBN978-4-04-449803-0 C0193

角川文庫発刊に際して

角川源義

第二次世界大戦の敗北は、軍事力の敗北であった以上に、私たちの若い文化力の敗退であった。私たちの文化が戦争に対して如何に無力であり、単なるあだ花に過ぎなかったかを、私たちは身を以て体験し痛感した。西洋近代文化の摂取にとって、明治以後八十年の歳月は決して短かすぎたとは言えない。にもかかわらず、近代文化の伝統を確立し、自由な批判と柔軟な良識に富む文化層として自らを形成することに私たちは失敗して来た。そしてこれは、各層への文化の普及滲透を任務とする出版人の責任でもあった。

一九四五年以来、私たちは再び振出しに戻り、第一歩から踏み出すことを余儀なくされた。これは大きな不幸ではあるが、反面、これまでの混沌・未熟・歪曲の中にあった我が国の文化に秩序と確たる基礎を齎らすためには絶好の機会でもある。角川書店は、このような祖国の文化的危機にあたり、微力をも顧みず再建の礎石たるべき抱負と決意とをもって出発したが、ここに創立以来の念願を果すべく角川文庫を発刊する。これまで刊行されたあらゆる全集叢書文庫類の長所と短所とを検討し、古今東西の不朽の典籍を、良心的編集のもとに、廉価に、そして書架にふさわしい美本として、多くのひとびとに提供しようとする。しかし私たちは徒らに百科全書的な知識のジレッタントを作ることを目的とせず、あくまで祖国の文化に秩序と再建への道を示し、この文庫を角川書店の栄ある事業として、今後永久に継続発展せしめ、学芸と教養との殿堂として大成せんことを期したい。多くの読書子の愛情ある忠言と支持とによって、この希望と抱負とを完遂せしめられんことを願う。

一九四九年五月三日

バチカン奇跡調査官

天使と悪魔のゲーム

藤木稟

ファン必読の1冊!! 彼らの過去が明らかに

奇跡調査官の初仕事を終えた平賀は、ある少年と面会することに。彼は知能指数測定不能の天才児だが、暇にあかせて独自に生物兵器を開発するなど危険行為を繰り返し、現在はバチカン情報局で軟禁状態にあるという。迷える少年の心を救うため、平賀のとった行動とは……(表題作)ほか、ロベルトの孤独な少年時代と平賀との出会いをえがいた「日だまりのある所」、ジュリアの秘密が明らかになる「ファンダンゴ」など計４編を収録！

角川ホラー文庫

ISBN 978-4-04-100629-0

バチカン奇跡調査官

ジェヴォーダンの鐘

藤木 稟

舞台はフランス。聖母が起こした奇跡とは⁉

フランスの小村の教会から、バチカンに奇跡申請が寄せられる。山の洞穴の聖母像を礼拝している最中、舌《ぜつ》のない鐘が鳴り全盲の少女の目が見えるようになったというのだ。奇跡調査官の平賀とロベルトは早速現地へと赴く。この一帯はかつて「ジェヴォーダンの獣」と呼ばれる怪物が出没したとの伝説が残る地。さらに少女は３年前、森で大ガラスの魔物に出会ったことで視力を奪われたというが——⁉　天才神父コンビの事件簿、第14弾！

角川ホラー文庫

ISBN 978-4-04-105975-3

ISBN 978-4-04-100348-0

黒いピラミッド

聖東大学シークレット・ファイル

福士俊哉

五千年の死の呪い、日本上陸！

将来を嘱望された古代エジプト研究者の男が、教授を撲殺し、大学屋上から投身自殺した。「黒いピラミッドが見える……あのアンクは呪われているんだ」男の同僚の日下美羽は、彼が遺した言葉をヒントにエジプトから持ち込まれた遺物“呪いのアンク”の謎を追う。次々に起きる異常な事件。禁断の遺跡に辿り着いた美羽を待ち受けるのは、想像を絶する恐怖と“呪い”の驚くべき秘密だった。第25回日本ホラー小説大賞〈大賞〉受賞作。

角川ホラー文庫

ISBN 978-4-04-109182-1

バチカン奇跡調査官
サタンの裁き

藤木 稟

角川ホラー文庫
16662